Punir d'aimer

NOUVELLES

Du même auteur, chez le même éditeur :
Sex in the kitchen, roman, 2013
Osez dresser votre mari, guide pratique, 2014
Sex & the TV, roman, 2015
À cœur pervers, nouvelles, 2016
Osez 50 scénarios SM, guide pratique, 2017

Couverture : Swetta © Getty

La Musardine
122 rue du Chemin-Vert – 75011 Paris
www.lamusardine.com

ISBN : 978-2-36490-592-4

Octavie Delvaux

Punir d'aimer

Nouvelles

La Musardine

Thirst

« Votre sex-astro de l'été. »

« Mono ou bikini ? Quelle séductrice des plages êtes-vous ? »

« Robes bain de soleil : les imprimés content fleurette ! »

Parfait ! Ce numéro ferait l'affaire. Les gros titres promettaient un contenu bien niais. Lorsque je prends le train, j'ai l'habitude de prévoir une lecture sérieuse et une lecture légère. Mon sac à main contenait déjà le tome II du *Deuxième sexe* de Simone de Beauvoir, dont la consultation prolongée risquait de m'échauffer les neurones. Il ne me restait plus qu'à m'armer d'une gazette inconséquente pour ménager des pauses relaxantes. En la matière, les magazines féminins sont de bons alliés. Tout en me dirigeant vers la caisse, je jetai au passage un œil sur le rayon livres, en particulier sur la section érotique. On ne se refait pas. En tant que jeune auteure, je suis toujours tout émue de voir mes livres trôner sur les étagères d'une librairie. Et ils y étaient, les mignons, colorés et flambant neufs, entourés de leurs petits amis de la collection .G. Cerise sur le gâteau : un homme en costume prince de Galle, la quarantaine passée, était en train de feuilleter un exemplaire de mon recueil de nouvelles *À cœur pervers*. L'occasion était trop belle ! Sans même saluer le lecteur concentré, je m'exclamai :

— Je vous le conseille, j'y ai redoublé d'imagination !

— Vous ? rétorqua-t-il, médusé, en levant les yeux vers moi.

Que dire du ton de ce « vous » ?

J'imagine que l'homme avait voulu lui donner des inflexions sensuelles… Hélas, faute de maîtriser ce registre, sa réplique était surtout comique, à l'image du regard qui l'accompagnait : éperdu et surjoué comme dans un film muet.

Satisfaite de mon effet, je tournai les talons sans rien ajouter, même pas un au revoir. En me rendant à la caisse, je savourais le trouble que j'avais semé chez le pauvre homme. J'imaginais qu'il suivait mes déplacements des yeux tandis que, le dos tourné, j'affichais un dédain manifeste. Je suis ainsi faite : causer du tracas aux messieurs propres suffit à m'amuser.

Il faut dire que j'avais grand besoin d'un remontant. Je me rendais à Londres pour prendre part à un colloque universitaire des plus pénibles. Le pied-à-terre que j'avais choisi, en revanche, promettait quelque distraction. Par jeu, et pour économiser de l'argent que j'entendais dépenser sans compter à la *fetish fair* en vêtements de latex et lingerie vintage, j'avais accepté l'invitation d'un soumis, un Français qui vivait dans la capitale britannique où il occupait un poste important dans la finance. Un brin maso, Jean-Paul était aussi fétichiste des pieds et des cheveux. Autant dire qu'avec moi, il avait tiré le bon numéro. Il me sollicitait à chacune de ses escales parisiennes. Je lui concoctais des séances où tourments et récompenses étaient savamment dosés. Il était sensuel, joueur, tête brûlée sur les bords, tout à fait le profil qui me correspondait. Et puisqu'il était aussi riche et célibataire, j'étais bien résolue à squatter son appartement du quartier chic de Kensington. Il va sans dire que j'avais posé mes conditions. Pendant mon séjour, je prendrais la totale possession de son spacieux trois-pièces, tandis que lui serait réduit à l'état de larbin sous son propre toit. Jean-Paul me céderait son lit, tendu de draps parfumés aux huiles essentielles, pendant qu'il dormirait dans une cage à taille humaine que je lui avais ordonné d'acheter. Comme je n'avais apporté aucun matériel avec moi – je redoutais qu'on fouille mes bagages à la sécurité –, le soumis avait également dû se procurer une collection d'accessoires SM. Il était euphorique comme un enfant qui attend la venue du père Noël. Son impatience se manifestait par des textos incessants. Jean-Paul ne voulait surtout pas rater mon arrivée. Il devait m'attendre à la sortie du train pour porter mes bagages. Et gare à lui s'il était en retard ! Ah ! comme je jubilais du martyre que j'allais lui faire vivre pendant cette semaine londonienne !

J'espérais seulement qu'il ferait moins chaud outre-Manche qu'à Paris… Nous étions en juin, mais le thermomètre atteignait déjà les 36 °C. En patientant dans la file d'attente de la sécurité, je sentais des perles de sueur dévaler de mon cou à mes reins. Je n'étais pourtant pas très couverte. Une jupe en lin beige, un chemisier rouge, assorti à des escarpins vernis. Des Louboutin, cadeau de Jean-Paul. À chaque visite, le fétichiste complétait ma collection d'une paire supplémentaire.

Ma veste coincée sous mon bras, j'étouffais dans l'air saturé de la gare. Mes joues chauffaient comme des cocottes-minute. La soif me taraudait. Que n'avais-je acheté une bouteille d'eau en même temps que mon magazine ? Je visualisais la cannette glacée, embuée de gouttelettes fraîches, dont je me délecterais au bar de l'Eurostar.

Hélas, un évènement malencontreux survint au moment où je posai mes bagages sur le tapis roulant. Mon sac à main avait disparu. Je retournai en courant chez le libraire – sans doute l'avais-je posé sur le comptoir pour payer mon magazine… Il n'y était pas. Je refis le chemin que j'avais emprunté pour arriver à la sécurité en cherchant dans tous les coins. Rien, nulle part. Les annonces répétées « des pickpockets peuvent sévir dans l'enceinte de la gare » auraient dû m'inciter à plus de méfiance. Deux options s'offraient à moi : retarder mon voyage afin de déclarer le vol à la police ou faire une croix sur mon bien et prendre le train, étant entendu que le pire était évité. Par prudence, je voyage toujours en conservant ma pièce d'identité et ma carte de crédit dans la poche intérieure de ma veste. J'en étais donc juste quitte pour les quelques euros de mon portefeuille, et mon sac à main.

Tout compte fait, je décidai de monter dans le train. Au diable l'avarice ! Une fois à ma place, je fermai les yeux pour me remettre de mes émotions. Dans 2 h 15 je serais à la gare de Saint-Pancras, libre de m'attabler dans un pub, de me régaler d'un tea-time à l'orangerie de Kensington, ou de faire un brin de shopping chez Marks & Spencer… La liaison Paris-Londres ne cesse de m'émerveiller.

La course au sac à main avait aiguisé ma soif, que la climatisation du train ne parvenait pas à apaiser. Au wagon-bar, une nouvelle accablante m'accueillit : les paiements par carte bleue étaient impossibles. La compagnie s'excusait, les bornes ne fonctionnaient pas. Pourquoi fallait-il que cela arrive aujourd'hui ? Je n'allais tout de même pas mendier des pièces dans les rames ! Contrariée, je regagnai ma place sans avoir bu une goutte. En chemin, je croisai une silhouette familière : mon homme en costume prince de Galle ! Il ne m'avait pas vue, trop absorbé par la lecture d'*À cœur pervers*. J'aurais parié qu'il l'achèterait ! Peut-on imaginer meilleure publicité que les encouragements d'une auteure en jolie tenue printanière ? Il ne me fallut qu'une poignée de secondes pour imaginer le moyen de tourner la situation à mon avantage. Je fis une halte devant mon homme. Par chance, la place en face de lui était libre. Je m'y installai.

— Alors, cette lecture ? Ne vous avais-je pas dit que c'était un bon cru ? lançai-je.

Le lecteur me jeta un regard encore plus ahuri que celui qu'il m'avait envoyé dans la librairie.

— Vous ici, quelle coïncidence !

L'homme était anglais. Une pointe d'accent, que je n'avais pas remarquée lors de notre premier échange, le trahissait. Il commençait à m'intéresser. J'ai toujours eu un faible pour les « rosbifs ».

Je répondis par un sourire, certaine qu'il saurait alimenter la conversation. Selon toute probabilité, son premier réflexe en ouvrant le bouquin avait été de chercher les textes les plus pimentés. Et puisqu'ils l'étaient tous, il avait dû sans cesse juxtaposer les images pornographiques décrites avec celles de la femme élégante à l'air impassible croisée à la gare. Qui sait? Peut-être avait-il douté de la véracité de mes propos. La suite de la conversation confirma mes soupçons:

— Vous êtes vraiment Octavie Delvaux? questionna-t-il.

— Tout à fait.

— C'est incroyable. J'aime beaucoup votre style. Je viens de finir le texte qui se passe en Normandie. Comment vous viennent ces idées?

— Pourquoi ne pas en parler autour d'un verre? lui proposai-je, ravie d'avoir trouvé mon pigeon.

L'homme m'escorta jusqu'au wagon-bar. À bien y regarder, il n'était pas sans attraits. Il avait ce charme discret, mais non moins efficace, des hommes britanniques entre deux âges. Digne représentant de ses ancêtres celtes et vikings, il baladait sa longue silhouette avec une belle prestance. Je devinais, sous la ligne de son costume, un corps robuste, aux épaules et au torse bien développés. Les traits de son visage, quoiqu'un peu grossiers – nez trop large, et lèvres trop fines –, demeuraient harmonieux et concouraient à lui donner l'allure sexy d'un hooligan déguisé. Il arborait le bronzage typique des Britanniques de souche: un doré tirant sur le rose, constellé de taches de rousseur. J'aime l'effet produit par cette teinte sur une peau d'homme, en particulier sur les bras et la nuque. Mon accompagnateur n'était pas une beauté, mais de sa physionomie émanait une force tranquille, qui aiguisait ma curiosité. Ses petits yeux bleus s'éclairaient lorsqu'il s'adressait à moi :

— Que voulez-vous boire ? interrogea-t-il, pendant que nous patientions au bar.

— Une San Pellegrino ! répondis-je sans hésitation.

Nous nous installâmes debout autour d'une table ronde pendant que les verts paysages du Nord défilaient sous nos yeux. Je me délectai de mon eau gazeuse comme du meilleur champagne. Jamais boisson ne m'avait paru plus exquise. Je l'avalai à grosses gorgées devant mon homme intrigué. Il continuait de me parler de littérature…

— Me croirez-vous ? J'ai commencé la lecture par le dernier texte, dont l'action se situe à Palerme. Il m'a beaucoup plu. Les propos que cette femme tient au prêtre sont vraiment troublants.

— Connaissez-vous un homme qui résisterait à une tirade détaillant avec tant de passion une fellation goulue ?

Les joues de mon interlocuteur s'empourpraient… Sa gêne était palpable. J'enfonçai le clou.

— Pour rétablir la balance, j'ai longuement travaillé la scène de cunnilingus dans d'autres textes… J'ai encore soif, pas vous ? Il fait tellement chaud ! m'exclamai-je en vidant mon verre.

En même temps, j'avais ouvert mon chemisier de deux boutons, et je ventilais mon décolleté du plat de la main. L'Anglais était ferré. L'œil rivé sur ma poitrine généreuse, il n'était plus en mesure de me refuser quoi que ce soit. Une seconde bouteille atterrit sur la tablette, que je descendis aussi vite que la première. La discussion se poursuivit. Je prenais soin de ponctuer mes propos de références coquines qui ne manquaient pas de plonger mon interlocuteur dans un abîme de confusion.

— Si nous retournions à nos places ? conclus-je en me levant.

L'Anglais, Gareth de son prénom, me raccompagna. Les rames s'assombrirent : l'Eurostar s'enfonçait dans le tunnel. En imaginant l'étendue d'eau au-dessus de nos têtes, une idée germa dans mon esprit.

— Je vais faire une halte aux toilettes pour me recoiffer, dis-je en passant près des sanitaires. Rejoignez-moi dans quelques minutes, je ne voudrais pas attirer les soupçons, murmurai-je à son oreille, d'une voix exagérément suave.

Il roula des pupilles comme si j'avais été un génie qui lui offrait la vie éternelle. Je lui avais porté le coup de grâce. Comme convenu, j'entrai seule. Une minute plus tard, il frappa à la porte.

J'ouvris. On eût dit que de la vapeur lui sortait des naseaux tant il était excité. Il se jeta sur moi pour m'enlacer. Je modérai ses ardeurs en repoussant ses mains baladeuses d'un geste autoritaire :

— Doucement ! Nous avons tout notre temps. Asseyez-vous sur la cuvette des toilettes, j'ai envie de vous contempler avant…

Gareth céda devant la charge érotique de mon regard. Je me tenais debout en face de lui, dos à la porte, mes yeux plantés dans les siens.

— Enlevez le haut, je vous prie.

Il m'obéit. Tel un automate, il ôtait ses vêtements à mesure que je les nommais – veste, cravate, chemise –, puis il les posait en boule sur le lavabo. Il dénuda un torse encore plus attirant que dans mon fantasme. Pas une once de graisse sur sa belle musculature entretenue par une pratique sûrement assidue du sport. Cette vision idyllique affolait mes sens. Le sang pulsait entre mes cuisses. Je glissai une main sous ma jupe pour apaiser les élancements qui martyrisaient mon bas-ventre. Mon geste sans équivoque tira à l'Anglais de longs soupirs. Son regard, où fascination et excitation se mêlaient, était aimanté à mon entrejambe. J'ordonnai :

— Maintenant, baissez votre pantalon ! Le slip aussi.

Sa verge surgit hors du caleçon comme un ressort. Plus large que longue, elle pointait le plafond d'une érection provocante... Sans mettre fin à mes occupations solitaires, je fixai sa queue – champignon rose et obscène qui semblait avoir poussé sur un tapis de mousse rousse. La contemplation de son membre entretenait mon désir. Avec délectation, je faisais rouler mon clitoris gonflé sous la pulpe de mon index. Sans doute s'attendait-il à ce que je profite de sa queue maintenant, mais je n'en fis rien.

— Branle-toi ! lui dis-je. J'adore ça.

Je ne mentais pas. J'aime le spectacle que m'offre un homme en train de se branler. C'est tellement grossier. À mes yeux, si la masturbation féminine est subtile, celle des hommes est ridicule. Injustice de la nature. Et je n'aime rien tant que de rabaisser les individus pour qui j'éprouve de l'attirance. La manière étrange qu'ont les hommes de rassembler toutes leurs forces dans la main qu'ils font coulisser le long de leur membre exerce une grande fascination sur moi, tout comme leur façon de pincer les lèvres d'un air absorbé. Les grimaces et les mouvements de va-et-vient frénétiques de Gareth, concentré sur sa queue, m'amusaient autant qu'ils me grisaient. Mon Viking s'avilissait devant moi, et j'en tirai une satisfaction animale. Quand la virilité d'un homme m'attaque jusqu'au fond des tripes, je ressens le besoin pervers de la souiller.

Le litre d'eau que j'avais bu commençait à alourdir ma vessie. J'avais encore en tête les propos de Gareth : « J'ai beaucoup aimé votre texte sur la *golden shower,* dans le bocage normand. » C'est ce qu'on va voir, pensai-je en m'approchant de lui. J'ôtai ma culotte avant de m'installer au-dessus de lui, les pieds posés sur le rebord des toilettes. Mes cuisses grandes ouvertes lui offraient une vue magnifique sur mon pubis enflé d'excitation. À cet instant, je n'étais plus obsédée que par une seule idée : exploser sur lui. Dégouliner sur le chibre coincé entre ses doigts robustes. Baptiser son torse sculptural de ma pisse. Arroser sa masturbation ridicule de mon champagne. Au moment de la délivrance, je poussai un long soupir de soulagement, accompagné par le bruit continu de l'urine frictionnant le méat. Le jet chaud jaillissait avec la puissance d'un geyser, puis se brisait sur le ventre du Britannique, avant d'éclabousser son torse et ses cuisses. Gareth me gratifiait de râles explicites, qui ne cachaient rien du plaisir indécent qu'il prenait à recevoir la douche humiliante. Plus le pipi giclait fort, plus sa branlette se faisait énergique. Il en perdait son français :

— *It's so good, please, don't stop, give me all you can!*

Ses supplications étaient touchantes, j'aurais voulu l'arroser encore longtemps, mais la source se tarissait. À la musique de l'écoulement succéda le floc floc pathétique de sa main glissant sur sa queue détrempée. Il était bien capable de jouir…

— Stop, dis-je.

Gareth s'immobilisa en levant vers moi un regard éperdu. J'y lus toute la reconnaissance du chien envers son maître. Pourquoi gâcher du papier hygiénique quand une langue d'homme peut s'y substituer ?

— Nettoie-moi, exigeai-je en pliant les genoux pour coller mon sexe devant ses lèvres.

Sa bouche avide s'écrasa sur ma vulve dégoulinante. Gareth me lécha avec délectation. Il savourait mon sexe barbouillé d'urine et de mouille en ponctuant son régal d'exclamations réjouies. Les fluides mélangés maculaient mes lèvres et mes cuisses, qu'il lapait avec ferveur. Sa langue sondait ma fente en profondeur, naviguait entre les plis de mon sexe. La pointe vrillait mon clitoris, insistant sur le petit bouton sensible. Je n'allais pas tenir longtemps à ce rythme. Au moment de l'orgasme, Gareth en fut quitte pour un nouveau *shot* de cyprine, qu'il but les yeux clos, comme on déguste un vin rare. Le cher homme avait mérité une récompense. Bonne joueuse, je lui accordai quelques caresses… Oh, pas avec mes mains ou ma bouche ! Ne voulant pas me salir, je taquinai sa verge du bout de mon escarpin. Gareth éjacula en un rien de temps. Mes semelles rouges s'en trouvèrent souillées. Sans même que j'aie eu à l'ordonner, le Viking se recroquevilla devant moi pour lécher le cuir jusqu'à effacer toute trace de sa semence.

Ma vessie libérée et mon plaisir pris, je sortis des toilettes sans tarder, laissant le Britannique seul dans la cabine. Un homme qui a joui reprend vite ses esprits. Je voulais m'épargner le spectacle de sa honte lorsqu'il se découvrirait dans l'état où je l'avais mis : nu, poisseux, un goût d'urine et de sperme persistant sur la langue.

Je ne revis pas Gareth avant ma descente de l'Eurostar. Il avait dû comprendre que je n'étais pas femme à entretenir une relation avec des toilettes humaines, fussent-elles séduisantes et baraquées.

Sur le quai de Saint-Pancras, je le croisai de nouveau. Il avait retrouvé son flegme et sa classe britanniques. Son regard, alors que je passais près de lui, Jean-Paul à mes trousses, portant mes bagages avec des manières de valet, en disait long sur ses espoirs déçus. J'aurais pu lui glisser ma carte de visite au passage, mais je me suis abstenue. J'ai préféré lui dédier cette histoire…

Service militaire

Beaucoup d'hommes matures rapportent qu'il leur arrive encore de rêver de leur service militaire, comme d'autres repassent inlassablement leur baccalauréat ou leur permis de conduire. Lits au carré, marches interminables, inconfort des chaussures, nourriture abjecte, autorité de la hiérarchie peuplent les songes de ces adultes marqués par leur séjour dans l'armée. Si tous s'accordent à qualifier cette année d'exercice de rite de passage, rares sont ceux qui en gardent un bon souvenir.

À vrai dire, tous les appelés n'étaient pas logés à la même enseigne. De cela, Jacques Cottel pourrait témoigner. Car les évènements qu'il vécut, il y a près de 60 ans, à la caserne de Salon-de-Provence, le marquèrent à jamais. À bien des égards, ils firent de lui un homme, mais n'allez pas croire que c'est dans la douleur et le dépassement de soi qu'il gagna ses galons.

Regardons-le plutôt.

Il a 20 ans, le corps long et sec, la peau aussi

brune qu'un pruneau. Nu comme au premier jour, il est étendu sur une natte parmi les naturistes d'une plage des Calanques. Depuis que les températures caracolent au-dessus de trente degrés, il passe le plus clair de son temps ici, allongé tantôt sur le dos, tantôt sur le ventre. L'été donne à la Provence son atmosphère caractéristique où soleil de plomb et chant des cigales se disputent la vedette, mais dans ce coin retiré, les baigneurs sont protégés des grosses chaleurs par les imposantes falaises qui encastrent la crique et la fraîcheur de l'eau cristalline qui mousse à leurs pieds. Qu'on ne s'y méprenne pas, Jacques n'est pas un vacancier, il effectue, comme beaucoup de jeunes hommes de son âge, son service militaire. Et, quoique son uniforme soit des plus rudimentaires et son barda inexistant, il fait don de son corps à la nation.

Pourtant rien ne prédestinait le jeune homme à vivre sa vingtième année sous de si chaleureux auspices. Quatrième d'une famille peu fortunée de huit enfants, il n'était pas, tant s'en faut, né avec une cuillère d'argent dans la bouche. Son père, sergent sur la base aérienne de Salon-de-Provence, rapportait un salaire trop maigre pour offrir à sa famille une existence confortable. On s'entassait à plusieurs dans les chambres du trois-pièces en ville, les vêtements, toujours plus reprisés, passaient d'un gamin à l'autre et les chaussures étaient rafistolées jusqu'à la corde. Faute de jouets à la maison, les enfants s'occupaient comme ils le pouvaient, accumulant les escapades inconscientes. Le travail scolaire s'en ressentait, impossible de faire ses devoirs dans ce brouhaha constant où piaillaient toujours un ou deux bébés. Et puis il y avait la mère au visage dur et aux yeux d'acier, qui élevait cette marmaille sans tendresse, dans une résignation teintée de cruauté. Une mère qui ne s'octroyait qu'une demi-heure de lecture quotidienne entre les lessives et la préparation des repas. Mais elle avait la foi et comptait bien inculquer les valeurs religieuses à son petit monde. Messe tous les dimanches, école catholique et communions : aucun n'échappait à cela et tous les garçons avaient été enfants de chœur. La matriarche rêvait d'un fils prêtre, ce qu'elle n'obtint pas, mais ce fut elle qui souffla l'idée à son mari, lorsque Jacques fut en âge de faire son service militaire : il y avait ce poste de secrétaire d'aumônier à la caserne. Si le père usait de son influence, il pourrait placer Jacques à cette fonction pendant tout le temps de son service. Et c'est ce qu'il fit, pour le plus grand bonheur de Jacques qui mésestimait encore la chance que représentait ce que l'on peut qualifier aujourd'hui de véritable planque.

À l'heure où les appelés s'apprêtaient à partir pour de longues marches sous le soleil, il prenait possession de son lieu de travail : un bureau contigu à celui de l'aumônier, le père Grégoire. Ce dernier occupait une maison tout confort à l'écart du bruit et de la fureur des exercices. Bientôt, il apparut à Jacques que son labeur quotidien se résumait à deux tâches pour le moins éloignées des armes : poster les lettres de l'ecclésiastique et veiller à l'approvisionner en fruits et légumes bios trouvés sur le marché de Salon. Il troqua donc son barda contre un panier d'osier et mit beaucoup de zèle à rapporter tomates et courgettes juteuses pour la ratatouille du curé sans jamais oublier, bien sûr, de déposer son courrier à la poste en chemin. Il était ensuite invité à partager le repas du père, qui se trouvait être un fin gourmet, soucieux de cuisiner des aliments naturels. Au regard des nombreux scandales alimentaires qui ont éclaté plus tard, gageons que l'aumônier était en avance sur son temps. Son amour de la vie saine et sans artifices qu'il avait hérité d'une jeunesse passée dans l'Est, non loin de la frontière allemande, lui avait aussi donné le goût d'une pratique alors peu en vogue sur la côte méditerranéenne, encore moins au sein du clergé : celle du naturisme. S'il ne semblait pas avoir honte de prendre le frais en tenue d'Adam, il ne s'en vantait pas non plus à la caserne et veillait à s'éloigner de ses ouailles pour faire tomber ses habits de curé.

Le prêtre avait acquis un bateau à moteur auprès de pêcheurs marseillais, qui lui permettait de rejoindre des criques intimistes accessibles seulement par la mer. Ces petites plages des Calanques, en plus d'être d'une beauté à couper le souffle, présentaient l'avantage d'être abritées des touristes et des curieux. Du reste, l'aumônier connaissait les lieux où se rendre pour côtoyer d'autres initiés.

Se sentait-il seul ou redoutait-il de sombrer dans le péché sans un chaperon ? Nul ne le sut jamais, toujours est-il que, dès les premiers beaux jours, l'aumônier proposa à Jacques de l'accompagner dans ses virées en bateau. Jacques avait beau être en service sur une base aérienne, il considéra qu'il était de son devoir de parfaire ses connaissances nautiques. Il accepta et, sur le conseil du curé, se munit d'une serviette éponge.

Pourtant natif du Midi et attaché à sa terre, Jacques n'avait jamais vu sa Provence sous cet angle. Le massif littoral offrait un relief tourmenté, ouvert sur de nombreuses fractures dans les falaises. Des excroissances rocheuses empiétaient sur la mer, dissimulant en leur sein des criques magiques, baignées d'eau turquoise. Jacques en restait ébahi comme un enfant, un sourire communicatif aux lèvres. Et ce n'était pourtant que le premier acte du spectacle subjuguant que la journée lui réservait.

Bientôt le curé désigna une crique très enclavée et déclara qu'ils accosteraient là. Il y avait ses habitudes. Il est difficile de dire ce qui, une fois à terre, stupéfia le plus Jacques : voir l'aumônier se déshabiller entièrement devant lui, ou le petit groupe d'hommes et de femmes tout aussi nus qui peuplait la crique.

Rien dans son éducation ne l'avait préparé à pareille expérience. Jusqu'alors, et bien que cela pût paraître miraculeux aux yeux du profane, il n'avait connu que des curés pieux et peu portés sur la chair. Dieu sait pourtant qu'il avait soupé d'interminables services religieux. Il n'avait même jamais imaginé que les curés pussent avoir un corps sous leurs soutanes tant ces dernières lui semblaient indissociables des ternes personnages qui les habitaient. Et voilà qu'il se trouvait face à la nudité de l'aumônier, incapable de baisser les yeux de peur qu'ils ne se posent sur son service trois-pièces. Il s'efforçait donc de regarder ailleurs, hélas, ce qu'il voyait n'était guère moins gênant. Partout, des hommes et des femmes (mon Dieu, combien de femmes ? Trop, nettement trop) offraient leurs corps nus au soleil ou au mordant de l'eau de mer. Il y en avait de tous les âges, de toutes les formes et de tous les gabarits. Jacques connaissait l'anatomie des femmes pour avoir profité des nombreux clichés clandestins glanés ici et là par sa bande de copains, mais jamais il n'avait été confronté d'aussi près à tant d'indécence. Les cuisses, longues, potelées, fripées allaient ici et là, le disputant aux ventres et aux bras, tantôt ronds, tantôt musclés. Les seins, même petits, lui paraissaient semblables à des obus, tant il était persuadé qu'ils allaient lui exploser au visage. Mais le pire, ou le plus délicieux, c'était l'orgie de chattes, indécemment perchées à l'intersection des cuisses. Des buissons triangulaires aussi sombres que ses pensées lorsqu'elles vagabondaient jusqu'à ces territoires ombrageux. Il était fasciné par l'abondance et l'épaisseur du poil, d'ordinaire enfermé dans des prisons textiles, et qui ici s'épanouissait en liberté. Chez les plus brunes, la toison était si dense qu'on ne voyait pas un millimètre de peau. Garder son calme en pareille situation n'avait rien d'aisé pour un garçon de 20 ans. Il devait prendre sur lui pour afficher un visage blasé. Mais lorsque le curé lui fit entendre que c'était à son tour de se déshabiller, il ne put réprimer une mimique d'horreur.

— C'est l'usage ici. Ne fais pas cette tête effarée. Personne ne te regarde. Chacun est ici pour profiter de la nature dans la tenue d'Ève et d'Adam.

À vrai dire, Jacques n'était pas pudique. Mince, grand et bien fait, il n'avait aucune raison de nourrir un quelconque complexe. Il pensa très fort à ses camarades en exercice qui devaient suer sous leur uniforme et se dit qu'après tout, se mettre à poil sur une plage paradisiaque peuplée de splendides créatures libidineuses était un moindre mal.

Une poignée de minutes plus tard, il était nu comme un ver, allongé sur sa serviette à côté de celle du curé. Ce dernier avait apporté un livre, qu'il entreprit de parcourir, la tête calée sur un rocher. Jacques, pour sa part, n'avait rien prévu pour se distraire du spectacle qui dévorait ses yeux. Très vite, il abandonna la position sur le dos, par crainte d'érections sournoises si d'aventure son regard se faisait happer par un corps de sylphide. À la fin de la journée, son dos était nettement plus bronzé que son ventre, ce qui finalement l'arrangeait : il n'aurait pas à se justifier de sa bonne mine auprès de ses camarades de chambrée.

Les jours s'égrenaient sur le même principe : marché, repas, balade en bateau, plage puis retour à la caserne. Jacques avait fini par s'habituer à l'excentricité de l'aumônier. Ne l'ayant jamais surpris à avoir un regard ou un geste déplacé, même à la plage, il en conclut que l'amour de la nature était sans doute à l'origine de son goût pour la nudité au grand air. En revanche, l'obsession de Jacques pour les femmes devint pesante. Il n'en avait encore jamais touché, aussi, en voir défiler des minces et de rondelettes tous les après-midi devenait un supplice. Combien de fois avait-il fallu qu'il s'immerge dans l'eau glacée pour calmer ses ardeurs ? Le soir, ses rêves étaient peuplés de créatures plantureuses qui le dominaient de leurs rondeurs, le mettant au défi de les posséder. Des tentatrices aux seins lourds, aux mamelons bruns et aux tétons noirs comme l'encre qu'il suçait sans jamais parvenir à étancher sa soif. Il se réveillait en sueur, une érection douloureuse à l'entrejambe.

Sa frustration n'était pas facilitée par les propos de ses camarades. Les femmes, et les mille et une manières de les baiser, étaient au cœur des conversations de chambrée. Entre ceux qui avaient déjà une copine attitrée dont il décrivait les charmes par le menu, et ceux qui accumulaient les conquêtes d'un soir en permission, tous avaient de hauts faits d'armes à raconter. Vrais ou inventés, ces racontars produisaient sur Jacques le même résultat : il se sentait nul. Il aurait pu extrapoler sur ses virées dans les calanques, inventer des aventures avec des naïades naturistes derrière les fourrés. Un fond de gratitude envers l'aumônier lui interdisait de parler : il ne pouvait trahir sa confiance.

Bien vite, il apparut à Jacques que le seul remède à son mal était un dépucelage en bonne et due forme. Mais comment procéder ? À la caserne, ils n'étaient qu'entre hommes, quant aux plages, il s'y interdisait tout rapprochement avec la gent féminine devant l'aumônier. Il ne restait donc que la ville et les permissions. Cependant, Jacques devait se faire une raison : puisqu'il avait vécu ces cinq dernières années sans parvenir à convaincre une seule fille de Salon de coucher avec lui (et ce n'était pas faute d'avoir essayé), pourquoi cela changerait-il à la faveur d'un week-end de permission ? Nous étions en 1963, et les jeunes femmes prêtes à coucher sans promesse de mariage n'étaient pas monnaie courante. Tout bien considéré, le plus raisonnable serait d'avoir recours à une prostituée. À l'époque, première fois rimait souvent avec commerce sexuel. Bon nombre de ses copains s'étaient vantés d'avoir perdu leur pucelage entre les cuisses d'une pute de la rue du Lavoir. Cependant la perspective de jouir entre les mêmes cuisses que ses anciens camarades de classe le dégoûtait, sans compter le risque d'être aperçu et reconnu. Il préférait se fondre dans l'anonymat d'une grande ville. L'affaire était pliée : ce serait donc à Marseille qu'il deviendrait un homme, là où le port et ses marins de passage attiraient un panel considérable de femmes vénales.

Un soir du mois d'août, il se fit prendre en stop par un poids lourd qui le largua en périphérie de Marseille. En marchant dans les rues, de plus en plus animées à mesure qu'il s'approchait du centre, Jacques avait la sensation que la ville lui ouvrait les bras. Les passants guillerets, le chant des fêtards à la sortie des bars, tout, jusqu'aux embruns iodés, semblait l'appeler vers le saint des saints. Enfin il allait pouvoir déverser son trop-plein de vie dans le ventre chaud d'une femme. Il sentirait sa peau battre sous la sienne, son souffle réchauffer ses lèvres. À proximité des vieux quartiers, il s'engouffra dans le dédale de petites rues mal éclairées du Panier. Pressant le pas, non par crainte, mais pour accorder son rythme à celui de son cœur, il scrutait les lieux d'un œil avide. Le défi était de taille : la promesse d'une jouissance exceptionnelle se profilait à chaque carrefour. D'ennui, ou par réflexe, des silhouettes longilignes et sans visage faisaient claquer leurs talons sur le pavé. Elles attendaient là, dans l'ombre des portes-cochères, leurs jambes nues offertes à la lumière des réverbères. La fumée de leurs cigarettes dansait jusqu'aux étages. Il fallait s'approcher pour apercevoir enfin leurs traits, au risque de se faire accoster. Ce qui ne tarda pas à se produire.

— Tu veux monter ?

— Envie d'un peu de compagnie ?

— T'es seul, mon joli ?

— On prend un peu de bon temps toi et moi ?

— Tu viens t'amuser ? Tu veux jouer la bête à deux dos ?

— Pour toi, ce sera pas cher.

Ce n'était plus une voix, mais mille qui résonnaient dans son crâne tandis qu'il progressait dans les ruelles. Leurs manières directes le décontenançaient. Il pensait pouvoir garder son sang-froid, opérer un choix stratégique, mais tout à coup il avait l'impression que c'était elles qui menaient la danse, elles qui l'avaient pris dans leurs filets et qu'il se donnerait à la plus coriace. Quand une femme le prit par la manche, posant une main aux ongles rouges sur la sienne, il s'immobilisa. Elle devait avoir entre trente et quarante ans, un nez racé et de grands yeux noirs qui ordonnaient: «Viens!» La franchise de sa caresse, et l'opulente poitrine caramel qui menaçait de faire sauter les boutons de son chemisier se révélèrent des armes de conviction suffisantes. Il la suivit jusqu'au premier étage, ému à l'idée d'être à deux doigts de pouvoir saisir à pleines mains ce fessier obscène dont elle accentuait le balancement. C'est qu'il en avait vu tellement des culs, ces derniers temps: des petits, des gros, des plats, des hauts et des charnus, tous plus aguicheurs les uns que les autres. Quelque chose dans leur rondeur passive faisait naître chez lui une agressivité inédite. Le moment était venu de passer aux choses sérieuses et de planter sa dague au cœur du sujet.

La petite chambre à coucher du premier s'avéra fidèle à ses attentes: pauvre et sans charme. Un lit, une chaise, un bureau miteux et un miroir piqué pour tout mobilier. Une lampe sans abat-jour et une ampoule pendouillant du plafond pour tout éclairage. Et la femme, qui commence à se déshabiller sans même lui adresser un regard. Elle est encore en culotte et soutien-gorge quand elle se tourne vers lui, l'œil un brin accusateur.

— Pourquoi tu restes planté là comme un piquet ? Magne-toi un peu, on n'a pas toute la nuit.

« Ça tombe bien, j'avais pas envie de dormir ici », pensa-t-il en constatant la propreté approximative des draps. Il commence par défaire sa ceinture. Le reste suit. À l'aise. Se désaper devant quelqu'un, maintenant, il sait faire. Merci mon père. Un peu plus et il ferait son signe de croix.

Sans surprise, le lit grince autant que le parquet au moment où la femme se laisse choir sur le matelas. Lui est toujours debout, nu, les membres raidis par l'appréhension, mais la queue étrangement molle. Il la regarde pourtant, dévore son corps de ses yeux comme il a pris l'habitude de le faire sur la plage. Remarquant qu'il n'est pas encore en état, elle lui demande :

— Tu veux le faire comment ?

Il n'avait pas pensé à cette question. Ne sachant quoi répondre, il marmonne :

— Comme ça, ça va bien, sous-entendant qu'elle n'a qu'à s'allonger sur le dos.

Jacques aimerait qu'elle l'invite par un sourire, un mot, un regard, même faux, à la rejoindre sur le lit, mais elle demeure de glace, les yeux rivés sur le plafond craquelé. Pressée d'en finir alors que rien n'a commencé. Il y a un monde entre savoir qu'on paye une femme pour lui faire l'amour et se rendre vraiment compte qu'elle n'en a absolument rien à faire de vous. Pire, même, qu'elle vous méprise et n'attend que votre départ. Ce soir, Jacques l'apprend à ses dépens. Alors, il tente de se concentrer sur sa chatte, touffue comme il les aime, pense à toutes ses branlettes pendant lesquelles il s'imaginait au chaud dans cette gaine de poils et de chair tendre. L'humidité de la fente, l'onctuosité de la chair. Il imagine tout cela pour s'exciter, se dit que c'est le moment d'y goûter. Sa main tente une approche vers le mont de Vénus et se voit réprimander d'un soupir.

— C'est bien ma veine, faut que je tombe sur un peloteur, tu peux pas me la mettre une bonne fois pour toutes ?

Changement de stratégie. Il s'allonge sur elle et tente de réveiller son pénis en le frottant contre son ventre. Vaine tentative, qui fait lever les yeux au ciel à la prostituée. Le silence de la chambre devient insupportable. Il préfère quand elle l'engueule, parce qu'au moins, ça veut dire qu'elle est encore un peu avec lui. Là elle ne bouge plus d'un poil, absente. Ailleurs. Rien ne vient, il est anesthésié. Un instant, il songe à s'enfuir. Prendre ses fringues et partir sans un mot. Il pourrait, il l'a déjà payée, il ne lui doit plus rien. Pourtant il restera et goûtera son humiliation jusqu'au bout.

— Si tu bandes pas, on va pas y passer trois plombes, annonce-t-elle, en se dégageant.

Poussée par un reliquat d'instinct professionnel, elle saisit sa bite entre ses doigts et commence à l'astiquer mécaniquement. Les serres d'un rapace seraient plus délicates, pense Jacques, que ce geste agresse plus qu'autre chose.

— Je vais pas y arriver, lui dit-il, pour faire cesser cette situation gênante.

— Alors, je te retiens pas, s'exclame la femme avec soulagement avant de se rhabiller. Jacques fait de même, bafouille des salutations et part, la queue entre les jambes.

Dehors, l'air lui semble si frais qu'il en éprouve un soulagement immédiat. Il marche vite, droit devant lui, impatient de quitter le quartier des putes. Seule la vue du port et de ses bateaux parvient à arrêter sa fuite. Les mains sur les genoux, il reprend son souffle, respirant l'air marin à grandes bouffées. Et tout à coup, alors qu'il se perd dans la foule, la vérité lui explose au visage. Il a essayé, et il a échoué. Impuissant. L'adjectif tourne en boucle dans sa tête. Il regarde les femmes évoluer autour de lui et, pour la première fois, il comprend qu'elles lui seront à jamais interdites. Est-il possible qu'un été qui avait commencé sous de si bons auspices puisse ainsi tourner au cauchemar ? Jamais il n'aurait dû forcer le destin… Il aurait été préférable de rester encore un peu dans l'illusion de la normalité. Plus la nuit avance, plus il s'enfonce dans ces sombres pensées. L'alcool pourrait l'aider, hélas il a donné presque tout ce qu'il avait à la prostituée. Une bière, c'est tout ce qu'il peut s'offrir pour panser sa blessure d'orgueil, mais c'est insuffisant pour le passeport vers l'oubli. Ce même soir, un confident d'expérience, à qui il aurait pu narrer sa malheureuse aventure aurait su trouver les mots rassurants. Il l'aurait pris à part, lui aurait expliqué l'importance de l'alchimie entre un homme et une femme, il lui aurait dit que l'érection n'est pas si mécanique qu'on veut le dire, et la jouissance pas toujours évidente. Mais il n'y a personne auprès de lui. Personne pour lui articuler ces quelques mots de bon sens. Alors il se laisse aller au désespoir de la jeunesse.

Comme à l'aller, Jacques fait du stop pour rentrer à Salon. Une voiture le conduit jusqu'à Vitrolles, où il doit de nouveau faire signe dans la lueur des phares pour décrocher son billet jusqu'à la caserne. Cette nuit commencée en grande pompe lui paraît maintenant interminable. Il aimerait être déjà au lit, libre de se vautrer dans l'amertume de la défaite. Là, il doit encore faire bonne figure tandis qu'une Renault Alpine bleue s'arrête à quelques mètres de lui. La femme, seule à bord, tend le bras droit pour lui ouvrir la portière. Bonne pioche, la conductrice fait route vers Salon. Accablé par la déception, Jacques ne remarque pas tout de suite le charme de sa voisine. Et lorsqu'il lorgne enfin sur ses longues jambes glabres, c'est pour se dire qu'il n'y a pas droit. Pourtant, une curiosité toute masculine le pousse à détailler sa physionomie. Après tout, mâter, c'est tout ce qu'il lui reste. Blonde, les cheveux pris en chignon, elle fixe la route de ses yeux clairs, une moue satisfaite au bord des lèvres. Sa robe bleu marine bordée d'un feston blanc se ferme sur le côté au moyen d'une série de boutons en nacre. Une large ceinture vernie marque sa taille et donne du relief à sa poitrine qui, sans être généreuse, donne un bombé appétissant à son vêtement. Autour du cou, elle porte un collier de perles fines qui complète son profil de la parfaite héroïne hitchcockienne. À l'instar de ces blondes de pellicule, elle fait preuve d'une retenue que Jacques n'ose perturber. En habitué de l'auto-stop, il sent quand le chauffeur a envie de discuter : certains le ramassent juste pour rompre le silence de l'habitacle. D'autres, comme elle, n'ouvrent pas la bouche. En ce cas, mieux vaut respecter leur mutisme. Jacques a juste pris le temps de lui dire où il allait – à la caserne de Salon-de-Provence –, elle connaît la ville, mais pas le chemin précis de la base militaire. Il a dit qu'il lui indiquerait. Et justement ils ne sont plus très loin. Peu avant l'entrée de la bourgade, Jacques fait signe à la conductrice de tourner à gauche. Pour son plus grand étonnement, elle n'en fait rien et continue de rouler tout droit sur la départementale.

Jacques qui ne veut pas être trop insistant, précise : « Vous pouvez m'arrêter ici, je ferai le reste du chemin à pied. » Mais au lieu de s'exécuter, elle emprunte, sur la droite, un chemin qui serpente à travers la garrigue. Jacques tente de faire le tri dans ses pensées. Comment interpréter cette désobéissance patente ? De plus malins que lui auraient compris depuis longtemps les intentions de madame. C'est uniquement quand elle fait grincer les freins de l'auto en lisière d'un petit bois qu'il saisit sa véritable motivation, laquelle est d'autant plus surprenante que la dame semblait si froide au premier abord. Et, comme si ce n'était pas assez de son regard bleu à présent planté dans le sien, voilà qu'elle le prend par les épaules pour l'attirer vers elle. Le jeune homme est sonné. Câline, elle presse sa poitrine contre la sienne tout en coiffant de ses doigts le centimètre de cheveu qu'il lui reste sur le crâne. Au contact de ses ongles, sa peau se hérisse de toutes parts. À présent, il peut sentir ses petits seins moelleux s'écraser contre son torse. *« Je dois être en train de rêver »*, pense-t-il, et pour s'en dissuader, il laisse ses mains courir au gré des courbes de sa voisine. La taille mince, les hanches discrètes, les cuisses qui déjà s'ouvrent, il tâte tout, jusqu'aux jambes. Et quelles jambes ! Elles sont nues et pourtant aussi satinées que si elle portait des bas. Jamais il n'avait touché une peau aussi douce. Elle doit revenir d'un salon de beauté, se dit-il, pragmatique, tant il lui paraît impossible d'obtenir ce velouté incomparable sans artifice. Il est encore perdu dans ces pensées parasites lorsque son souffle chaud caresse ses narines. Elle est là, tout près, la tête renversée, offrant ses lèvres entrouvertes à ses baisers. Son haleine sucrée appelle à la dégustation. Satisfaire à son caprice est un jeu d'enfant. Qui refuserait de mordre dans une si jolie friandise, une bouche si visiblement affamée ? Alors il retrouve sa force virile pour s'emparer de ses lèvres qu'il commence à mordiller et lécher par à-coups. Parfois, il s'interrompt, pour mieux savourer l'instant de frustration suspendue. Puis il réinvestit la place, s'enroule, tète, salive tout ce qu'il peut. Les gémissements de la conductrice, sa satisfaction grandissante, qu'il perçoit dans l'amollissement complet de son corps, lui donnent de l'assurance. Il renchérit, enfonce loin la langue et tourne, une main fermement arrimée à son chignon pour la maintenir à sa hauteur.

Au moment où il glisse ses doigts dans son décolleté et furète jusqu'à ses seins, libres sous sa robe, elle miaule de contentement et souffle sur son visage une haleine brûlante. Il a atteint un point sensible, se dit-il, tout en pinçant légèrement ses tétons entre la pulpe de ses doigts.

L'excitation de la conductrice s'exprime en couinements et ondulations du bassin. Elle se dandine et rebondit sur ses cuisses comme sur une queue invisible qui, déjà, la perforerait de toute sa longueur. Ses mouvements lascifs donnent à Jacques de l'appétit ; pendant qu'il triture encore ses mamelons, il continue de l'embrasser partout où la peau s'offre à la vue. Ses baisers affamés se muent en morsures à mesure qu'il approche des zones charnues. Il doit se battre avec les boutons de nacre pour libérer la poitrine. Combien y en a-t-il ? Quatre, cinq, dix, bien trop en tout cas, si bien que les dernières boutonnières se déchirent à force d'insistance et de maladresse. La dame ne trouve rien à redire, tant elle semble heureuse de sa bouche sur ses seins. Elle garde les yeux clos, siffle entre ses dents lorsque la mâchoire de Jacques se referme sur ses tétons et les mordille habilement. Pas tout à fait rassasié de chair de femme, le jeune homme voudrait changer de position, se mettre à genoux devant elle pour mieux la déguster. Mais elle l'en empêche d'un geste sans équivoque. À deux mains, la vicieuse le plaque sur le siège dont il tentait de s'échapper, puis elle fouine dans sa braguette. Quelques secondes lui suffisent pour libérer l'objet de sa convoitise. Sans surprise – pour elle – elle extrait du pantalon un beau cylindre de chair, aussi large et raide qu'elle le rêvait. Ô miracle pour lui, elle caresse sa belle queue dont l'indécente érection lui ferait presque monter les larmes aux yeux. Oui, il bande, fort et dur. Il bande grâce à elle, et pour elle. Les mouvements de va-et-vient qu'elle imprime à sa main, refermée sur son pénis, entretiennent magistralement son triomphe. Aussi, lorsque dans un rire, elle s'assoit sur sa verge, juste où il faut, avec le bon angle d'approche, il ne manifeste aucune appréhension. Il sait que sa raideur durera et qu'il mènera à bien sa mission. Tout à cette certitude, il prend une longue inspiration et se laisse absorber dans le coton de ses cuisses. Un mouvement vertical du bassin et il y est : pris dans la gaine de chair, dont il découvre tous les bienfaits. Une inédite sensation de chaleur moite l'enveloppe et l'emplit de satisfaction…

Et que dire de l'humidité grandissante de la fente, qui jute jusque sur ses cuisses ? C'est une source intarissable de ravissement. La nuque calée sur l'appui-tête, Jacques contemple les étoiles, au sens propre et au figuré. Pendant que la conductrice, multipliant les couinements, s'agite sur son chibre afin de mieux ressentir ses généreuses proportions, il plane. Lorsqu'il revient sur terre, c'est pour mieux lui attraper les jambes, la caler sur sa bite et, une fois de plus éprouver la douceur infinie de sa peau. Jacques ne peut s'empêcher de penser à la prostituée. Pas un seul instant il ne peut croire que son cuir tanné de femme du

Sud pourrait passer la comparaison avec cette soie humaine. Peut-être lui faudra-t-il mettre de l'ordre dans ses critères à l'avenir. Songer à son échec à Marseille l'aide à mieux apprécier la victoire présente. Il ne veut plus penser aux prostituées du port, se jure d'être tout à elle. Tout, il lui donnera tout : sa virginité, sa vie, cette nuit, ou juste ce quart d'heure volé au moteur ronflant de la Renault Alpine, tout pourvu qu'elle continue à se dandiner sur sa bite, qu'elle ne cesse jamais de lui renvoyer, à grands coups de reins et de cris, le plaisir qu'elle éprouve à le baiser.

La réalité, pourtant, loin des idéaux de jeunesse, le rattrape à grands pas. Le corps est une machine, le sien, une machine en surchauffe, et bientôt il explosera.

Penser à autre chose, des trucs dégueulasses, c'est ce que font les autres, selon leurs dires. Il convoque toutes les images de vieux messieurs bedonnants qu'il a vus sur la plage, ferme les yeux pour mieux apprécier la laideur de leurs larges fesses plates, bardées de plis disgracieux qui tombent, de biais, jusqu'aux genoux, la tristesse des testicules qui pendent entre les cuisses comme deux sacoches vides. Non, non, ce n'est pas assez. Le père Grégoire, oui, voilà qui est mieux. Imaginer le père à poil sur le sable en train de s'astiquer et de lui débiter des saloperies : « Viens me sucer Jacky, je sais que t'en rêves »,

« J'ai toujours trouvé que tu avais une bouche de pute ». Cette fois il est sur la bonne piste, il lui suffit de se figurer face à face avec le chibre mollasson du prêtre pour maîtriser la surenchère de sensations. Bon sang, jamais il n'aurait imaginé combien cette expérience naturiste lui serait utile !

Pris au piège de ses exercices de sape, Jacques en manquerait presque le feu d'artifice : la jouissance explosive de la conductrice dont le sexe semble le happer par spasmes rapprochés. Son long corps mince tremble et se cabre sous l'effet des décharges orgasmiques. En même temps, elle ne contrôle plus le flot confus de borborygmes qui jaillit de ses lèvres. Jacques peine à croire qu'il est en partie responsable de ce troublant séisme intérieur.

Une fois qu'elle a recouvré ses esprits, la dame offre à Jacques un tout autre visage que celui qu'elle lui avait montré en conduisant. Ses joues affichent un camaïeu de vermeil, ses yeux se sont voilés d'une buée émouvante. Et son sourire ne s'éteint que lorsqu'elle décide de l'embrasser pour une énième fois.

— Mais tu n'as pas joui, dis-moi ? l'interroge-t-elle en câlinant sa verge en érection.

— C'est pas grave.

— Si, j'y tiens.

Elle allie le geste à la parole en mettant plus d'ardeur à le masturber. Puis il lui faut batailler avec l'exiguïté de l'habitacle, exécuter des torsions félines, pour parvenir à caler son visage près du gland en ébullition. En quelques coups de langue bien placés, le jeune homme éjacule. Elle n'aura pas eu le temps de le prendre en bouche, en revanche, elle ne rechigne pas à diriger les jets de sperme sur ses lèvres entrouvertes. Cette fois-ci Jacques n'en peut plus. Il lui semble avoir vécu mille jouissances en une et se dit qu'il ne retrouvera jamais l'usage de ses jambes, devenues aussi molles que des chiffons.

— Merci bien, madame, bredouille-t-il, un peu bête.

— Y a pas de quoi, rétorque-t-elle, rieuse, en lui pinçant le menton à deux doigts. C'était charmant.

« C'était charmant. » Jacques n'aurait su dire si le compliment aurait plu à tout le monde, mais il s'en contenta. Et tandis que la femme remet le contact, il en garde les sonorités à jamais gravées dans sa mémoire.

Jacques Cottel ne revit jamais la conductrice. Lorsqu'elle l'avait enfin reconduit devant l'entrée de la caserne, il n'avait pas osé lui demander son adresse. Quant à elle, elle savait où le trouver. Cette déconvenue n'eut guère d'importance. Par la suite, Jacques cessa de ne penser qu'au sexe. Il avait appris que les meilleures choses en la matière surviennent sans être annoncées et qu'il est inutile de forcer le destin. Par ailleurs, le hasard mit sur son chemin un nouvel être providentiel en la personne d'un jeune appelé, un certain Michel Platel. Il avait fréquenté la faculté de sciences, comme Jacques, et potassait un concours pour entrer à l'école d'aviation d'une grande compagnie française. À l'instar de tous les gamins de Salon-de-Provence, Jacques avait rêvé en contemplant les incroyables bolides qui quadrillaient le ciel de la ville sans avoir jamais songé à un tel avenir pour lui. Pourtant, en feuilletant les pages de cours et d'exercices de son camarade, il ne trouva rien de bien complexe. Il y avait, bien sûr, une somme conséquente de travail, mais comment mieux occuper son temps libre alors que l'automne pointait le bout de son nez et que les plages naturistes se vidaient de leurs visiteurs ?

Épilogue. Un an plus tard.

L'heure de la démobilisation avait sonné pour Jacques. Le jeune appelé aurait presque regretté sa planque s'il n'avait reçu, quelques jours plus tôt, la nouvelle de sa réussite au concours. La capitale, son animation, ses femmes et leur élégance mondialement reconnue lui tendaient les bras.

Cependant, avant de boucler définitivement ses valises et de partir vers une vie meilleure, il lui restait une tâche à accomplir. Le père Grégoire lui avait demandé de former au secrétariat le jeune séminariste qui allait lui succéder. Pour faire bonne figure, Jacques avait dépoussiéré la machine à écrire dont il n'avait jamais effleuré une touche, mis de l'ordre dans les papiers du curé et fait le plein d'enveloppes et de timbres à la papeterie. Le stratagème sembla opérer jusqu'à un certain point. Le nouveau venu, s'il n'était pas franchement antipathique, n'avait rien d'un gai luron. Aussi, lorsque l'aumônier, enchanté par l'apparition du soleil après une semaine épuisante de grisaille et de mistral, proposa sa traditionnelle virée en bateau, le séminariste tourna un regard un brin interrogateur vers son prédécesseur. Jacques le rassura par un clin d'œil complice.

En revanche, quand l'appelé, ébaudi par la vision dantesque qu'offrait la plage, percuta un rocher et manqua s'écraser le nez dans le sable, Jacques comprit que le père Grégoire aurait du fil à retordre avec son nouveau secrétaire. Ce dernier, timoré à l'extrême, refusa froidement d'ôter un seul de ses vêtements avant de s'asseoir en tailleur dans le sable, le dos droit comme un i. Profitant d'un moment où le curé se baignait, il interrogea son acolyte :

— C'est toujours comme ça ?

— Ça dépend, parfois, quand il y a du mistral, on ne peut pas se baigner, l'eau est trop froide.

— Non, mais je veux parler de cette plage ! De votre accoutrement à tous !

— Ah, ça ! Oui, on est censés être tous à poil ici.

— Et tu trouves ça normal ?

— J'm'y suis fait, toi aussi tu t'y feras. Profite du paysage.

— Mais enfin, le père Grégoire est un homme d'Église ! C'est incompatible avec cette… cette pratique.

— Oh moi, ces trucs-là… Du moment qu'il ne me pelote pas les fesses.

Le conscrit esquissa une moue d'effroi en se signant avec emphase.

Jacques apprit quelques années plus tard les conséquences de cette journée de farniente. Il avait fait sa vie à Paris, mais revenait parfois à Salon pour garder le contact avec sa famille. À l'occasion d'un de ses séjours dans le Midi, il eut envie de saluer l'aumônier dont il gardait un souvenir indélébile. Or, à la caserne, on lui apprit qu'il avait été rappelé par le diocèse quelques mois seulement après son départ. On l'avait envoyé prêcher la bonne parole dans un village de l'Auvergne profonde. L'ancien secrétaire ressentit une tristesse réelle en imaginant ce grand amateur de mer et de soleil prisonnier de terres aussi humides et glaciales. De toute évidence, le cul pincé n'avait pas su tenir sa langue et le père Grégoire purgeait une peine dont nul n'aurait su dire s'il s'en relèverait jamais.

Don Juan

«Le Don Giovanni de Pierre Agnelli, metteur en scène d'avant-garde, nous a laissés cois. Loin de ses audaces habituelles, l'artiste renoue avec un classicisme sans saveur: décors bucoliques de Toscane, somptueux costumes d'époque, lecture scolaire et convenue du livret de Da Ponte. Dans cet univers de clichés, les chanteurs peinent à trouver leurs marques. Un Don Giovanni honorable, mais qui ne séduit pas même l'auditoire; une Donna Anna pleureuse et énervante: June Henricks fait le boulot d'Elvira sans conviction. Seule exception à la mention passable: Helena Malinovska, délicieuse Zerlina, qui donne à ce rôle secondaire un relief inoubliable. Dans le duo du premier acte, elle déploie toute l'ampleur de son talent d'interprète. Habitée par son rôle de jeune paysanne torturée entre son devoir et le désir de transgression, elle vole littéralement la vedette à Don Juan lequel s'égosille sans parvenir à pénétrer avec tant de justesse les mystères de la chair. Quant à sa prestation dans l'air batti, batti, *sa voix chaude et ronde se révèle parfaite pour traduire toute l'abnégation,*

l'ambiguïté et la sensualité de la déclaration. S'il fallait trouver une seule raison de se déplacer, ce serait elle, sans conteste. »

C'était en ces termes élogieux que *Télérama*, dans sa critique assassine de la production, qualifiait la mezzo-soprano russe. Le moins qu'on puisse dire, c'est que je n'étais pas dans la merde. Moi qui avais rêvé d'une telle scène, d'une telle partition, il fallait que ça me tombe dessus. Reprendre le rôle d'une chanteuse dont le tout-Paris mélomane louait la perfection. Je mentirais si je disais que j'étais navrée pour la ruskoff: mauvaise chute, cheville cassée en mille morceaux, longue immobilisation en perspective. Elle ne serait jamais debout pour assurer les dates parisiennes. J'étais la mezzo prometteuse, forte de jolis prix internationaux et d'une petite expérience du rôle, qu'on avait désignée comme remplaçante. Dans ces conditions, il ne fallait pas s'attendre à ce que je m'apitoie sur son sort. Pendant que je travaillais mes vocalises, il m'arrivait d'imaginer les différents malheurs qui pourraient survenir à la chanteuse: grosse bronchite, accident de voiture, nodules sur les cordes vocales, rage de dents… Tous ces petits pépins de la vie dont ma carrière dépendait. Et voilà que le miracle s'était produit! En fin de matinée, le téléphone avait sonné, c'était la direction des artistes: Helena Malinovska ne serait pas en mesure d'assurer ses dates, en particulier ce soir. Pensais-je être capable d'assimiler la mise en scène en un après-midi ? – bien sûr. Vous êtes attendue à sur place à 13 heures – sans problème, j'y serai.

J'ai sauté dans un jean, enfilé un pull et fait route vers mon destin, ma partition en main.

L'opéra royal de Versailles est un bijou d'histoire, mais aussi de fragilité, ce qui en fait tout le charme. Ses colonnes, ses motifs, ses marbres : du carton-pâte peint en trompe-l'œil ou doré à la feuille d'or dans le seul but de créer l'illusion de l'opulence pendant un siècle des lumières en déclin. Pensez qu'il a été fermé au public pendant deux siècles par peur de l'endommager ! Le rouvrir, après deux années de rénovation, pour y jouer des spectacles, relevait de l'impensable. Mais l'homme contemporain aime le défi. Pour un artiste, c'est une émotion toute particulière qui vous étreint à l'idée de fouler une scène où s'est produite Marie-Antoinette. Chanter face à la loge royale, en imaginant le couple de souverains suspendu à vos notes, tient non seulement de l'expérience artistique, mais aussi du voyage dans le temps. On se retrouve transporté à une époque où le beau comptait pour la plus estimable qualité, laquelle pouvait vous apporter richesse et estime votre vie durant.

Lorsque vous arrivez au château, le flot de touristes agglutinés devant les toilettes dépassé, et que vous vous retrouvez devant l'entrée discrète de l'opéra, il est impossible de ne pas remarquer l'armée de pompiers qui encercle les lieux. Et pour cause : toutes ces beautés de carton peuvent partir en fumée pour une simple flammèche. Les panneaux interdisant « cigarettes, briquets, produits inflammables » qui jalonnent le parcours jusqu'aux loges sont là pour vous le rappeler. Tel un château de cartes – ou devrais-je dire, un château d'allumettes – en perpétuel équilibre instable, l'opéra royal de Versailles ne survit que grâce à la vigilance extrême des soldats du feu qui travaillent avant, pendant, et après les spectacles à ce qu'aucune étincelle ne vienne voler au patrimoine français l'un de ses plus inestimables joyaux.

Après une répétition éclair en compagnie de partenaires indifférents à mes difficultés, un réajustement de mon costume de scène, j'étais dans ma loge, maquillée, vêtue, prête pour interpréter le rôle qui pouvait faire basculer ma carrière et, comme on peut l'imaginer, morte de trac. J'aimais ma robe. Point de soie ou de falbalas : j'interprétais une paysanne, mais les couturières n'avaient pas lésiné sur les jupons dont je peinais à compter les couches. Quant au corset, réduit à mes mesures, il projetait ma poitrine exubérante en avant tout en découvrant l'arrondi charnu de mes épaules. La mezzo russe n'avait pas daigné me passer un coup de téléphone pour me remercier ou me refiler quelques trucs. Gargarisée par les bonnes critiques, la donzelle jouait les divas. C'était de bonne guerre. J'étais donc seule avec mon appréhension, me rongeant les ongles à qui mieux mieux, les yeux rivés sur mes instructions scéniques. L'heure tournait, la rumeur des spectateurs prenant place dans la salle enflait. Et dire qu'ils ignoraient encore la nouvelle : non, ils ne verraient pas la Malinovska ce soir, mais Éléonore Duplessis. J'entendais les autres chanteurs vocaliser, les danseurs s'échauffer, les musiciens papoter entre eux. La tension montait, impalpable, mais pesante. Une enclume sur mon estomac. Plus je m'efforçais de mémoriser mon rôle, plus mon esprit s'embrumait ; il me semblait avoir tout oublié : les paroles, mes pas. C'est alors que j'ai entendu frapper. Il s'agissait d'un des nombreux pompiers qui arpentaient les loges. Le cheveu ras, portant treillis, paraboots, et polo bleu bordé de rouge, il aurait été difficile de le confondre avec un membre de la régie. En me voyant, engoncée dans mon corset à baleines rigides, il sembla déconcerté.

— Oh pardon, fit-il, je pensais…

— Voir Helena, dis-je. C'est ce que tout le monde attend, hélas. Je suis sa remplaçante. Qu'est-ce que vous me voulez ?

— Juste vous rappeler les strictes conditions anti-incendie : pas de cigarette bien sûr, aucune flamme, ni briquet, ni bougie.

— C'est noté.

— OK, je vous souhaite bonne chance.

Puis il claqua la porte. L'air de rien, c'était la première personne à se soucier de mon trac. Ceci ajouté à un physique agréable – ses muscles dorés, son regard pénétrant et ses hanches étroites jouaient pour beaucoup dans mon estimation –, j'avais presque oublié l'épreuve qui m'attendait quand, tout à coup, les applaudissements résonnèrent, suivis des accords graves et impérieux de l'ouverture. Cette fois-ci, plus d'échappatoire possible, mon heure avait sonné. Tel Don Giovanni, j'avançais vers mon funeste destin… Il me restait une bonne demi-heure avant mon entrée en scène. Le héros devait tuer le commandeur, et les femmes s'acquitter de leurs crises d'hystérie…

On frappa de nouveau à la porte. C'était encore le pompier. Il s'avança vers moi d'un pas déterminé, ce qui m'offrit le loisir de le jauger plus en détail. Une belle bête d'un mètre quatre-vingt-dix au moins. Un visage anguleux, des traits fins, comme coupés au couteau. Des yeux noir profond, effet accentué par des arcades sourcilières saillantes. Des joues creusées. Une mâchoire prononcée. Des lèvres joliment dessinées s'étiraient en sourire mystérieux alors qu'il me tendait un papier plié en quatre :

Deux phrases étaient griffonnées à la main :

« *Laissez-vous faire. Ce seront vos meilleurs alliés. Helena.* »

Je restai interdite devant le message énigmatique. Le pompier n'avait pas bougé, comme s'il attendait de moi une réponse, une réaction. Les yeux baissés sur la lettre, je sentais sa présence à côté de moi. Sa braguette et son ceinturon de cuir n'étaient qu'à quelques centimètres de mon épaule : une aura virile, tout à la fois rassurante et obsédante. Comme je ne bougeais toujours pas, il se produisit un phénomène extraordinaire. L'homme vint s'agenouiller devant moi, sans crier gare. Un pied à terre, il me regardait dans les yeux. Je n'eus pas le temps de m'en étonner que déjà il prenait ma main, moite et chaude de trac. La sienne était fraîche et sèche. Immense et puissante. Je la contemplais avec émotion pendant qu'elle passait de mon bras à mon épaule. Elle se posa sur mon décolleté avant même que j'aie pu réagir. Le regard du soldat m'ensorcelait tant que j'aurais été bien en peine de protester. Le bougre m'avait prise dans ses filets. J'étais hypnotisée par son audace, haletante. Ma gorge se soulevait avec rapidité pendant qu'il flattait ma poitrine à deux mains… Ses caresses subtiles se muèrent en palpations plus appuyées. À force, mes tétons, tout raides, et rougis par le désir, s'échappèrent du corset. Le bel homme, sans lâcher mes seins, posa sa bouche sur l'un, le lécha, le suçota, longuement, au point de me faire fondre. Une liqueur tiède baignait mon sexe. Mon entrejambe chauffait. Pendant qu'il s'occupait du second téton, je me cambrais et écartais les cuisses par réflexe, geste qui n'échappa pas à mon mystérieux soldat… Il arqua un sourire en s'éloignant de mon sein, que j'interprétai comme une invitation à m'abandonner davantage… Alors, je laissai son bras fouiller mes jupons, cependant que ses lèvres humides se posaient sur les miennes. Son baiser s'accorda avec les premières caresses sur mon sexe, qu'il trouva gluant et gonflé. J'ai savouré sa langue et ses doigts en oubliant tout le reste… Le rôle, la musique, le commandeur qui agonisait à quelques cloisons de moi… J'étais une femme qui succombait au charme d'un inconnu. Femelle captive d'une bête de séduction et de virilité. Mon Dieu, cet homme m'obsédait ! Entre ses mains, j'avais l'impression de m'abîmer dans le stupre. Je dévorais sa bouche, mordais ses lèvres, je m'arc-boutais afin qu'il enfonce ses doigts en moi. Il avait compris ce dont j'avais besoin : qu'il me mange la chatte. En deux temps trois mouvements, il retroussa mon armada de jupons pour y glisser la tête. Il cala ses lèvres sur mon sexe dégoulinant, darda la langue aux endroits sensibles. Je sursautai, non de surprise, mais de désirs accumulés. Enfin, la délivrance ! Comme j'aimais voir son crâne rasé remuer entre mes cuisses pour y répandre une volupté croissante, vénéneuse, sans égale… Je tanguais au rythme des lampées, les doigts accrochés aux muscles de ses épaules. Dur, il était dur, de partout, j'en étais sûre, et ça me rendait folle. Comme j'aurais voulu qu'il entre en moi ! Les doigts qu'il agitait entre les parois bouffies de mon sexe ne me suffisaient plus. Je fantasmais son membre, raide comme une matraque, je voulais qu'il me prenne, me fende et cogne jusqu'au fond. Mais il était trop tard. La régie m'appelait.

— Zerlina, Masetto et les paysans : entrée en scène dans 5 minutes.

Encore sur ma faim, les joues rouges de luxure, je repoussai le pompier à contrecœur avant de courir vers les backstages. Si mon cœur s'affolait dans ma poitrine avant de fouler les planches, ce n'était en aucun cas dû au trac, mais à mon enthousiasme persistant. L'aventure avec le pompier m'avait transportée si loin des contingences matérielles… C'est avec une légèreté inhabituelle que je me suis élancée sur scène, au bras de Masetto, pour chanter ma joyeuse ode à l'amour. Les notes s'égrenaient avec une facilité surprenante. Quand est venu le moment de l'air de séduction de Don Giovanni, je n'ai dû fournir aucun effort pour transmettre l'émotion que j'avais sur le cœur, et qui battait encore entre mes cuisses… Le charme du pompier opéra tout au long du duo. Bien que mon partenaire ne ressemblait en rien à mon diable de séducteur, il ne m'était pas difficile de le substituer, en pensée, à mon amant clandestin, si bien qu'en tendant la main au baryton, en cédant à ses avances, je me livrais tout entière au Don Juan. Une salve d'applaudissements s'ensuivit. Se pouvait-il que ce fût pour moi ? Je quittai la scène totalement sonnée. Je n'aurais su évaluer ma prestation ; jamais je n'avais chanté de cette façon, en oubliant complètement la technique pour vivre le texte avec mon corps. La raison était simple : je n'étais plus occupée que par une idée, retrouver le beau pompier afin de terminer ce que nous avions commencé.

Pendant l'entracte, j'arpentai le labyrinthe de couloirs exigus des coulisses en quête de mon amant. Plus d'une fois, un crâne rasé à la nuque ceinte d'un col bleu marine me fit battre le cœur, pour mieux me décevoir lorsque je dévisageais le bonhomme : de dos, tous les pompiers se ressemblaient. C'est aux abords de ma loge que je le retrouvai enfin. Il était avec deux camarades. Sans oser interrompre la conversation, je me postai devant lui, le regard lourd de sous-entendus. Mais il fit mine de ne pas me voir. L'heure tournait, l'entracte allait sur sa fin. Je ne comprenais pas son indifférence soudaine. Piquée dans mon orgueil, je le pris gentiment par le bras.

— Venez, osai-je dire.

Il se mit à ricaner.

— Vous avez vu ça les mecs ? Même ici, on n'est jamais tranquille, ça mouille sous les jupons des divas.

Les deux autres, plus petits, mais non moins baraqués, eurent un rire gras… Je me sentis tellement humiliée que je le giflai.

— Eh, tout doux minette, va falloir apprendre les bonnes manières, rétorqua-t-il, le regard noir, en saisissant le poignet qui venait de frapper. Tu veux jouer ? Alors on va jouer…

Tout est allé si vite. Quelques secondes plus tard, j'étais dans ma loge fermée à clé. Debout, les fesses contre la coiffeuse, les bras en croix et les poignets fermement maintenus par les deux pompiers inconnus, j'attendais. Les hommes serraient fort, comme pour mieux me faire comprendre que j'étais leur prisonnière. Pourquoi ? Je ne me débattais même pas. Pour une raison obscure, je me sentais en confiance, et toujours excitée. Le plus beau des trois, mon amant de l'acte I, était devant moi. Je le regardais dénouer sa boucle de ceinture avec convoitise… puis il défit sa braguette. Les regards qu'il m'envoyait pendant qu'il se déshabillait étaient emplis de fierté virile. J'y lisais quelque que chose du genre « je vais te faire ta fête, ma cocotte ». Et sa hampe, longue, raide, qui pointait entre ses cuisses musclées, vint confirmer la baise imminente. À l'idée d'être enfin comblée, qui plus est par le sexe de cet homme au charme brut, j'avais des frissons dans tout le corps. Mais au lieu de se jeter sur moi pour relever mes jupons, l'homme cracha dans ses doigts et se masturba avec nonchalance…

— Tu veux que je te baise ?

Un soupçon d'orgueil résiduel, plutôt déplacé dans ma posture, m'empêcha de répondre. Pourtant, Dieu sait qu'en contemplant son corps, j'avais la bave aux lèvres.

— Tenez-la bien, dit-il, en s'adressant à ses camarades.

Je ne m'étais pas attendu à la gifle magistrale qu'il m'asséna. La douleur et la surprise me coupèrent le souffle. Alors j'en reçus une seconde… Les deux autres riaient, enjoignaient à leur camarade de me donner une bonne leçon. Le pompier m'attrapa par les cheveux pour incliner ma tête en arrière. Posté devant moi, il me dominait de sa hauteur impressionnante. Ses yeux magnétiques plongés dans les miens, il répéta :

— Tu veux que je te baise, oui ou non ?

J'étais en proie à une tempête de sentiments contraires : j'aurais voulu l'envoyer balader pour sa muflerie, mais le fait est qu'il me plaisait, que je mourais d'envie d'être prise. Depuis le début. Pire encore, ma position de prisonnière molestée décuplait mon émoi… J'aimais sentir sa poigne sous ma nuque ; le feu qu'il avait allumé sur mes joues participait pour beaucoup à mon excitation.

Comme je tardai à répondre, il tira plus fort sur mon cuir chevelu, au point de me tordre le cou…

— Oui, balbutiai-je, ne pouvant en supporter davantage.

— Oui, quoi ? répliqua-t-il sur un ton sévère.

— Oui, je veux être baisée.

Les trois hommes ricanèrent de concert. Je ne sais plus qui a relevé mes jupons, mais ce n'était pas mon amant. Lui, grand prince, se faisait attendre, frictionnant son membre comme on nettoie une arme avant l'affrontement. Celui qui m'avait dénudée m'attrapa un genou, afin que, en équilibre sur un pied, j'ouvre grand mon sexe en vue de la saillie imminente. Impudique, j'exposais la place à investir, la fente à élargir. Quand le dard, enfin, me transperça, la brûlure de la friction – le pompier m'avait pénétrée d'une traite, jusqu'à la garde – me fit crier. Mais bien vite, le bonheur de sentir le torse du pompier s'aplatir contre ma poitrine, ses mains malaxer mes fesses, me fit perdre la tête. Son bassin cognait mon ventre à une cadence si rapide… On eût dit une machine infernale. Je n'aurais su dire si j'aimais ou si je détestais ça, tant les sensations étaient puissantes, mais une chose était sûre : je ne voulais pas qu'il arrête. Surtout pas pendant qu'il me mordait les lèvres, le cou, les oreilles. Tout ce qui tout à l'heure était doux – les baisers, les caresses – était à présent frénétique et brutal. Je hurlais tout en offrant tant et plus mon corps à son appétit féroce. Quand ce n'était pas lui qui me claquait les fesses, c'était l'un ou l'autre des deux hommes. Si la sonnerie de l'entracte n'avait pas retenti, le

Don Juan leur aurait sans doute cédé la place pour qu'ils me prennent à leur tour.

— Stop ! criai-je entre deux gémissements…

Ils me relâchèrent sans faire d'histoire, le sourire aux lèvres pendant que je rajustais mon corsage et retouchais ma coiffure en toute hâte.

J'étais encore chiffonnée au moment de mon entrée en scène. Si j'avais brillamment réussi ma prestation du premier acte, le plus gros morceau restait à faire : le solo de Zerlina. Par bonheur, le miracle opéra de nouveau. Après l'expérience extraordinaire que je venais de vivre, les paroles de mon air entraient en résonance parfaite avec le feu que je sentais encore sur ma peau et dans mon ventre :

« *Frappe, frappe, mon beau Masetto,*

Ta pauvre Zerlina,

Je resterai là, pareille à l'agneau, à attendre tes coups

Je te laisserai me tirer les cheveux…

Des nuits et des jours, nous passerons ensemble… »

Ces mots que j'avais si souvent chantés comme l'acte de contrition d'une amoureuse fautive, m'apparaissaient soudain dans toute leur sensualité. Non, ce n'était pas une demande de pardon ordinaire, mais la porte ouverte à des plaisirs équivoques… ceux que j'avais goûtés sans retenue quelques minutes avant et qui me hantaient encore. Quelle révélation ! À en juger par les applaudissements enthousiastes, le public aussi, avait été sensible aux nuances si particulières de mon chant.

En quittant les planches, je me sentais légère comme jamais. De retour dans ma loge, je relus le message de la Malinovska, le sourire aux lèvres et la poitrine gonflée de reconnaissance. Tel était donc son secret ! Je m'amusai en imaginant par quel truchement elle en était venue à exploiter les pompiers à son avantage… Le sexe et la musique ne faisaient donc pas si mauvais ménage. Après tout, Mozart l'avait compris bien avant nous.

Finalement, la diva s'est remise plus tôt que prévu. Une semaine plus tard, elle assurait ses dates, la cheville plâtrée, mais toujours aussi « habitée » par son rôle.

J'appris aussi, dans le journal, que pour la première fois, l'opéra royal de Versailles avait essuyé un début d'incendie. Plus de peur que de mal : le feu avait été vite maîtrisé par les pompiers. Aucun dégât de grande ampleur à déplorer. Cependant, en lisant de nouvelles critiques dithyrambiques des performances de la Malinovska, il me fut aisé d'imaginer pour quelle raison les soldats du feu avaient fait preuve de négligence pendant leur garde.

Blue Velvet

La maison de grand-maman s'appuie sur celle des voisins, un couple de fermiers aux mains calleuses et aux visages fermés qu'une vie de dur labeur a vieilli avant l'âge. Notre tonnelle donne sur leur jardin potager où Mme Rigot cultive des fraises, des framboises et des artichauts à profusion. Après la récolte, elle passe des heures à confectionner des confitures et des pâtes de fruits qu'elle vend au voisinage à bon prix. Maniaque comme peuvent l'être ces femmes d'un autre temps, elle a pris soin de former des allées régulières qui s'allongent jusqu'au gros chêne qui lui fait de l'ombre lorsqu'elle s'installe sous ses branches, le midi, pour crocheter de ses doigts rapides. Jamais de répit, toujours rester active, l'oisiveté est mère de tous les vices. Elles ont été élevées ainsi, ces travailleuses de la campagne, rudoyées par la mère si elles étaient surprises à fainéanter. Moi, j'ai 17 ans, deux générations nous séparent. Je suis allongée sur une chaise longue, au soleil, une capeline sur la tête, mon livre de géographie ouvert au chapitre « ressources énergétiques des États-Unis » posé sur la poitrine. Depuis combien de temps ne l'ai-je pas repris en main ? Un quart d'heure, vingt minutes… Beaucoup trop, en tout cas, pour une lycéenne censée potasser son bac. Je l'aurai ce diplôme, aucun doute là-dessus, mais la mention dépend de mes efforts de révision. Mes parents ont cru bon de m'envoyer passer les quelques jours qui me séparent de l'examen ici, dans le Calvados, chez mamie Josette, afin que je ne sois pas distraite par les tentations de la ville : les sorties, les copines… C'est mal connaître ma nature paresseuse. J'aime bien la philosophie, l'histoire, et ne rechigne pas à me plonger dans un livre qui me raconte le passé. Mais quand un manuel trop barbant me tombe des mains, je pourrais rester des heures à rêvasser sous le ciel printanier, le regard perdu dans les allées régulières de fraises et d'artichauts. Et si le soleil tape trop fort, il arrive que mes paupières s'alourdissent. Je ne lutte pas. Les laisse choir. Sous la mince pellicule organique, j'observe des volutes se former : bleues, vertes, blanches tachées de noir sur fond rouge.

Soudain, un poids, puis deux, me surprennent sur le flanc gauche… J'ouvre un œil : c'est Sakura, le gros chat de mamie, qui a posé ses pattes sur moi, et me regarde. Une sorte de chartreux (bien qu'il vienne de la rue) au poil soyeux et aux yeux jaunes comme l'agate. Lorsqu'il est apparu dans le jardin, un chaton de trois mois peut-être, la peau sur les os et toussant à faire peine, ma grand-mère l'a recueilli. Elle l'a requinqué à force de bons soins et l'a prénommé Sakura, « fleur de cerisier » en japonais. On a longtemps cru que c'était une femelle, jusqu'à ce que le vétérinaire nous contredise. Tant pis, son prénom lui est resté. Il y répondait déjà. Mais ce chat est bel et bien un matou. J'ai rarement connu un animal plus sensuel. À présent que d'une tape sur ma cuisse, je l'ai invité à venir s'étendre sur moi, envoyant valdinguer mon livre par terre, il s'installe sur mon ventre comme un pacha, prenant ses marques à pas feutrés. Toutes griffes rentrées pour n'être que douceur, il tourne, cherche les recoins les plus confortables, l'endroit le plus moelleux pour reposer sa tête. Les deux pattes avant tournées vers moi, son regard pénétrant perdu dans le mien, il a coincé son museau entre mes seins, que ses moustaches chatouillent sous ma fine tunique de coton. Dès qu'il a trouvé chaleur humaine auprès de laquelle se prélasser, Sakura remercie par des ronronnements qui gagnent en intensité si on lui gratte le dos en même temps. Tout à son plaisir, il ferme les yeux. Heureuse de sentir son poids sur mon torse, ses vibrations d'aise, je cille à mon tour…

Le matou m'offre alors la curieuse danse de sa queue. L'intelligence féline est une chose que l'homme maîtrise mal. À peine croit-il y comprendre quelque chose, que déjà, elle lui échappe, comme une bulle de savon qui éclate dans l'air. Est-ce le fruit du hasard ou le fait-il exprès ?

D'un balancement régulier, il effleure mon entrejambe auquel ma jupe d'été n'offre qu'une barrière symbolique. Je connais son manège et m'y prête avec délice. C'est souvent à la tombée du jour, lorsqu'il revient de sa journée de chasse entre broussailles et terriers qu'il me sollicite. Sous le ciel mauve du couchant, son corps flexible prend des teintes de cyan. Un chat de velours bleu, au pelage doux et chatoyant, pareil à une peluche haut de gamme, voilà ce qu'il m'évoque lorsqu'il saute sur mes genoux pour m'offrir ses caresses équivoques. M'a-t-il guettée depuis quelque repère ? Surprise dans ma nonchalance ? Au moment où j'ouvre les cuisses, les frottements de sa queue se font plus appuyés, plus profonds, oserais-je dire plus pervers ? Sakura cible délibérément mon sexe, qui chauffe à ce contact. Le balancement, tel un métronome, est régulier, entêtant. Mes joues rosissent, mon cœur cogne contre ma cage thoracique. Collé sur ma poitrine, le matou doit sentir mon émoi, car il accélère le rythme. Une volupté bien connue s'empare de mon ventre. La douceur de cette queue passant puis repassant sur mon sexe ouvre la porte à un plaisir croissant. Je n'ai encore jamais couché avec un garçon, mais je me masturbe depuis l'âge de douze ans. J'ai l'habitude de la sensation de l'index qui roule sur mon clitoris gonflé, des orgasmes répétés, du bassin qui se soulève sous les secousses, du cœur coulant de ma fente où j'ose à peine enfoncer une phalange pour mouiller ma peau avant de revenir au point excitant, sur la perle bombée. Pourtant, rien n'égale le plaisir donné par un tiers, fût-il humain, ou animal, fût-il plus subtil que mon doigt asticotant mon clitoris…

Sous le soleil au zénith, je savoure les caresses de Sakura en ondulant du bassin. Il ronronne encore, plus fort, si fort que son concert devient assourdissant. Et comment se peut-il que les vibrations de son corps me secouent à ce point… Comment ?

L'odeur caractéristique de kérosène, le sifflement continu des moteurs, les légères turbulences qui me ballottent… Mes jambes allongées sous la couverture de la compagnie Cathay Pacific… Les paupières closes du sommeil qui ne demande qu'à m'envelopper de nouveau entre ses draps de songes… Bien sûr ! Je n'ai plus 17 ans, mais 36, et je fais route vers Shanghai pour sceller un contrat entre ma compagnie et une société locale. Un vol de nuit, long, éprouvant lorsque l'on n'a pas, comme moi, le privilège des grands cadres de voyager en *first class.* Le large fauteuil s'incline à 180° pour veiller sur le sommeil du capitalisme. C'est l'hôtesse de l'air elle-même, aux petits soins avec les passagers, qui est venue faire mon lit. Tendre des draps sur le siège, y déposer un coussin, des chaussettes moelleuses, un pyjama aux couleurs de la compagnie… Qui ne dormirait pas de tout son saoul dans ces conditions ? Depuis combien de temps me suis-je assoupie ? Sous mes paupières, l'obscurité. Les lumières de la cabine n'ont pas été rallumées, les stores des hublots sont baissés… Peu de temps… Mais que m'arrive-t-il ? Je suis consciente, et pourtant je sens toujours mon pouls s'affoler entre mes cuisses. Plus étrange encore : il ne s'agit pas du simple reliquat d'excitation des rêves érotiques, ces répliques qui vont en mourant à mesure que l'on s'éveille. Non, des caresses maintiennent mon sexe dans un cycle de volupté. Les ondes du plaisir circulent de mon bassin à mes pieds, empruntant le chemin de mes jambes. La queue de Sakura n'est plus là, mais quelque chose s'y substitue, d'une tonalité plus franche et plus habile que le chat de grand-maman. Bercée par le mouvement de balancier et la pression exercée sur ma vulve, je n'ose ouvrir les yeux.

Lorsque je suis arrivée dans la cabine, un homme d'une cinquantaine d'années, un *business man* visiblement, était assis à droite de mon siège, côté allée. Un Américain, d'après ce que j'ai pu comprendre durant la conversation de courtoisie que nous avons échangée pendant le repas. Il n'était pas beau, maigre, petit, sentait fort le tabac. Se pourrait-il… ? Je préfère ne pas l'imaginer, trop obnubilée par le plaisir qui croît entre mes jambes. Mais ma bouche me trahit. J'émets un souffle, pareil à un grognement où dépit et satisfaction s'emmêlent. Tout de suite, la main qui me caressait s'immobilise. Je ne peux le supporter. La frustration immédiate qui m'étreint est pire encore que la répugnance que j'éprouve à l'égard de mon voisin. Je plonge alors ma main sous la couverture pour rattraper son bras.

Quelle n'est pas ma surprise ! Au lieu de saisir un avant-bras osseux et poilu, c'est un poignet d'une finesse surprenante que mes doigts enveloppent. Et que dire de cette peau qui est un véritable velours sous ma paume ? Abasourdie par cette découverte, je caresse l'épiderme chaud et satiné jusqu'à la pliure du bras où commence le vêtement. L'étoffe semble plus rêche que la chair. Ma main remonte sur l'épaule, épouse l'arrondi du cou… Je dois savoir qui… J'ouvre les yeux.

Bien sûr, qu'avais-je en tête ? Une femme asiatique, au teint ambré, blottie sous une couverture similaire à la mienne me sourit. Un sourire fin, ambigu, qui ne laisse pas apparaître les dents. Elle a 45 ans peut-être, des cheveux noirs tirés en chignon, un visage rond et des traits délicats. Ses yeux noirs en amande sont soulignés d'un maquillage soigné qui donne à son regard une touche de mystère impénétrable. Il y a de la félinité dans ces pupilles et je suis sous l'emprise de cette créature insondable, dont le charme discret est décuplé par les intentions perverses et sournoises qu'elle a eues à mon égard. D'un élan naturel, ma bouche s'approche de ses lèvres : deux beaux pétales bulbeux, gorgés d'eau, pareils à ceux des tulipes à peine écloses. Je me colle à ces chairs rutilantes, savoure le miel de la petite langue qui s'enfonce en moi pour visiter mes profondeurs. Avec art, elle y sème des frissons qui me grisent, alors que sa main reprend des mouvements jouissifs entre mes cuisses. Mais cette fois-ci, c'est sous l'élastique du pyjama, sur mon con englué de désir, qu'elle donne à son branle un rythme accéléré, ciblé sur le capuchon du clitoris. Touchée en mon point le plus sensible, je geins et me tords… Il faut moi aussi que je la caresse… Sa peau si douce exerce une attraction irrésistible. Sous sa jupe, je flatte ses cuisses, nues au-dessus de la jarretière élastique des bas. Un terrain soyeux d'une finesse ineffable et, plus haut, la preuve de son désir : un abricot lisse sous une culotte de tulle, qui coule en ruisseau sur ma main. C'est à cet instant, en découvrant l'excitation que je provoque en elle, que l'orgasme me surprend. Je tressaute sous ses doigts dont la cadence s'adapte aux secousses pour accompagner le paroxysme du plaisir. Dieu que c'est bon… Des baisers, de nouvelles caresses s'ensuivent… Nous avons perdu toutes réserves. Qui pourrait nous voir dans cette pénombre où chacun somnole, masque occultant sur les yeux ? Qui pourrait entendre nos râles couverts par le ronronnement continu des moteurs ? Conquise, je me sens disposée à adopter l'humeur coquine de ma compagne. Afin de lui rendre la pareille, je joue de mes doigts sur sa vulve juteuse, m'insinuant parfois entre les parois humides de son sexe. Elle vient très vite, en miaulements adorables qu'il me faut aller cueillir dans sa bouche pendant que ma deuxième main malaxe ses petits seins ronds. Mais elle n'en a pas fini. Telle une jeune chatte espiègle, elle se glisse, en quelques mouvements agiles, sous ma couverture. Genoux à terre, elle descend complètement mon bas de pyjama, et colle sa tête entre mes cuisses, les mains sur mes hanches. Oh comme j'aime caresser ses bras, courts et dodus, tendus de cette peau caramel si douce qu'elle semble irréelle. Sa petite langue ne tarde pas à me gratifier de ses lapements. De haut en bas, de droite en gauche, la voilà qui lèche mon bouton avec une dextérité surprenante. Je ne sais si le plaisir électrisant que je ressens – mille fois supérieur à celui que m'offrent les hommes – est dû à la finesse de sa langue, à la connaissance de mon sexe, ou à quelque tradition chinoise – mais il m'est impossible de lutter contre le brasier qu'elle allume dans mon ventre. Il me semble qu'un serpent a encerclé mon clitoris, le tord, le comprime, le mord, le gonfle d'un venin brûlant pour m'emmener aussi haut qu'il est possible, vers un domaine de volupté jamais atteint. Je ne résiste pas plus d'une ou deux minutes avant d'exploser par violentes rafales. Je me mords les lèvres pour museler mes cris, m'accroche aux accoudoirs du siège pour ne pas décoller, tant mon corps est ballotté par les convulsions. Quand je retrouve mon souffle, je sens encore mon cœur affolé battre dans ma poitrine. Ses pulsations résonnent jusqu'à mon sexe… Je suis vide, épuisée, comme après une course à pied. La fatigue m'étreint, et je me rendors, les doigts accrochés aux bras soyeux de la divine lécheuse…

À mon réveil, le jour point par les hublots, une bonne odeur de café et de croissants chauds caresse mes narines. J'entends les hôtesses de l'air proposer à voix basse des petits déjeuners aux passagers. Je soulève les paupières : un film apaisant montrant un ruisseau qui serpente entre des arbres aux couleurs d'automne passe sur l'écran. Lorsque je tourne la tête vers ma gauche, souriant déjà à ma déesse de la nuit, je retrouve le *business man* quinquagénaire, qui accueille mon expression joyeuse avec un plaisir non feint. Où peut-elle bien être ? Je n'ai même pas eu le temps de lui parler, de la remercier, de lui transmettre mes coordonnées. Bêtement, j'ai cru qu'ils avaient échangé leurs places pour de bon. Je refuse l'idée d'avoir rêvé. Toutes ces sensations étaient bien réelles. Et je refuse d'en rester là, pas avec pareille créature, pas après le plaisir insensé que nous avons pris ensemble. Une fois mes viennoiseries avalées, je mène l'enquête à travers le fuselage de l'avion, passant de classe en classe, dévisageant tous les passagers. En vain. Dépitée, j'attends l'atterrissage. « Il est 14 heures, heure locale, la température est de 68 degrés Fahrenheit. La compagnie Cathay Pacific vous souhaite un bon séjour à Shanghai et espère vous retrouver bientôt sur ses lignes », nous dit une voix d'hôtesse en chinois puis en anglais, pendant que j'extrais mon bagage à main du rack. « Suite à un problème matériel, seule la sortie arrière de l'appareil pourra être utilisée ». *Soit, les passagers de première daigneront se mêler à la populace,* me dis-je en riant intérieurement. C'est après une attente interminable dans une allée bondée, au moment où je m'apprête à poser le pied hors de l'avion, que nos regards se croisent. Ma belle amante de la nuit. Dans son uniforme de chef de cabine, bordé d'un col mao de velours bleu, elle salue les passagers en anglais, accompagnée d'une hôtesse moins gradée. Face à elle, je me fige sur l'instant, pour lui adresser un grand sourire complice, auquel elle réagit par un arc discret des lèvres, affabilité commerciale, avant de tourner le regard vers le passager suivant. Je suis sonnée par son mépris affiché, et, dans ma détresse, je ne trouve rien d'autre à faire que de suivre le flot d'hommes et de femmes pressés de retrouver la terre ferme. Pour ma part, c'est en l'air, là-haut, au-dessus des nuages, durant la nuit obscure, dans le fuselage ronronnant, que je voudrais retourner, pour m'oublier entre les bras de velours de la démone ingrate. J'en rêverai encore, souvent, en réempruntant les lignes de la Cathay Pacific. À moins que ce ne soit en songe que je la retrouverai pour continuer à nous aimer…

Esprit de Noël

Tous les ans, à l'approche des festivités de Noël, c'est la même chanson : mes soumis me harcèlent pour gagner le droit de me faire un cadeau. Sans doute croient-ils s'attirer par-là mes faveurs. L'espoir fait vivre ! Trop bonne, j'ai décidé de fixer une date et une heure précises pour cet étalage pathétique d'offrandes romantico-masochistes. Ainsi, le 24 décembre, entre 14 heures et 16 heures, ceux qui le désirent peuvent venir déposer leurs présents devant ma porte. Ah, on ne peut pas dire qu'ils se cassent la tête : grâce à eux, mon appartement fleure tout l'hiver le thé *Esprit de Noël* que mes ouailles m'offrent dans toutes les déclinaisons possibles : en vrac, en coffret limité, en biscuits... Une imagination débridée, n'est-ce pas ? De plus, j'ai commis l'erreur de déclarer mon goût pour les roses. Résultat : après le passage des soumis de Noël, je pourrais ouvrir une boutique tant mon salon croule sous les « baccara », les « grand prix » et autres « red naomi », sans parler des parfums aux essences de la reine des fleurs, dont ils me couvrent immanquablement. L'idée que ces quelques gouttes d'alcool capiteux viennent caresser les recoins les plus intimes de mon corps de déesse suffit à leur bonheur ! L'adoration, quand ça vous tient…

Il n'empêche qu'ils pourraient faire un petit effort. Quel manque d'originalité ! Ces diables de maso me feraient bâiller d'ennui. À l'annonce d'une fête aussi magique que Noël, ils devraient se décarcasser pour m'en mettre plein la vue. J'ai gardé une âme d'enfant qui n'aspire qu'à être émerveillée, au lieu de cela ils me servent les sempiternelles recettes du cadeau bien tempéré.

J'aime provoquer l'émulation parmi mes fidèles. Pour leur progrès spirituel et physique, les masos doivent se savoir en concurrence permanente les uns avec les autres. Alors j'attise les jalousies, je tiens des comptes, j'agite les récompenses comme une carotte devant leur nez. Cette fois-ci j'ai mis la barre très haut : les trois meilleurs soumis de l'année ont décroché le droit de venir déposer leurs offrandes à mes pieds. Mieux encore, aux heureux gagnants reviendra le privilège ultime d'obtenir un cadeau de moi. Mon choix s'est arrêté sur Damien, Alex et Claude. Tous trois ont fait preuve d'une endurance et d'une dévotion touchantes. Il me tarde de les accueillir à coups d'insultes et de cravaches.

Je me prépare un thé fumant – sans surprise, le fameux thé de Noël – en attendant Damien, le premier des élus. Ce garçon, c'est la vénération faite chair. Je suis tout pour lui : sa maîtresse, sa mère, sa sœur, son amie, sa confidente, sa tourmenteuse…

Tandis que j'humecte mes lèvres du liquide épicé, j'entends ses pas dans les escaliers. Je l'observe par l'œilleton : il porte les vêtements que j'ai choisis pour lui. Costume, redingote, écharpe, chapeau de feutre, tout y est : la panoplie du parfait petit Ken. J'ouvre : ni une ni deux, la larve se précipite à mes pieds et les couvre de baisers.

— Tout doux microbe, lui dis-je, en lui envoyant un coup de mollet dans l'épaule, les festivités n'ont pas encore commencé !

Je traîne mon protégé par la cravate jusqu'au salon. Chez moi, pas de sapin, j'ai grandi aux Antilles, là-bas, on décore les manguiers, comme le chante la Compagnie Créole. Ce n'est pas que j'aie quelque chose contre les décorations de Noël, au contraire, j'aime bien le kitsch à l'occasion, mais là, je n'ai tout simplement pas l'habitude… je serais bien incapable de choisir un arbre digne de ce nom. Du coup, j'ai disposé « mes cadeaux » dans une chaussette fantaisie suspendue au manteau de la cheminée. Des bougies y flambent dans des photophores multicolores. Vêtue d'un fourreau de velours rouge et de bottes vernies noires, ma tenue évoque, à quelques courbes près, l'habit de la mère Noël, ou devrais-je dire de la mère fouettarde : depuis que Damien est devant moi, j'ai la cravache qui me démange. Impatiente, je martèle mes souliers du bout de la languette de cuir.

— Alors l'avorton ! Où est mon cadeau ?

L'homme approche, visiblement impressionné.

Il me remet son paquet, un sourire puéril plaqué sur la figure. À la lueur des bougies, son visage de benêt ahuri est hallucinant.

Je tends la main, et, sans lui faire l'aumône d'un regard, je déchire nonchalamment l'emballage. Quelle n'est pas ma surprise en découvrant un livre au titre évocateur : *Les 100 plus beaux poèmes d'amour.* À force d'attendre ma réaction, Damien n'en peut plus de se tordre les doigts. Bien sûr, je fais durer l'attente. Mon cœur balance : je pourrais lui envoyer une bonne pique dont il ne se remettrait pas, ou lui dire que c'est mignon, histoire de respecter la « trêve de Noël ». Après tout, c'est vrai que c'est mignon… Pourtant, j'opte pour la première solution, plus vacharde :

— Tu crois pouvoir m'amadouer avec ces niaiseries de cour d'école ? Tu penses que je ne sais pas ce qui trotte dans la tête des petits pervers dans ton genre ?

La mine déconfite de mon admirateur fait peine à voir. Mon sadisme a ses limites, je rectifie un peu le tir :

— Allons, ne fais pas cette tête, je t'ai promis un cadeau : plonge ta main dans la chaussette de la mère Noël.

En fait de présent, le soumis doit piocher parmi une demi-douzaine de papiers pliés en quatre.

En déployant la feuille, Damien découvre l'intitulé de sa récompense, non sans une pointe de déception dans le regard :

« Fessée à main nue avec obligation de chanter *Vive le vent*, pendant ladite correction. »

— Allez poussin, ne te fais pas prier, viens donc m'offrir ton petit cul que j'en fasse de la confiture pour l'hiver !

Sitôt dit, sitôt fait : voilà mon protégé étendu en travers de mes cuisses, le dos cambré et les fesses bombées dans l'attente du châtiment. Interdiction toutefois de se déculotter lui-même, c'est à moi seule que revient ce droit. Je m'exécute avec lenteur et solennité. Le hasard fait bien les choses, si j'avais dû choisir un cul à fesser un jour de réveillon, c'est le sien que j'aurais élu. Bien blanche, arrondie, ferme et souple à la fois, sa croupe a conservé un charme enfantin auquel je ne peux résister.

PAN ! La première claque s'abat sur une fesse. Le soumis sursaute en émettant un couinement de protestation. Je ne l'entends pas du tout de cette oreille et frappe plus fort sur l'autre fesse.

— Aïe !

— Tu vas chanter, oui ? Tu crois que je t'ai fait venir ici un jour de Noël pour t'entendre te plaindre !

La leçon porte ses fruits. À présent, le charmant garçon s'égosille au rythme enlevé des claques :

— Vive le vent… aïe… vive le vent… aïe… vive le… aïe… d'hiver…

— Ne te laisse pas déconcentrer ou je vais chercher la canne anglaise, dis-je d'un ton menaçant.

La fine badine, qui cisaille la chair et fait éclater la peau, est la bête noire de Damien.

— Vive le vent, vive le vent, vive le vent d'hiver !

Je préfère de loin ce refrain. Damien se trémousse sous les coups au point que mon bras doit redoubler d'ardeur pour le ramener dans le droit chemin, mais il a enfin cessé de se plaindre. Je savoure sa capitulation sur fond de vives percussions. Au fil de la chansonnette, ses fesses prennent une belle teinte rougeaude, assortie à ma robe. Lorsque je jette mon soumis à la porte, il arbore un cul aux couleurs de Noël à faire pâlir d'envie.

À présent, c'est le tour d'Alex, le séducteur de service. Je le découvre : torse bombé, regard langoureux, et sourire charmeur, dans l'embrasure de la porte. Il ne doute de rien, le bravache. Une paire de claques, envoyée d'entrée de jeu, lui remet les idées en place. Je dois tirer sur sa tignasse blonde pour le forcer à plier les genoux et obtenir mon baise-pied protocolaire. Que croyait-il donc ? Que son avancement changerait quoi que ce soit à sa condition ? Je me charge de lui en faire rabattre. Collier et laisse de chien au cou, il rampe jusqu'au salon en emboîtant soigneusement ses pas dans les miens. L'obligeant à se tenir à quatre pattes, je me sers de son dos comme d'un repose-pied pendant que j'ouvre son présent. Dans un étui estampillé d'une marque prestigieuse, je découvre un bracelet de jolie facture. Cadeau bling-bling et séducteur à souhait. Je n'en attendais pas moins d'Alex. Il va sans dire que je ne lui ferai pas le plaisir de l'essayer devant lui. Je dépose le bijou sur ma table basse d'un air blasé avant de lui ordonner de piocher dans la chaussette surprise.

J'espère que la chance sera avec moi. Plus encore que tous les autres, j'ai envie de le voir humilié. L'assurance et l'orgueil chez un homme ne m'inspirent que cruauté et mépris.

Le regard du crooner prend une expression apeurée lorsqu'il lit la sentence :

« Gagné ! Vous serez une parfaite dinde de Noël farcie. »

Alex sait combien je suis blagueuse, mais, pour en avoir souvent fait les frais, il sait aussi que je peux aller très loin, juste pour savourer une bonne plaisanterie. J'ordonne :

— Déshabille-toi la dinde !

L'homme s'exécute, l'air quelque peu angoissé.

— Sur la table maintenant ! Je vais t'assaisonner.

Recroquevillé sur le « plan de travail », l'homme-dinde, tête basse et fesses bien hautes, me présente ses orifices à fourrer. Avant de procéder à l'étape cruciale de la recette, je ficelle soigneusement les pattes et les ailes de l'animal. Puis, pour que ma volaille ait meilleure allure, je recouvre ses extrémités de papier d'aluminium. La présentation est d'un bel effet. Je peux m'occuper de la farce. Quelques marrons ramassés la veille au bois de Boulogne feront l'affaire. Lorsqu'elle me voit approcher le panier à la main, la dinde se met à glousser. Qu'à cela ne tienne, je fourre deux ou trois châtaignes dans son gosier pour la réduire au silence. Ainsi bâillonnée, la poulette ne fait pas la fière, surtout lorsqu'elle me voit prendre place derrière ses reins, une demi-livre de beurre à la main. Consciencieuse, je badigeonne généreusement son croupion de matière grasse, puis un à un, j'introduis les marrons, qui disparaissent sans difficulté dans l'orifice palpitant. À chaque nouvelle intrusion, la volaille geint et se tortille. C'est à mourir de rire. Je tire sur son plumet blond et lui crache à la gueule en guise d'assaisonnement. Pour finir, la dinde repart vêtue de son costume Hugo Boss, mais copieusement farcie. Encore quelques heures à mijoter et elle sera à point pour le repas de réveillon.

Maintenant, j'attends Claude, le dernier des larrons. Lui, c'est le rigolo de la clique. Un blagueur de première, ce qui ne l'empêche pas d'être amoureux, comme tous les autres. Ses déclarations, toujours très farfelues, sont teintées d'une légèreté qui m'amuse. Un jour c'est un message ridicule chantonné sur mon répondeur, un autre un document numérique trafiqué à mon effigie… il ne se lasse pas d'inventer mille manières d'attirer mon attention. Mais il ne faut pas s'y méprendre : c'est aussi un coriace, qui accueille mes idées de jeu, des plus indulgentes aux plus cruelles, avec un enthousiasme infaillible. Je me demande ce que le coquin me réserve cette fois-ci. Étrange mélange de Daniel Balavoine et d'Harry Potter, je m'attends à découvrir sa longue silhouette d'éternel adolescent derrière la porte. L'œil rivé à l'œilleton, je ne distingue pourtant qu'une masse verte… Lorsque j'ouvre, un gigantesque sapin, si haut qu'il dissimule totalement le corps du mariole qui l'a apporté, se dresse devant moi. Claude se fraye un passage parmi les ramures. Son visage, empreint d'une gaîté communicative, m'apparaît entre les branchages :

— Joyeux Noël, j'ai remarqué que ça vous manquait.

C'est qu'il a vu juste le bougre ! Sous mes ordres, le soumis traîne l'arbre jusqu'au salon. Il le dispose entre la bibliothèque et le canapé. Le roi des forêts doit occuper un quart de la surface de la pièce, c'est impressionnant! J'en suis tout émerveillée…

Satisfait de son effet, Claude montre les dents. Je me suis toujours demandé ce que m'évoquait son sourire… un personnage de cartoon, mais lequel?

— Et les guirlandes? dis-je en feignant l'indifférence.

D'un geste de Chippendale, Claude arrache son manteau et sa veste. Autour de son torse nu s'enroulent des guirlandes rouges et or:

— Ta da! s'exclame-t-il, fier comme un paon.

— Et les boules?

Le soumis baisse alors son pantalon pour me présenter son service trois-pièces, d'où pendent quelques babioles de Noël. Je ne peux retenir mon rire.

Il est malin: maintenant, nous n'avons pas d'autre choix que de décorer ce satané sapin dans une ambiance bon enfant: lui, torse nu, le pantalon en accordéon autour des jambes, moi, en bottes à talons aiguilles, infoutue de disposer correctement les guirlandes. Nous faisons la conversation. Devant ma maladresse patente, il a deviné que je n'avais jamais eu de sapin… Dans son regard danse une drôle de flamme, quelque chose entre la joie et le bouleversement profond.

À son tour, Claude a bien mérité son cadeau. Il pioche.

« Vous avez gagné le droit de prodiguer un massage à votre Maîtresse ! »

Mince, j'ai oublié de le retirer celui-ci ! Me voilà dans de beaux draps maintenant, à devoir me faire masser par un clone de Didier Gustin ? Pourtant, il va falloir que je m'y colle.

Je descends ma robe jusqu'à la taille, m'allonge sur le sofa. Le petit veinard pose ses doigts tremblants d'émotion sur ma peau. Sa main, plus douce que je ne l'imaginais, parcourt le relief de mon dos avec une habileté surprenante. Tantôt caressants, tantôt appuyés, ses gestes dévoilent une sensibilité non dénuée d'intérêt… je le laisse continuer, bercée par les ondes naissantes du plaisir. Ma peau, qu'il recouvre d'huile par intermittence, vibre sous ses attouchements minutieux. Par moments, lorsque la caresse réveille de tendres recoins endormis, mon épiderme se hérisse, dénonçant le bien-être que le massage me procure. Conscient de son effet, Claude devient plus audacieux. À présent, ses mains investissent mes cuisses. Commençant par la fragile pliure du genou, il remonte, laisse glisser ses doigts vers l'intérieur, là où la peau est si fine et réceptive. Des frissons déferlent jusqu'à mon sexe. Le sang bouillonne entre mes jambes, mes lèvres chauffent. La palpation est si douce, son rythme si entêtant…

que je pourrais m'endormir ainsi… bercée par la houle voluptueuse.

Au lieu de cela, je ferme les yeux pour feindre un profond sommeil. Le truc est un peu grossier. Qu'importe, le message est lancé. Pensant avoir affaire à une belle alanguie, Claude devient plus entreprenant, ses avances carrément obscènes. Une main s'aventure sur mes fesses. J'ondule pour lui signifier mon accord. Bientôt ses doigts glissent entre ma raie. Toujours dans les bras de Morphée, je pousse un soupir approbateur. Plus insistant, il appuie sur mon anus, dérive jusqu'à mon sexe. Je me cambre davantage pour lui faciliter l'accès. Il entrouvre délicatement mes lèvres enflées, s'immisce jusqu'au cœur dégoulinant. Non loin de là, mon clitoris, avide de stimulations, se tend hors de son capuchon. L'index du masseur, gluant de ma liqueur, s'y dirige et le frictionne avec précision. Sa caresse me soutire un râle continu, soudain ponctué d'un « Oh », lorsque, d'un geste intrépide, Claude écarte mes fesses pour poser sa langue sur mon anus. Bon Dieu ! Quelle mouche a donc piqué les soumis pour qu'ils en reviennent toujours là ? Je ne sais pas si tous les chemins mènent à Rome, en tout cas, pour mes fidèles, toutes les routes mènent à mon cul.

C'est un peu surprenant, même inconvenant, mais il faut bien avouer qu'alliés aux échauffements de mon clitoris, les mouvements de sa langue, qui tournicote autour de mon anneau froncé, sont convaincants. Mon sexe et mon cul en bâillent de satisfaction. À ce rythme, l'orgasme ne se fait pas attendre. L'ayant senti arriver, Claude enfonce son appendice moelleux en moi, comme pour m'ouvrir plus grandes les portes du plaisir. Et cette fois-ci je pars ! Je me paye même le luxe d'une bonne douzaine de rafales vivifiantes.

Pour autant, lorsque la pression descend, je ne suis pas tout à fait calmée. Feignant toujours le sommeil, ma main somnambule tâte le sexe du masseur : sans surprise, il est dur comme une brique. Ses bourses, non moins tendues, appellent mes caresses. Je fulmine d'excitation ! Tant pis pour ma petite comédie : je me retourne d'un bond, ouvre grand les yeux, attrape le pénis pour attirer le bonhomme à moi.

Claude abat son corps souple sur le mien. Nos souffles s'accordent. Nos sueurs se mélangent. Nos cheveux s'emmêlent aux épines du sapin. Au-dessus de nos têtes, les guirlandes scintillent. L'esprit de Noël souffle entre les branchages… Les boules tintent lorsque, d'un lent mouvement du bassin, Claude glisse son membre dans mon sexe bouillant. Il ne bouge plus. Nous partageons un long regard complice. J'y suis : ce sourire, c'est celui de Bugs Bunny !

Sensually Yours

Avant d'entrer dans la salle de conférences, le docteur Lorenz marque une pause devant les hautes glaces du couloir : un peu plus et il oubliait. D'une pression sur la poche droite de sa veste, il troque la couleur grise de son costume contre un noir rayé blanc, du meilleur effet pour les interventions publiques. D'un second clic, il opte pour une cravate club en camaïeu de bleus plus appropriée que les motifs géométriques qu'il a arborés durant la matinée.

La salle n'est pas pleine, mais les spectateurs, tous des éminences en la matière, se sont rassemblés devant l'estrade, où les appariteurs ont déposé le caisson avant l'arrivée du docteur. Dès qu'il apparaît, applaudi par quelques confrères du premier rang, Paul Lorenz commande l'apparition de l'écran. Puis il déclenche la captation sonore en même temps qu'un défilé d'images hétéroclites.

— Afin d'aller à l'essentiel, j'ai choisi de commencer par le lundi 16 juin. Vous excuserez aussi les nombreuses coupes. La majeure partie des informations récoltées durant les écoutes sont de moindre importance :

« En sortant du boulot, je suis passé par le parc. L'air doux, tiédi par le soleil printanier, invite à la flânerie. Les jours rallongent, le solstice d'été approche, ce qui permet à la jeunesse environnante de venir se prélasser sur les pelouses. Nous sommes des dizaines de garçons et de filles, assis dans l'herbe, les jambes en tailleur, seuls ou en groupe. Le murmure des conversations se mêle au bourdonnement habituel de la ville. À ma droite, une poignée de nanas pépie comme des moineaux. Elles ont quitté les jeans et baskets pour des tenues légères qui dévoilent leurs jambes, et pour certaines, leurs décolletés. Je les épie, l'air de rien, glanant ici la ligne élancée d'une cuisse nue, là, la courbe entêtante d'un sein, mobile sous le T-shirt fin. Il se dégage d'elles toute la fraîcheur de la féminité post-pubère. Elles parlent avec les mains, s'esclaffent en une torsion de tout le corps, étendent leurs jambes devant elles, se caressent nonchalamment une cheville ou jouent avec leurs orteils. Sans en avoir conscience, elles interprètent une chorégraphie sensuelle qui tourne la tête des pauvres mâles spectateurs dont je suis. D'autres que moi les auraient déjà accostées, j'imagine. Je ne suis pas doué pour ça.

Mon handicap, méconnu de tous, a fini par avoir raison de mes tentatives d'approche. Après une demi-douzaine de relations infructueuses, j'ai fini par baisser les bras. Je m'entraîne tout seul, devant des images pornographiques. Casque de réalité virtuelle sur les yeux, étui à capteurs sur le sexe, je m'adonne à des exercices de masturbation effrénés, en vain. J'ai beau me faire branler et sucer virtuellement par les plus grosses bombes que les ingénieurs aient jamais inventées, je reste incapable de jouir. À 22 ans, je n'ai jamais connu l'orgasme. Pour ce qui est de bander, aucun problème. Ma queue se dresse comme un petit soldat au moindre bout de cul ou de nichon qui passe, pourvu qu'ils soient de chair et de sang. La durée de mes érections atteint même des records. Mon endurance a fait le plaisir de plus d'une de mes premières conquêtes. Certaines, qui s'étaient déjà offertes, à l'occasion, les services d'*iPartners*, m'ont dit que je n'avais rien à leur envier, d'autant plus que moi, je pouvais éprouver des sentiments. Mais bizarrement, mes sentiments, elles n'en ont plus rien à foutre lorsque, vexées de ne jamais pouvoir me faire jouir avec leurs bouches ou leurs orifices, et ce, en dépit des poses lascives et des regards pervers déballés à dessein, elles finissent par me plaquer. L'issue est toujours la même, si bien que j'ai renoncé à entretenir une relation stable avec une femme. Mais je n'ai pas dit mon dernier mot en matière d'orgasmes. Consulter un médecin, hors de question. Je n'en ai jamais vu, de toute ma vie, et quand bien même je le voudrais, je ne saurais pas vers qui me tourner. Qui est malade de nos jours ? Avec les capsules antibactériennes que l'on nous fait avaler dès le plus jeune âge, rares sont les malchanceux qui développent des pathologies non couvertes par les protections médicales, surtout à mon âge. J'ai fait des recherches sur mon cas, sans trouver quoi que ce soit de probant. Seules les femmes rencontrent encore ce type de soucis, et encore, dans une moindre mesure que dans les années 2000, avant qu'on lance la fameuse pilule rose pour elles.

Je dois être un mystère pour la médecine, comme pour moi-même. Voilà ce à quoi je songe quand une des filles, rousse aux yeux clairs, s'approche de moi. Elle s'assied en repliant ses jambes vers ses fesses. Je n'avais pas remarqué sa minirobe rouge, qui forme comme des pétales de coquelicot autour d'elle. Sans doute une fashionista, amatrice de ce nouveau tissu en fibre optique. Les fringues conçues dans cette matière changeant de couleur font fureur en ce moment.

— Salut, tu es tout seul ?

Ses joues s'empourprent un peu alors qu'elle me fait sa cour. On croirait voir le sang affleurer sous sa peau translucide. C'est touchant. Ses lèvres brillantes tremblent légèrement quand elle me sourit. Serait-ce un défi qu'on lui a lancé ?

— Tu te joins à nous ? On va mater une vidéo. *Le clan des douze*, ça te tente ?

— Carrément ! Je m'appelle Victor.

— Moi, c'est Lyne !

Une des copines projette l'écran sur le paysage et, oreillettes personnelles programmées sur la bande-son, nous nous affalons dans l'herbe pour suivre l'intrigue. C'est bien ma veine, voilà que la jolie rousse ne cesse de m'envoyer des œillades explicites. Elle effleure mon bras, ma cuisse, l'air de rien, pendant toute la projection… Elle me plaît. J'aime son sourire, qui laisse apparaître quelques millimètres de gencives, rouges et pleines de santé. J'aime la fraîcheur de son teint, la finesse de sa peau qui laisse entrevoir sa vie interne : tout un réseau de veines et de ramifications. J'aime son cou long comme celui d'un cygne où s'écoulent des flammèches de cheveux qu'elle enroule autour de ses doigts, sans y songer. Qu'est-ce que je vais faire ?

La soirée touche à sa fin. Je prétexte un travail urgent à finir pour m'enfuir, non sans avoir échangé mes coordonnées avec Lyne.

Chez *Notoria and Co*, ma boîte, j'ai parlé avec ce type qui a toujours un truc salace à raconter à la pause déjeuner. Cette fois-ci il se foutait de la gueule d'un de ses potes. « Le mec ne bande plus qu'avec des iPutes, t'imagines la lose ? Sans compter le fric qu'il y laisse ! Ok, elles sont chez toi en une demi-heure, mais c'est douloureux pour le portefeuille. »

Tout à coup, ça a fait tilt dans mon esprit. Je n'ai jamais essayé avec une *iPartner*. Moi, c'est la chair vivante qui m'attire. Les battements de cœur. Les fluides. Le sang qui bout dans les veines et que je sens chauffer sous mes paumes. Et si j'étais, malgré moi, condamné à ne jouir qu'avec des robots, comme ce pauvre mec qui ne peut pas bander autrement ? Allez savoir ? C'est mon dernier recours de toute façon. Il faut que j'essaie un nouveau « remède » avant de tenter le coup avec Lyne. Qui sait ? Cette expérience pourrait être le déclencheur…

Je vais sur le premier site venu : *Sensually yours*. Je m'attendais à un catalogue de modèles, mais c'est plus sophistiqué que ça. On me demande d'entrer mes préférences physiques et sexuelles pour m'envoyer l'*iPartner* la plus compatible. À vrai dire, je n'ai jamais trop raisonné en ces termes. Brune, blonde, menue, plantureuse, j'aime toutes les filles, pour peu qu'elles aient ce truc qui m'attire… ce bouillonnement. Pourtant j'entre : rousse aux yeux verts, taille moyenne, corps naturel, quelques rondeurs bien placées. Préférence sexuelle : girlfriend experience. Peut-être est-ce une erreur ? Je devrais commander une fille à l'opposé de mes habitudes pour que l'expérience soit vraiment probante ? Quelques secondes de « Nous recherchons votre partenaire », et le site m'envoie l'hologramme de Joanna, 25 ans. Pas exactement ce que j'imaginais, plus sophistiquée, mais rousse aux yeux bleus, et pourvue de beaux arguments plastiques. Pour les vêtements, je préfère sélectionner l'option « Surprise ». Le système biométrique analyse mon iris pour effectuer le paiement en ligne, puis le message « Joanna sera chez vous dans 30 minutes, amusez-vous bien en sa compagnie », s'affiche. Je me déconnecte et attends.

La créature qui se tient dans l'embrasure de ma porte, perchée sur des talons aiguilles, est trop parfaite pour être réelle. Pour autant, je ne peux m'empêcher de la convoiter, dès qu'elle m'adresse son premier sourire. Elle porte une robe fourreau en satin bleu nuit, dont l'ourlet caresse ses genoux quand elle marche. Le vêtement épouse ses formes à la perfection. Et quelles formes ! Le profond décolleté en V ne cache pas grand-chose de sa poitrine outrageusement généreuse, haute et pointue comme une paire d'obus sur la rampe de lancement. Sa taille marquée accentue l'arrondi de ses hanches, d'une largeur touchant à l'excès, et pourtant parfaitement dessinées pour accueillir deux mains d'homme affamé.

— Bonsoir, je m'appelle Joanna. Comment allez-vous, Victor ? Que diriez-vous d'un peu de compagnie ? demande-t-elle d'une voix grave et chaude.

Son regard bleu marine me fixe avec détermination, mais il y a aussi de la douceur dans sa manière de plisser légèrement les paupières lorsqu'elle s'adresse à vous. « Diantre, la société *Sensually yours* ne lésine pas sur les moyens pour vous rendre accro », me dis-je en faisant entrer la diva dans le salon.

Près du canapé, elle se retourne et pointe de l'index l'interminable fermeture Éclair de sa robe, qui court jusque sur ses fesses. Que dis-je ? Son cul fantastique ! Sa croupe ample et rebondie comme celle d'une jument parée pour la saillie.

— J'ai chaud, et je ne me sens un peu oppressée, voudriez-vous m'aider à défaire ma robe ?

La tactique est bonne, et j'obéis, découvrant, millimètre après millimètre sa peau laiteuse. J'ai alors la curiosité de la toucher, ce qui fait glousser la belle. Ce doit être un programme automatique. Son épiderme est tiède, et à vrai dire similaire à ce que j'ai pu connaître avec les femmes. Je dirais même que je ressens un certain magnétisme, comme si sa peau synthétique appelait mes caresses.

Une fois délivrée de son carcan, Joanna se déshabille devant moi à gestes calculés et chronométrés. Son ensemble de lingerie noir choit à ses pieds, pièce après pièce : bas, porte-jarretelles, culotte. Elle s'exécute en m'envoyant des œillades de braise qui dévoilent un appétit démesuré, mais touchant pour l'homme qui siège en face d'elle. À dessein, elle a gardé le meilleur pour la fin : son soutien-gorge. Diablement bien programmée, elle fait durer l'attente avant de déballer l'artillerie lourde. Et ça marche plutôt bien. Je bande raide sous mon jean. Je ne lutte même pas contre la terrible envie d'empoigner cette monstrueuse paire de miches qui s'avère ferme et élastique sous mes doigts. La belle émet des soupirs lascifs pendant que je la tripote. J'ai beau savoir qu'elle n'est pas humaine, par réflexe, je garde des attentions d'amant, prenant garde de ne pas trop la brusquer. Je caresse tour à tour sa poitrine, sa taille, m'arrête sur ses hanches, empoigne son extraordinaire popotin. L'attrait qu'exerce sur moi sa peau blanche est surprenant. Une sensation électrique me traverse à chaque contact. Je m'aventure même à l'embrasser sur les épaules, dans le cou, sur les joues... Seule sa bouche m'impressionne encore. Mais pas pour longtemps. Conçue pour me rendre mes caresses, elle a déjà libéré mon chibre et le caresse doucement... Puis, le regard empli de convoitise, elle plie les genoux pour se mettre à la hauteur de l'engin qu'elle branle toujours... Bien vite, elle pointe une langue rose et brillante vers mon gland tendu à exploser. Je tressaille de plaisir lorsqu'elle s'emploie à laper et tournicoter, détectant tous les points sensibles pour mieux les titiller. Elle laisse sur ma peau une humidité comparable à ce que j'ai pu connaître avec les femmes. Sa langue, caressante mais énergique, a une texture agréable, un chouïa plus douce que la normale. Rien de déplaisant, au contraire… Sa gorge n'est pas moins moelleuse. C'est avec un plaisir non feint que j'y pénètre et marque de brusques mouvements de va-et-vient. La gaine est chaude, étroite, accueillante. Je m'y sens aspiré… Cette sensation, en revanche, je ne suis pas certain de l'avoir connue avant, du moins pas aussi marquée. La diablesse m'absorbe la bite comme si on avait placé un siphon à la place de son estomac. Elle émet une sorte de grondement sourd quand elle pompe. Mon sexe disparaît entièrement en elle, jusqu'à la garde, tandis qu'elle lève des yeux gourmands vers moi. La sensation est inédite, forte, délicieuse. Encore quelques secondes prisonnier de ce gouffre, puis elle relâche la pression, expulse ma verge bandée jusqu'au gland. Elle taquine mon méat avec sa langue, lèche et gobe une à une mes bourses, puis me voilà de nouveau avalé… Mon obsession tient tant aux sensations puissantes qu'elle me procure qu'au visuel. Ce regard coquin en diable, et ses seins titanesques balançant dans le vide pendant qu'elle s'active sur mon chibre. Va-t-elle le faire ? Bien sûr ! Où avais-je la tête ? Je suis en face d'une créature sans libre arbitre, conçue pour satisfaire les fantasmes des hommes, qui n'ont rien d'original, surtout en matière de nichons. La fellation n'était qu'un amuse-bouche. La voici qui rassemble ses deux globes moelleux entre ses mains, après m'avoir emprisonné le sexe en leur sillon. Elle crache sur mon gland pour lubrifier le fourreau de chair brûlante et me branle de nouveau. Englouti dans ses seins chauds, et stimulé par le frottement, je suis aux anges. Ce n'est pas ma première « cravate de notaire », mais c'est la première fois que j'éprouve un tel vertige avec une partenaire. Mon sexe est parcouru de picotements qui s'allongent dans mon ventre et mes jambes. Jamais peau humaine n'a exercé sur moi un tel magnétisme… Aussi, lorsque la sublime salope tire la langue pour gratifier mon gland de lapements pervers, je sens monter en moi une sensation inédite, comme un courant électrique qui part de la tête et descend jusqu'à ma verge en ébullition. La belle a dû capter mon excitation : elle aussi mime l'extase, et, pour accompagner l'explosion imminente, elle avale complètement ma queue… Il me semble que mes yeux convulsés s'échappent de leur orbite, tous mes poils se hérissent, ma peau se marbre de rouge et de bleu… On la croirait phosphorescente, tout à coup. Je ressors ma pine du gouffre pour contempler l'explosion ; et là, c'est la stupeur. Au lieu de la giclée blanchâtre tant attendue, c'est une gerbe électrique qui jaillit de mon ventre et va rejoindre la gorge de Joanna. Les étincelles forment un arc-en-ciel de feu qui nous réunit dans une transe extraordinaire. Nos corps se cabrent, chauffent, fument et je… »

Le Docteur Paul Lorenz s'éclaircit la gorge avant de commenter :

— Ici se termine la captation encéphalique. L'*iPartner XW205 Joanna* a été retrouvée hors d'usage, ainsi que Victor, dans son appartement. L'incident met en exergue un problème fondamental de conception du prototype *AlmostHuman YQ Victor 001*. Si je persiste à penser qu'il s'adapte parfaitement au milieu humain et que son programme de mémoire vive est tout à fait adapté à la vie en communauté, nous avons visiblement été trop loin dans le développement de sa sensibilité sexuelle. Il va falloir annihiler ses pulsions, réduire son esprit critique et ses capacités de questionnements si nous voulons en tirer le meilleur parti. Les patrons de *Notoria and Co* qui l'ont employé pendant 12 mois restent très satisfaits de ses performances, meilleures et plus subtiles en matière décisionnaire que les modèles « sans âme » utilisés précédemment. Tout cela est donc très encourageant. Nos ingénieurs travaillent déjà sur un nouveau prototype, que nous expédierons en milieu humain à la rentrée. Avez-vous des questions ?

Séance sanglante

Pourquoi donc avais-je accepté cette séance ?

À l'époque, j'étais jeune, et débutante dans l'art de la domination. Intrépide, avide de découvertes, je croquais les hommes soumis avec un appétit d'ogresse. Plus l'aventure promettait d'être rocambolesque, moins j'en considérais les dangers. Portée par ma passion naissante pour le SM, je ne rechignais devant aucun obstacle pour peaufiner le rôle que je m'étais choisi : celui de dominatrice fière et sans pitié.

Pourtant, ce soir-là, par une nuit glaciale d'hiver, tandis que j'arpentais une avenue parisienne déserte, je me trouvais en proie à un flot d'interrogations. Comment avais-je pu me mettre dans ce pétrin ? Le grand hôtel où le soumis m'attendait n'était plus qu'à quelques pas. Et dire que j'aurais dû être chez moi, au chaud sur mon divan, en compagnie de Robert, mon inégalable lécheur de pieds, qui m'aurait tété les orteils jusqu'à plus soif…

Au lieu de cela, je me gelais les fesses dans une

rue inhospitalière des quartiers chic, mon attirail de dominatrice à la main.

À bien y réfléchir, le type était bizarre. Encore un excentrique. Hélas, c'était toujours ce genre d'individu qui m'attirait. Il disait se prénommer Théodore et refusait catégoriquement de venir chez moi. À lui seul, ce détail aurait dû freiner mes ardeurs : d'ordinaire, je ne me déplaçais jamais pour un soumis. De plus, j'aimais être maîtresse de mon emploi du temps, or l'homme n'était disponible que le soir. Pourtant, le profil du candidat en question m'intriguait… Nous avions échangé courriers et photos numériques. Ses traits préraphaélites et sa maîtrise du verbe m'avaient charmée. D'après lui, je n'aurais besoin d'aucun matériel pour le dominer, ses fantasmes étant très spécifiques. Il avait émis pour unique souhait que je porte un vêtement très décolleté…

Par bravade, j'avais revêtu un top en latex à col haut, et je trimbalais une mallette pleine de matériel SM. Je n'ai jamais aimé me laisser dicter ma conduite par ces cancrelats de soumis.

En franchissant le seuil de l'hôtel, j'hésitais encore. Avais-je bien mesuré les risques d'un tel huis clos ? Comme seule précaution, j'avais informé ma meilleure amie de l'entrevue. Si je ne l'avais pas appelée au bout de deux heures, elle préviendrait la police.

L'horloge de la réception indiquait dix heures. Comme Cendrillon, je devrais être sortie à minuit. Grisée par une poussée d'adrénaline, je détaillais mon image dans le miroir de l'ascenseur. Dans mon rôle de dominatrice en vadrouille, j'étais parfaite. Le regard sévère, souligné de khôl, les lèvres très rouges, je portais un manteau noir boutonné jusqu'au menton ; une capeline de feutre assortie accentuait encore le mystère de mon personnage.

Au sixième étage, je m'engageai dans le couloir, l'œil rivé aux numéros : 662, 664, 666 : voilà, j'y étais. Je sentais le sang circuler à flots rapides dans mes veines. Je pris une forte inspiration, avant de frapper.

Quand je découvris la figure émaciée qui me dévisageait de l'embrasure de la porte, toutes mes appréhensions s'évanouirent. L'homme était à la hauteur de l'idée que je m'en étais faite. J'étais subjuguée par la noblesse de ses traits, captivée par la profondeur de son regard, déconcertée par la pâleur de son teint. En un mot : conquise.

Je n'aurais su dire s'il était vraiment beau, mais il était empreint d'une évanescence romantique troublante. Ses cheveux bruns, pris en catogan, dégageaient un front élégant. Son nez aquilin pointait sur une bouche ourlée, qui apportait la seule touche de couleur à son visage blanc comme un linge. Son regard perçant, d'un vert venimeux, était doué d'une sagacité surprenante, doublée d'une singulière mélancolie. Il me semblait qu'en posant ses yeux félins sur moi, l'homme me dévorait l'âme. Je n'avais jamais vécu pareille expérience. Pourtant, je ne pouvais me permettre de dévoiler mon émotion : question d'étiquette. Le soumis ne doit à aucun moment deviner son ascendant sur moi. À ce jeu, je suis plutôt douée…

Je le saluai d'une voix froide, et le précédai dans la chambre, sans un regard pour lui. Debout près du lit, affichant une moue méprisante, je considérai sa tenue. Il portait pour seul vêtement un peignoir de damas rouge sang qui lui donnait l'allure nonchalante d'un libertin du Siècle des Lumières. Ce style décalé m'évoquait les turpitudes du Divin Marquis, mon maître à penser. Je mourais d'envie d'arracher son vêtement, de griffer son torse blafard, d'entailler sa peau de la tige de ma cravache, mais avant cela, je devais prendre le pouvoir sur lui.

À le voir détailler mes appas comme si j'étais une vulgaire call-girl, je compris que ce n'était pas gagné d'avance. Pendant que j'ôtais mon manteau, il eut l'impudence d'intervenir :

— Je vous avais demandé de porter un décolleté.

— Et alors, ça ne veut pas dire que je vais te contenter ! J'aime sentir la frustration chez les larves de ton espèce.

Il opina en arborant un demi-sourire narquois, d'autant plus exaspérant que ça le rendait encore plus attirant. Pour lui montrer qui j'étais, je dégainai ma cravache.

— Au pied, cafard ! m'écriai-je, en faisant claquer la languette sur mes bottines.

L'homme ne se démonta pas : il afficha de nouveau son insupportable rictus. Lui servant mon plus terrible regard, j'insistai. Je n'en étais pas à mon premier connard prétentieux :

— Espèce de raclure, si je dois te le répéter encore une fois, tu vas passer un sale quart d'heure !

Toujours souriant, l'homme s'approcha de moi en quelques torsions reptiliennes. Ses omoplates saillantes balançaient sous l'étoffe du peignoir. S'il s'exécutait, c'était par pure politesse. Je ne l'estimais pas vaincu pour autant. De même, quand il posa une langue pointue sur mes bottes, il ne fit preuve que d'une dévotion protocolaire. Je n'avais pas encore trouvé sa faille, et je ne voulais surtout pas m'abaisser à le questionner. Je devais y aller à tâtons.

— Tu as besoin de sensations plus fortes que ça, semble-t-il ! déclarai-je en saisissant son catogan.

Un geste que je brûlais d'effectuer depuis le début, et qui dès l'instant où je le fis, acheva de libérer mes pulsions sadiques.

De mes doigts aux ongles laqués, je manipulai la ceinture de son peignoir avec des manières équivoques : mi-salope, mi-foldingue. Je pressai une main à l'emplacement de son sexe. Il ne bandait pas. Pour le punir de cet affront à ma féminité, je le giflai en le regardant droit dans les yeux. Je luttais pour ne pas laisser paraître l'émotion qui me débordait. Mes claques le firent à peine ciller. Nouvelle tentative. Tout aussi infructueuse.

Alors, je sortis ma botte secrète : les liens, les pinces, les fouets. Tout cela fut déballé à grand renfort de commentaires sadiques sous son regard indifférent. Sur mon ordre, l'homme se déshabilla. Sans enthousiasme, il m'exposa son corps fin et nerveux, pareil à celui d'un batracien. En le manipulant pour l'attacher sur un tabouret, chevilles et poings liés aux quatre pieds, je m'aperçus que ses membres étaient froids, comme mes orteils quand je me mettais au lit en hiver.

Armée de mon fidèle allié – un martinet à lanières tressées qui présentait l'avantage d'être tantôt clément, tantôt sévère selon mon humeur –, j'entamai les hostilités. Prudente, je commençai par le flageller avec une force modérée, sur le dos, le torse, les cuisses. L'homme ne réagit pas le moins du monde. J'augmentai la puissance des attaques. Toujours rien. Pas une grimace, pas un frémissement. Ma patience mise à rude épreuve, je laissai libre cours à ma rage. Les coups pleuvaient à toute volée. Les lanières perfides claquaient, cinglaient, attaquaient sa peau en profondeur. À cette cadence infernale, d'autres auraient gémi, rué, imploré grâce. Mais mon homme eut la réaction la plus surprenante qu'il m'eût été donné de voir : il se mit à ricaner – si fort, et si odieusement, que j'aurais pu l'étrangler de mes mains pour le faire taire.

Au lieu de cela, je persistai à labourer sa chair de mes fouets : cravache, canne, paddle, tout y passa, mais rien ne put mettre fin à l'hilarité du soumis. Bien malgré moi, je capitulai, le bras endolori à force de frapper.

— Pourquoi vous acharner ? me dit l'homme, entre deux hoquets, je vous avais prévenue, j'en ai vu d'autres… De plus méchants que vous s'y sont attelés, il y a longtemps, des siècles de cela. Pourquoi n'acceptez-vous pas de m'écouter ? Vous voyez ce coffret, là-bas, sur le bureau ? Ouvrez-le, et je vous expliquerai ce qui me fait vibrer.

Devais-je lui céder ? Si je ne lui obéissais pas, je risquais de me heurter à de nouveaux échecs. Mais, en m'exécutant, j'affichais ma faiblesse. Je résolus de couper la poire en deux. Certes, j'ouvrirais le coffre, mais avant je saucissonnerais mon hôte dans une autre position, histoire d'asseoir mon autorité sur lui. Si je le délivrai du tabouret, ce fut pour mieux le ficeler au lit, bras et jambes en croix.

En admirant son corps étiré par les cordes, je fus frappée de constater que l'homme ne gardait aucune marque de flagellation. J'en conçus un trouble pressentiment, nourri par les propos de plus en plus incohérents du soumis :

— Sous l'Inquisition, ils ont essayé de me faire abjurer ma foi, mais j'ai résisté au fouet, aux brodequins, au sel dans les plaies… et pourtant, à l'époque, j'étais bien différent d'aujourd'hui, un jeune homme de chair et de sang…

Je me dirigeai vers le coffret. M'efforçant tant bien que mal de dissimuler ma crainte, je l'ouvris. Sur un coussin de velours étaient disposés une fiole remplie d'un liquide translucide, des chaînes, des breloques, des crucifix argentés…

— Qu'est-ce…

Derrière moi, l'homme ne me laissa pas achever ma phrase.

— Eau bénite et diverses babioles en argent massif.

Quand les pièces du puzzle s'assemblèrent, et que l'évidence prit enfin corps dans mon esprit, je restai sans voix, tétanisée d'effroi.

Puis, les membres flageolant de peur, je me retournai vers l'homme qui me souriait, là-bas, sur le lit. Sous sa lèvre ourlée par le rictus, luisaient deux longues canines, blanches comme des perles, acérées comme des lames. Par réflexe, je pressai une main sur ma gorge, palpitante sous le latex.

Grand bien m'avait pris de l'attacher! Mais ne disait-on pas que les vampires étaient doués d'une force surhumaine? Il aurait pu rompre les cordes à tout moment.

N'écoutant que mon instinct de survie, je me ruai vers le lit, les bras armés des chaînes en argent. Pour m'assurer que la créature resterait bien attachée, je les utilisai pour doubler les liens de chanvre.

Au contact du métal, la peau du vampire se mit à fumer. Ses crocs se rétractèrent, et, enfin, son sourire disparut, laissant place à une expression de désarroi poignante. Satisfaite de mon effet, je serrai plus fort; les chaînes, en s'enfonçant, brûlaient la chair, qui exhalait une odeur âcre. Bientôt, j'obtins les premiers gémissements: juste récompense pour ma bravoure. Il était fait comme un rat, incapable de se défendre.

De mon côté, je commençai à goûter l'originalité de mon nouveau jouet. Plutôt que de fuir, ce que j'avais envisagé de faire une fois la créature immobilisée, je décidai de m'amuser. N'était-ce pas tout un éventail de supplices inédits qui s'offrait à moi?

J'analysai plus en détail le contenu du coffret, tout en observant Théodore du coin de l'œil. Il guettait mes réactions, les traits déformés par l'appréhension. Je me munis des quelques chaînes restantes:

— Alors, bestiole, dis-je, en m'approchant de lui, on dirait que tes liens te font souffrir… Par pure curiosité, je me demande, ce que ça te fait… Ici…

Je saisis ses testicules à pleines mains. Je lus la terreur dans ses yeux, quand, méprisant ses protestations, je ligaturai ses couilles avec le joug de métal. Mon geste tira un long râle animal au supplicié. Contre toute attente, son sexe, au-dessus des bourses fumantes, se mit à gonfler. Je ne m'arrêtai pas en si bon chemin, et enroulai aussi un lien d'argent à la base du pénis. Son membre devint aussi dur que de la brique. Théodore, touché au vif, poussait des geignements gutturaux. J'exultais ! Rien n'aurait pu m'arrêter dans ma quête de nouveaux plaisirs. Puisqu'il me restait encore une chaîne, je la pliai en deux pour m'en servir de fouet.

Sans pitié, je lacérai la peau blême de la créature. Les cinglées pleuvaient sans interruption, quadrillant de stries rouges et fumantes le corps menu du vampire. Théodore, qui se tortillait inlassablement sous les coups, m'offrait un concert tonitruant de feulements. J'avais toujours adoré les cris des hommes suppliciés, mais je découvrais, le corps en émoi, que les vociférations de vampire agissaient encore mieux sur ma libido. L'émotion gagnait mon entrejambe, qui palpitait par à-coups rapprochés. Plus la cible est coriace, plus le plaisir est grand d'obtenir la capitulation ! Les dominatrices sont ainsi faites. Savoir que ma victime avait vécu et résisté aux tourments de l'Inquisition ne faisait qu'accroître mon désir.

Même dans ma folie destructrice, je gardais toujours un œil sur le pénis en érection monumentale.

Lasse de flageller, je lâchai ma chambrière de fortune :

— Je n'en ai pas fini avec toi, moustique !

Armée de la fiole d'eau bénite, je m'avançai vers la silhouette meurtrie. L'homme vibrait encore – de douleur, de peur, de volupté mêlées.

— Voyons cela, dis-je, en débouchant le flacon au-dessus de son torse lacéré.

Lorsque la première goutte de liquide tomba sur sa poitrine, à hauteur du plexus, Théodore se cabra. La douleur défigurait son beau visage. Il émit un cri strident. L'eau dissolvait sa chair, laissant un trou noir profond à l'emplacement de l'impact.

— Comme c'est drôle ! dis-je en aspergeant d'autres endroits de son buste, comme j'avais l'habitude de procéder avec la cire chaude sur mes proies habituelles.

Tout en le tourmentant, j'épiais son regard. Soumis à un supplice innommable, il fixait intensément ma gorge, comme d'autres contemplaient mes seins pour surmonter la douleur. Alors, me vint l'idée d'un nouveau jeu.

D'un coup d'ongle, j'arrachai mon col en latex, lui révélant la blancheur laiteuse de mon cou. Aussitôt, une flamme démoniaque s'éleva dans ses yeux. Il me montrait les crocs, me défiait de le tenter davantage. Je m'installai à califourchon sur lui, le long crucifix d'argent entre les mains. Je le tins à proximité de son visage pour l'empêcher d'avancer, pendant que je l'aguichais en faisant osciller ma gorge à quelques centimètres de ses canines. Théodore bavait d'envie. Dieu qu'il était sexy ! D'autres hommes m'avaient désirée en séance… mais rien n'égalait la tension électrique, puissamment sexuelle, le fluide brûlant qui me traversait quand le vampire assoiffé me dévorait du regard. À cet instant, j'aurais pu tout obtenir de lui : qu'il avale un tonneau d'eau bénite, qu'il danse la carmagnole sous le soleil des tropiques… tout, même le pire, contre la simple promesse de lui faire goûter mon sang. Je ne me privai pas d'enfoncer le clou :

— C'est ça que tu convoites, hein ? Ma gorge, mes veines, mon sang bouillant d'excitation. Ça doit être encore meilleur, le sang d'une femme qui prend plaisir à torturer une larve crevée comme toi !

C'était plus qu'il n'en pouvait supporter ! Était-ce l'effet de mes mots, ou bien celui du crucifix que je maintenais devant son visage éperdu ? Son front s'emperlait de sang : la transpiration du vampire.

Sadique, je continuais mon manège, en prenant soin de frotter mon sexe contre sa verge, toujours raide dans son fourreau d'argent.

Au paroxysme du plaisir, je me redressai. D'un geste cérémonieux, je me munis de l'épingle qui maintenait les pans de ma jupe, afin de percer l'extrémité de mon index. À la vue de la bulle de sang qui gonflait sous ses yeux, le vampire fulminait d'excitation. Au lieu de lui servir l'élixir providentiel, j'annonçai :

— Si tu prétends me déguster, il va falloir être très courageux…

Aussitôt, je m'agenouillai entre ses cuisses écartées. Sans préparation, sans autre lubrifiant qu'un peu de salive, je plantai violemment le pied du crucifix au fond de son anus.

Que dire du cri effroyable qui s'ensuivit ? Sinon que seul le filet de sang que je fis couler dans la gorge du vampire écrasé de douleur parvint à l'étrangler…

Nous nous sommes revus souvent par la suite. Théodore était devenu accro à mes sublimes perversions. Jamais une dominatrice n'avait poussé si loin la cruauté envers lui. Je lui ai fait vivre un enfer : marcher en plein jour, entrer dans une église, manger de l'aïoli… Et tout cela, il le faisait par vénération pour la pauvre mortelle que j'étais. Nos séances s'achevaient en apothéose, par des ébats sanglants et endiablés. La passion me gagnait. Très vite, je devins folle de lui, folle au point de lui demander de commettre l'irrémédiable : me créer à son image. Et il le fit… C'était il y a quatre-vingt-dix ans. La passion du SM ne m'a pas quittée avec l'immortalité. Mon donjon a toujours pignon sur rue. Ce ne sont pas les gorges de soumis qui manquent. Avec tous ces crétins qui se pressent devant ma porte, je pourrai encore m'abreuver à satiété pendant des siècles et des siècles…

Quant à Théodore, j'ai fini par m'en lasser. Les vampires n'exercent de fascination que sur les mortelles, je l'ai éprouvé à mes dépens, une fois de l'autre côté du mur.

Un jour, j'ai malencontreusement oublié de le délivrer d'un confessionnal où je l'avais enfermé. On ne retrouva de lui qu'un petit tas de cendres…

Dernière séance

Luce a hésité à venir. Depuis quelque temps leurs rencontres ont un goût de déjà-vu. Chaque fois qu'elle accepte de le voir, elle finit par s'en mordre les doigts. Un spectre de lassitude plane au-dessus de leurs ébats. Éric ne fait preuve d'aucune originalité. Il lui donne rendez-vous dans des chambres d'hôtel miteuses, l'insulte, lui met deux ou trois baffes, la bascule sur le lit et l'encule sans autre forme de procès. Voilà à quoi se résument leurs « séances » désormais. Celui qu'elle doit appeler « Monsieur », bien qu'il soit son Maître, ne prend plus la peine de scénariser leurs jeux pour lui échauffer l'esprit. Pourtant, il sait combien la montée du désir est importante pour elle : plus qu'une stimulation intellectuelle, elle lui permet de sublimer la douleur. L'excitation annihile aussi son sens critique. Sans cela, elle voit trop clair dans son petit jeu de maître intéressé. La dernière fois, alors qu'il la limait à sec, elle en a pleuré de souffrance et de désillusion.

Pourtant, au départ, il lui plaisait. Elle aimait cette flamme vicieuse qui brûlait dans son regard dès qu'il le posait sur elle, sa manière glaciale d'exiger, ses trésors de perversions, sa poigne ferme et virile, le joli diamètre de sa queue, surtout quand elle l'éprouvait dans son cul. Oui, au début elle aimait ça. Il faut dire qu'il y mettait la forme à l'époque : mises en scène inventives, ordres audacieux. Oh ça, il ne rechignait devant aucune excentricité pour satisfaire ses appétits de soumise ! Souvent une fessée bien appliquée, une phrase bien choisie, une situation honteuse, lui faisaient connaître des sommets de jouissance. Luce a vécu ces instants rares où le corps devient si réceptif qu'une simple caresse prodiguée au moment opportun, un mot susurré à l'oreille, font autant sursauter que la morsure du fouet.

Accro à ces sensations extrêmes, elle a tout accepté : sa double vie, son refus obstiné de lui accorder une nuit complète. Après tout, c'est le jeu : il est le Maître et peut tout se permettre. L'ombre d'un scrupule lui a-t-elle jamais traversé l'esprit ?

Sa charmante soumise en est arrivée à un point de rupture. S'il ne redresse pas la barre, il la perdra. Éric l'a sans doute compris la dernière fois, lorsqu'elle a fondu en larmes, car il a tout de suite cessé de la pénétrer pour la consoler comme un enfant cajole un ourson malmené lors d'un jeu trop violent.

Le maître sait qu'il est sur la sellette. Autrement il n'aurait pas choisi ce bar de grand hôtel comme point de rendez-vous. Et si le changement d'adresse annonçait un tournant dans leur relation ? Luce ne peut tirer sa révérence sans en avoir le cœur net.

Elle l'attend. Il est en retard, bien sûr.

Une fois de plus elle a cédé à la tentation de se mettre sur son trente-et-un. Éric ne prend plus la peine de lui envoyer les instructions vestimentaires dont elle raffolait. Faute d'ordre, Luce tâche de se préparer selon ses goûts. Elle a pris un bain, frotté sa peau au gant de crin, rasé ses jambes et son pubis de près. Elle n'a pas mis de parfum, comme il l'exige. Elle ne doit être qu'une ombre dans sa vie, ne pas laisser de trace. Elle a glissé son corps mince dans une robe fourreau noire, mi-longue, ouverte sur une cuisse. Elle porte une culotte blanche en tulle transparent et des bas résille à large jarretière.

Assise non loin de l'orchestre de jazz qui reprend *Blue Valentine*, Luce, emportée par la sensualité de la musique, savoure son propre sex-appeal. La caresse du tulle contre son pubis imberbe l'ensorcelle. Une douce chaleur naît au creux de ses cuisses et se propage jusqu'à son ventre. Elle s'amuse de l'émotion du jeune serveur qui la mate en catimini. Elle fait mine de ne pas y prêter attention. Pourvu qu'Éric remarque son manège ! Bercée par la complainte du saxophone, Luce se prend à espérer… lorsque son maître apparaît enfin.

De fortes inspirations soulèvent sa poitrine, il a couru. Une poignée de secondes lui suffit pour la repérer parmi la clientèle d'habitués. Luce suit tous ses déplacements du regard. Son cœur s'emballe à mesure qu'il approche, un sourire carnassier aux lèvres.

— Bonsoir ma chère ! dit-il en s'asseyant.

Éric la fixe de ses yeux incandescents où Luce voit briller cette flamme perverse, celle des premiers jours, cette étincelle de vice qui pouvait l'emmener si loin. Perturbée par leur expression de défi, elle succombe. C'est peu de dire qu'il la déshabille du regard, en vérité son regard affirme ce qu'il attend d'elle : son cul, sous toutes les coutures et au plus profond. Oui, il la transperce déjà d'un simple battement de paupières. Et elle tombe dans ses filets, une fois de plus. Aucun espoir de retour. Surtout pas lorsque son sang, bouillonnant d'excitation, afflue comme ça entre ses jambes et que ses fesses frissonnent d'être entre ses mains. Déjà Luce se liquéfie du bonheur d'être sous son emprise. L'ivresse de s'en remettre à lui point dans le « bonsoir monsieur » qu'elle lui adresse d'une voix chevrotante, en soutenant à peine l'insistance de son regard. Satisfait, il jubile de cette première humiliation.

— Que penses-tu de l'endroit ? demande-t-il, l'air dégagé.

— C'est très classe.

— Et la musique ?

— J'aime beaucoup.

— Moi aussi, je viens souvent ici, mais jamais en si charmante compagnie.

Luce imagine qu'il se fiche complètement de toutes ces banalités. Derrière ses mots, elle déchiffre : « J'espère que tu as chaud aux fesses ma salope », « Je sais que tu mouilles à l'idée que je te baise sauvagement », « Implore-moi de te rougir la croupe à coups de cravache ! », « Mendie ma queue, hurle ton envie d'être défoncée ».

Son sexe s'engorge à l'évocation de toutes ces obscénités, celles qu'il lui a déjà dites, celles qu'il lui dira. Son imagination en la matière est surprenante. C'est le vice pur, non censuré, qui parle à travers lui. Y songer lui donne le tournis. Éric perçoit son trouble : il en profite pour entamer les hostilités. Un regard de lui et elle se tait, buvant ses paroles.

— Tends-moi ta main droite, paume vers le haut !

Le premier ordre est toujours le plus percutant : c'est celui qui fait tout basculer. Il l'extirpe de sa somnolence, exacerbe son désir. Conquise, Luce s'exécute. Stylo en main, Éric griffonne quelques mots sur la chair. La mine la chatouille, elle sourit. Il la rappelle à l'ordre d'un froncement de sourcils.

— Ferme le poing. Pas un mot. Attends mes instructions. Quand je te ferai signe, tu répéteras ce que j'ai écrit à voix haute.

Ses ordres sont un miel qui la pénètre par tous les pores de la peau.

Luce obéit, délicieusement intriguée. Elle fixe les mains d'Éric, posées sur la table, en considère les doigts épais et nerveux, qui savent si bien la contraindre. Elle rêve qu'il les referme sur sa nuque. À cette évocation, des picotements envahissent son sexe. Le serveur approche. En fin connaisseur de whisky, Éric l'interroge longuement.

Soudain, c'est le signe : un clin d'œil impérieux. Luce ouvre la paume et lit : « Encule-moi. »

Un vertige la prend. Elle ouvre la bouche, mais les mots ne sortent pas. Pas devant lui, ce charmant garçon mordu d'elle. Sa timidité la rattrape. Elle demeure muette, malgré les regards insistants d'Éric. Le serveur repart. Luce tente de se ressaisir, prononce la phrase exigée. Mais Éric éclate d'un rire moqueur :

— Trop tard ma belle. Je sais ce que tu viens de me dire, mais je voulais qu'il l'entende lui. Tant pis pour toi. Moi qui comptais te gâter ce soir, je crains d'avoir à te rappeler à ta condition de chienne servile.

Sans qu'elle ait eu le temps de protester, il lui ordonne d'un ton sec :

— Enlève ta culotte et donne-la-moi !

Elle s'exécute, consciente qu'il ne souffrira aucune opposition. En se déshabillant ainsi, en plein milieu du bar, sous le regard exigeant d'Éric, Luce ne sait ce qui, des bouffées de honte ou des frissons voluptueux, l'emporte. Elle ne s'appartient plus. Le bonheur de l'abandon brouille ses sensations.

Éric reçoit son offrande avec un demi-sourire méprisant :

— J'en étais sûr, elle est trempée ! Tu me désobéis et ça t'excite. Quelle garce ! Tu auras bien mérité ton sort !

Il plonge une main dans sa poche de pantalon, lui tend un objet qu'il a enveloppé dans la culotte.

— Pour ta punition ! Considère ça comme un amuse-bouche. Je n'ai pas fini de t'en faire baver ce soir.

La forme, le poids de l'objet : elle sait que c'est un plug.

— Tu vas sortir du bar, l'engin en main. Tu te dirigeras vers les toilettes du hall. Les sanitaires hommes. Choisis le W.-C. handicapé, tout au fond. Il est vaste et confortable. Une fois à l'intérieur tu ne verrouilleras pas la porte. Je veux que tout un chacun puisse t'y surprendre. D'abord tu te mettras le plug, sans chichi. Ensuite, tu retrousseras ta robe jusqu'à la taille. Tu ôteras un de tes bas et tu t'agenouilleras sur le carrelage, devant la longue poignée d'acier clouée au mur, près de la cuvette des toilettes, et tu la saisiras à deux mains. Puis tu attendras : le dos cambré, la croupe offerte, ta culotte et ton bas posés en travers de tes reins.

Au bord de l'étourdissement, Luce le regarde débiter ses instructions à travers une épaisse brume de désir et de confusion. L'obscénité de ses ordres, la posture honteuse, le contexte humiliant, agissent sur sa libido comme des drogues dures. Elle n'est jamais aussi excitée, aussi dépendante, que sous leur emprise. Son cœur bat si fort qu'elle sent l'écho de ses pulsations dans tous ses membres. Son sexe, agité de spasmes incontrôlables, inonde sa robe. Il lui semble déjà sentir le plug la traverser. Son anus palpite à l'idée de l'intrusion forcée.

Sans attendre de sommations, elle se lève. Sous ses yeux durs, lourds de convoitise, qui détaillent un à un ses appas, Luce peine à garder l'équilibre. Le regard voilé par l'ivresse, elle croit voir le sol tanguer comme le pont d'un bateau. Son sang bourdonne dans ses oreilles tandis que, d'un pas chancelant elle traverse le bar.

Ouf! Personne ne la voit franchir le seuil des toilettes homme.

Éric ne lui a pas menti, ce sont des sanitaires cinq étoiles. Luce ne peut s'empêcher de trouver cela délicat de sa part. La pièce est assez vaste pour y tenir une réunion. Et si propre ! Elle peut voir son reflet dans le marbre brillant qui les tapisse. Elle est rose, de ses joues à sa gorge, colorée par le désir qui bouillonne dans ses veines.

Luce est prête. Il ne lui a fallu que quelques secondes pour se plier aux instructions. Une furieuse impatience guidait ses gestes.

Le ventre embrasé, la croupe frémissante, les cuisses écartées, elle attend, offerte. L'air parfumé à l'eau de Cologne berce son intimité. L'incongruité de la situation la plonge dans un abîme de honte et de volupté mêlées. Son anus pulse contre l'acier du plug qui lui occupe les entrailles. Sait-elle seulement ce qu'elle attend ? Qu'il vienne, oui, qu'il vienne voir comme elle se soumet bien, comme elle accepte son avilissement, comme elle jouit de lui être ainsi livrée dans la plus humiliante des postures : courbée, perforée et pourtant avide d'en recevoir davantage. Et qu'il en profite, au gré de ses caprices. Que son cul, ainsi présenté, devienne un terrain de jeu : labouré, ravagé, mais toujours conciliant, ouvert à ses obsessions pénétrantes.

Elle entend des bruits de pas, prie pour que ce soit les siens. La porte grince légèrement. Son cœur s'affole. Sans s'être retournée, elle sait qu'il est là, derrière elle, se repaissant de la perversité du tableau : ses talons aiguille et sa robe de cocktail retroussée renforcent l'indécence de l'image. Elle lui offre le spectacle humiliant de sa silhouette de femme fatale dégradée et prosternée devant lui. Le poids de son regard sur son corps l'électrise. Des filets de mouille coulent le long de ses cuisses tremblotantes.

Il se munit du bas étalé sur ses reins pour nouer ses deux mains à la poignée. La culotte, sitôt ramassée, est logée au fond de sa bouche. Elle est à sa merci, réduite au silence, prisonnière de ses envies. Cette prise de conscience accroît son trouble.

— On fait moins la fière comme ça ? Attachée, bâillonnée, exhibée, telle une petite salope indigne de seulement quémander sa punition.

Le cliquetis de sa boucle de ceinture, le frôlement du cuir contre les passants du pantalon. Elle reconnaît cette musique, qui la transporte immanquablement vers des sommets d'excitation. Une vague de frissons lui parcourt l'échine, comme à chaque fois qu'elle sent les coups prêts à pleuvoir. Pourtant il commente, trop heureux de faire durer l'attente :

— Tu vas tâter du cuir de mon ceinturon. Tends-moi ce cul bien farci ! Je vais te faire mordre ta culotte à en regretter de n'avoir pas ouvert la bouche tout à l'heure !

Le premier coup tombe : sévère, prévisible, et qui répand sa brûlure dans tout son ventre. Luce n'a pas bougé, elle s'y attendait. Elle peut en supporter bien plus. Deux, trois, puis quatre chocs lui succèdent. La lanière siffle, cingle, mord, sans concession. Il est en forme, résolu à lui en faire rabattre. Par défi, Luce se cambre davantage, écarte plus grand les cuisses, ivre de mieux s'ouvrir. Sensible à la provocation, Éric frappe encore, à coups redoublés. Luce, ballottée entre douleur et plaisir se tord sous la morsure implacable du cuir. Chaque coup communique ses vibrations au plug, truffant son ventre de secousses voluptueuses. À présent les attaques sont si rapprochées qu'elle ne les distingue plus les unes des autres, c'est un feu continu qui embrase son cul et irradie tout son corps. Elle est prise dans un tourbillon de sensations paradoxales qui lui arrache des gémissements. Ses premiers cris – de plaisir ? d'effroi ? ou tout cela à la fois ? – lui échappent et meurent entre ses dents, étouffés par le chiffon de tulle. Éric adore cette mélodie : les claquements du cuir sur sa peau mêlés aux plaintes déchirantes. Elle imagine sa transe, à lui aussi, alors que son bras viril lui inflige de si cruels traitements et que la sangle balafre sa chair. Habités du même transport, tous deux touchent à l'extase.

Soudain, Éric s'arrête, alerté par un bruit de canalisation. Luce risque un regard noyé de mascara vers son bourreau. On s'approche. La présence de l'intrus les paralyse tous deux. Inquiète, honteuse aussi, elle lutte contre ses liens pour se retourner. Elle y parvient à force de contorsions. Les tempes battantes, Luce fixe la porte entrouverte. Les bruits de pas s'éloignent. Fausse alerte.

Si l'incident est parvenu à arrêter son bras, Éric n'est pas résolu à perdre son ascendant sur sa soumise. Il ordonne :

— Eh bien, tu voudrais me la cacher, ta croupe de petite fille fouettée ? Tu en as honte ? En position ! Offre-la-moi encore que j'en jouisse…

Le venin de sa voix s'infiltre dans ses veines. Ses fesses enflammées par le cuir du ceinturon s'ouvrent. Elle courbe l'échine comme un animal dompté.

Le pétrissage auquel il soumet son cul ranime la brûlure du fouet. Luce geint sous ses caresses forcées, mais le maître calme ses ardeurs de quelques claques sonores.

— Arrête ta comédie, tu crois que je ne vois pas que tu mouilles ! Je te fouette et ça t'excite, hein ?

Il a glissé une main entre ses replis intimes, gluants d'excitation.

Lui seul sait la confondre ainsi. Mise face à ses contradictions, elle acquiesce. Oui, elle n'est qu'une garce, oui, elle aime et accepte tout de lui.

Éric ricane en la perforant à trois doigts. Il ne cherche pas à la faire jouir, mais à la préparer pour la suite. Luce peut sentir sa belle queue, raide à lui en donner la chair de poule, se rebiffer sur ses reins. Elle sait qu'il ne résistera pas longtemps à l'envie de s'enfoncer en elle.

Ses liens défaits, Éric la tire par les cheveux pour la forcer à se lever. Puis, d'une main décidée, il la courbe au-dessus du lavabo, ouvre ses cuisses et écarte violemment ses fesses. Ôter le plug n'est qu'une formalité. Même débarrassée de l'intrus, Luce se sent ouverte comme jamais, prête à le recevoir. Un long râle de soulagement s'échappe de ses lèvres lorsque la hampe virile, au faîte de sa fermeté, force son anus. L'orifice conciliant n'oppose qu'une faible résistance : au réflexe de contraction succède l'élan sublime de l'abandon. Luce lâche prise. Centimètre par centimètre, la verge s'enfonce en elle, déterminée, et pourtant si providentielle qu'elle sème sur son passage des frissons de plaisir. Les ondes se propagent à son ventre et traversent tous ses membres. Luce en tremble, éblouie d'être si bien comblée. Les poussées de la queue, qui commence à marquer un rythme de va-et-vient, la submergent de sensations. Fourrée jusqu'à l'os, il lui semble la sentir partout à la fois. Des orteils à la racine des cheveux, il n'est pas une parcelle de son anatomie qui ne soit occupée et maîtrisée par ce pieu. Éric, embarqué dans sa transe communicative, accélère la cadence. Mû par une furie destructrice, il la bourrine de plus en plus fort, à lui perforer les entrailles. De surcroît, le maître ne lui épargne pas ses commentaires :

— Tu sens comme je te possède le cul ? Tu aimes ça, hein ? Quand je te défonce à t'en secouer l'estomac ? Regarde-toi un peu ! Je veux que tu voies ton faciès de salope enculée !

Éric lui soulève le menton du revers de la main. Luce contemple son reflet dans le miroir. Un masque d'extase la transfigure : cheveux ébouriffés, joues baignées de larmes, lèvres entrouvertes, regard ahuri, elle ne se reconnaît pas. En revanche, le visage d'Éric, dur et concentré, rouge et transpirant du bonheur de l'avilir, lui apparaît comme elle l'aime : au bord de la jouissance.

— Dis-le maintenant, dis que tu aimes quand je t'encule, dis-le et regarde-toi l'admettre.

Les attaques de sa queue sont si percutantes qu'elle le hurle plutôt qu'elle ne le dit. Une fois, deux fois, trois fois : Luce l'avoue et le répète encore et encore. Plus elle le dit, plus elle le sent. Et plus elle le sent, plus elle a envie de le crier haut et fort. Quelques frictions sur son clitoris engorgé, savamment dispensées par son maître en récompense de sa docilité, suffisent à la faire exploser. Des éclairs passent devant ses yeux lorsque l'onde de choc la cloue au lavabo.

La soirée se prolonge dans une chambre de l'hôtel, sous la caresse des draps luxueux. Au cours de leurs étreintes passionnées, Éric lui glisse à l'oreille : « Je suis fou de toi, tu me rends dingue ! », puis ils s'endorment côte à côte.

Il se réveille au petit matin, seul dans le *king size bed* avec, pour seule distraction, la lecture d'un papier plié en quatre sur l'oreiller :

« Tu t'es dépassé hier soir. J'ai joui comme jamais ! À présent, je peux partir satisfaite de savoir qu'au moins je te manquerai. Luce »

Calamity Train

Récit de Jack

Vingt ans n'est pas un âge pour traîner au bordel. Disons plutôt que c'est l'âge où le risque de quitter les lieux sans un dollar en poche est le plus élevé. La bière aidant, j'avais passé plusieurs jours dans les bras de filles qui me faisaient des choses à vous retourner les sangs. Ces cocottes-là n'avaient rien à voir avec les gamines maladroites que je culbutais dans les meules de foin contre de fausses promesses de mariage. Des blondes, des brunes, des métis, des Chinoises, il y en avait pour tous les goûts dans ce lupanar de Wichita tenu par une tour de Babel en jupons qui dirigeait ses troupes d'une main de fer. Lorsqu'elle repérait un blaireau dans mon genre, la mère maquerelle ne le laissait pas repartir avant de lui avoir fait goûter à toutes les spécialités de la maison. Autant dire que lorsque je mis le pied dehors, j'étais plumé.

Je venais d'un ranch des grandes plaines du Kansas, au nord de Winfield, où j'avais travaillé quatre années durant. Nous étions plusieurs types à suer derrière les charrues pour la maigre soupe d'eau et de lard que la patronne nous préparait. Le salaire était misérable, mais à force d'économiser j'avais réuni la somme nécessaire pour prendre le large. Mon projet était de me rendre à Wichita où je me paierais un billet de train pour San Francisco. J'avais la tête pleine de rêves de voyages. Répondant à l'appel exaltant du Pacifique, je comptais m'embarquer sur le premier rafiot où l'on voudrait bien confier une quelconque tâche à un novice dans mon genre. Ma silhouette robuste de boxeur avait de quoi séduire les recruteurs. Quitte à trimer comme un forcené, autant que ce fût sur le pont d'un bateau en partance pour l'Asie que dans un trou perdu du Kansas.

Lorsque je fus reconduit à la porte du bordel, je n'en menais pas large. Plus un sou pour me payer un steak, encore moins pour m'offrir le sésame vers la Californie. Désespéré, j'errai sans but dans la ville, me passant de plus d'un repas. Par chance, je rencontrai une bande de hobos, des vagabonds comme il en traînait beaucoup à l'époque. Ma gueule d'ange et mon esprit vif m'avaient attiré la sympathie de leur chef, un certain Rick-le-pif-de-Chicago, qui m'avait permis de partager leur maigre pitance. Touchés par le récit de mes illusions perdues, les gars m'avaient expliqué comment « brûler le dur », autrement dit, voyager clandestinement sur les wagons de la Kansas Pacific. Des centaines de hobos sillonnaient l'Amérique de cette manière, au point où c'était devenu un sport national. Comme j'étais débutant, Rick m'avait déconseillé les trains de voyageurs, trop surveillés. Si je ne voulais pas finir dans le fossé, salement amoché, j'avais tout intérêt à voyager dans un convoi de marchandises. La seule précaution à prendre était de ne pas monter en gare. On risquait de se faire pincer par le conducteur qui effectuait son tour d'inspection. L'endroit idéal pour s'agripper à un fourgon était situé à trois heures de marche, sur une colline où la locomotive perdait de la vitesse. Tous les vagabonds connaissaient le truc, et il n'était pas rare de se retrouver à plusieurs dans le même wagon.

Le prochain train était prévu pour la fin de journée. Je fis mes adieux à la bande, et cheminai vers l'Ouest en suivant la voie ferrée qui formait un long ruban à travers les plaines. Arrivé à l'endroit indiqué, j'attendis la tombée de la nuit sous une pluie battante qui me glaçait les os. Au crépuscule, le convoi m'apparut. La locomotive crachait une fumée noire, inquiétante, qui obscurcissait le ciel du couchant. Même en côte, le train était plus rapide que je ne l'avais imaginé, peut-être 20 miles à l'heure. Au fur et à mesure que l'énorme monstre de fer approchait dans un concert de crissements assourdissants, la peur enflait dans ma poitrine. J'allais devoir sauter sur le marchepied d'un wagon de queue – c'était plus prudent pour échapper à la surveillance du conducteur. Pas le droit à l'erreur. Je n'avais aucune envie de passer la nuit sous la pluie, dans cette étendue désertique. Je pris mon courage à deux mains, et n'écoutant que mon désir de m'extraire de ce lieu inhospitalier, je m'élançai sur un fourgon, les bras en avant pour m'accrocher au container.

J'y étais arrivé ! Debout, les pieds calés sur le marchepied, les jambes soumises au cahot des rails, je tremblais comme une feuille. Une fois la colline montée, le train reprit de la vitesse. Je m'accrochai de plus belle. Le vent et la pluie fouettaient mon visage. Des escarbilles incandescentes frôlaient mes oreilles. Si je voulais sortir vivant de l'aventure, je devais trouver un abri. Méprisant ma peur, je cheminai à petits pas sur l'étroite latte de fer, les doigts accrochés aux rainures du fourgon. Au prix de gros efforts, j'atteignis la porte à glissière, que j'ouvris à bout de bras. À l'intérieur, d'énormes sacs de jute s'amoncelaient du sol au plafond, mais il y avait encore un peu de place pour un pauvre bougre trempé jusqu'aux os. Grelottant dans mes oripeaux mouillés, je m'en débarrassai pour les faire sécher. Quelle ne fut pas ma surprise, quand, totalement nu, je vis une lanterne approcher. Derrière son halo orangé, je distinguai le visage d'un jeune Chinois, plus petit que moi d'un pied au moins. Le type devait roupiller dans un coin quand j'avais débarqué dans son repaire.

— Qu'est-ce que tu fous là ? demanda-t-il d'un air menaçant

— La même chose que toi. Je brûle le dur, en essayant d'échapper au froid de canard, répondis-je, les deux mains sur mon sexe.

J'avais beau être un gaillard costaud, je ne faisais pas le malin, à poil devant un type habillé, qui pouvait cacher un colt à sa ceinture.

Rassuré par ma tenue inoffensive et le sourire niais que je lui lançais, le Chinois se radoucit.

— Je vois ça, tes frusques sont trempées. Ramène-toi, j'ai une couverture dans mon baluchon.

Je suivis le gars cahin-caha, en tâchant de préserver un reste de pudeur. Il avait aménagé son coin comme un pape : couvertures, réchaud, restes de gueuleton, bouteille de gnôle… Je n'en croyais pas mes yeux. Mais je fus encore plus estomaqué lorsqu'il me proposa de piocher dans les reliefs de son repas. Il existait donc une solidarité entre les vagabonds du rail. Emballé dans le plaid de laine, je me régalai d'un morceau de viande séchée arrosé de whisky.

— Je m'appelle, Jack. Jack de Winfield, lui dis-je en lui tendant la main en guise de remerciements.

— Lee, de Saint-Louis. Tu vas où comme ça ?

— À San Francisco.

Le type éclata de rire. Il avait une façon troublante de s'esclaffer, penché en avant, en cognant son torse fin avec ses tout petits poings. Sa voix, lorsqu'il pouffait, prenait des intonations cristallines.

— Eh ben, t'es pas rendu ! Va falloir que tu songes à t'équiper un peu mieux que ça, si tu comptes durer jusqu'en Californie…

— Et toi, tu vas où ?

— Si seulement je le savais… Reno, j'imagine. Il paraît qu'il y a des opportunités dans le Nevada.

— Mais t'es d'où ? Je veux dire, avec tes yeux bridés…

— Ma mère était de Shanghai. Mon père l'avait rencontrée à La Havane, où ses parents avaient émigré pour le négoce. Il l'a ramené grosse aux États-Unis, avant de l'abandonner pour courir d'autres gamines.

— T'as jamais vu la Chine alors ?

— Pas plus que toi !

— Moi, je compte bien m'y rendre ! Ça ne te tente pas ?

— J'en sais trop rien.

— Les femmes là-bas, ça doit être quelque chose. On dit que dans certains lupanars, des

Yankees ont élu domicile, rapport à l'opium, et aux filles, qui sont chaudes comme la braise. J'ai connu une Chinoise, au bordel de Wichita... Une vicieuse, je te dis que ça, et qu'était pas insensible à mes charmes... Si je te racontais ce qu'elle m'a laissé lui faire...

Je m'apercevais bien que le jeune type évitait mon regard. La conversation grivoise le gênait. Et, pour une raison que je ne m'expliquais pas, je prenais un malin plaisir à déblatérer mes saloperies sur les filles du bordel...

— Lady Shan, comme on l'appelle, elle s'est allongée à plat ventre sur le pieu, le cul en l'air, oh pas pour que je la culbute ! Non, elle était plus coquine que ça. Elle aime qu'on lui renifle la raie ! Véridique ! Et pas que ça, une fois qu'on l'a bien chatouillée avec le nez, faut aussi qu'on y colle la langue... Dans le trou de balle ! Et comme tu me vois là, avec mes gros bras, ben je m'y suis collé, à quatre pattes, comme un bon chien, je l'ai léchée de partout. Elle prenait vraiment son pied, tu sais, fallait la voir onduler et dégouliner sur le matelas... Surtout que je savais aussi me servir de mes doigts pour la titiller où il fallait. Juste en haut, sur le con, là où ça les fait se dandiner. C'était un dragon de feu, cette Lady Shan, je lui ai laissé plus d'un dollar...

— Et maintenant, tu fais moins le malin, à poil dans un wagon de marchandises ! conclut

Lee, narquois, en s'allongeant pour piquer un somme.

Avant de s'assoupir, il m'autorisa à le rejoindre sous sa couverture.

— Dans notre situation, mieux vaut partager notre chaleur, dit-il.

— N'empêche que le jeu en valait la chandelle, enchaînai-je, songeur, en m'allongeant près de lui.

C'était la première fois que je dormais à côté d'un homme, et ça m'a fait tout drôle. Peut-être parce que Lee était si menu… Son corps était souple comme celui d'une femme. Je le sentais bouger et frissonner contre mon ventre. À mon grand effarement, j'étais aussi troublé qu'on peut l'être en serrant une jeune vierge dans ses bras. Ce constat n'était pas pour me plaire ! Il me fallut déployer des trésors de concentration pour réussir à m'endormir.

Durant la nuit, je fus réveillé par un phénomène étrange.

Le convoi devait traverser quelque endroit escarpé : nous étions secoués comme des pruniers. Dans son sommeil, le Chinois, blotti contre mon ventre, ne cessait de heurter mon bassin, comme si nous étions en train de nous accoupler. C'était trop pour moi. Je bandais comme un âne. Oui, j'avais une trique si dure qu'elle me faisait mal. C'est dans un état de semi-conscience que je commis l'acte contre nature. Une pulsion bestiale, que je ne contrôlais pas, dirigeait mes membres. D'un coup sec, je baissai le fute du petit Chinois et le retournai contre un sac de blé. Allongé sur lui de tout mon long, je forçai l'entrée étroite de ses fesses avec mon sexe enduit de salive. Ma pine, raide comme une matraque, écartelait son petit trou. Extirpé du sommeil par la violence de l'impact, Lee geignait et se tortillait pour échapper à l'énorme intrus. En m'enfonçant jusqu'à la garde, je collai une main sur sa bouche. J'étais si bien, au chaud dans la gaine étroite. J'aurais voulu qu'il se taise et qu'il prenne autant de plaisir que moi. Ne m'avait-il pas aguiché toute la nuit, en frottant son petit cul de Chinois contre ma queue ? Au gré de mes va-et-vient dans son fion contracté, je dirigeai une main vers son sexe, pour tenter de l'amadouer. Mais au lieu de trouver une pine d'homme, ma main se perdit dans une fente baignée d'une liqueur chaude. Bon sang, Lee était une garce ! Tel était donc le secret de son pouvoir sur mes instincts masculins, pensai-je, heureux de n'avoir pas commis l'irréparable. Mais je n'eus pas le temps de me réjouir plus avant de la formidable découverte. Dans ma joie, j'avais baissé la garde. Un objet froid creusait ma poitrine. La luronne me pointait le canon d'un revolver en travers des côtes…

— Dégage ou je te troue le bide !

Récit de Lee

Quand le grand type a débarqué dans le wagon, je m'étais assoupie. J'ai été réveillée par le bruit de la porte à glissière. Redoutant l'arrivée inopinée d'un garde, je m'abstins de tout bruit. Puis, en entendant souffler et geindre, j'en conclus qu'il s'agissait d'un vagabond. Était-il dangereux, armé ? Je devais en avoir le cœur net. J'allumai la lanterne, et, mon revolver dissimulé sous un pan de ma veste, je me dirigeai vers lui. Mon cœur bondit dans ma poitrine lorsque le gars m'apparut à la lueur de la lampe. Dieu du ciel, il était nu comme un ver ! Il se tenait debout devant moi, le membre à l'air ! Un homme jeune, aux muscles puissants, au torse carré et massif. Un regard noir, profond et doux à la fois. Le moins qu'on puisse dire c'est qu'il n'était pas vilain. Je ne m'étais pas attendu à pareille vision. J'étais gênée comme une fille peut l'être en semblable situation, mais je me devais de jouer les durs. J'adoptai un ton menaçant pour m'adresser à lui. Puis, devant sa réaction inoffensive, je me radoucis. Je lui cédai un peu de nourriture qu'il engloutit en me racontant d'où il venait et où il allait. Il me retourna mes questions, auxquelles je répondis par de pieux mensonges. Je ne pouvais pas lui dire que j'étais une fuyarde, recherchée par tous les shérifs de l'État du Kansas.

Je ne regrettais pas mon crime. Mon ordure

de beau-père méritait depuis longtemps qu'on lui loge une balle dans la cage thoracique. Il avait tabassé ma mère plus que de raison. Le déguisement s'était imposé de lui-même. Mon forfait commis, devant les yeux exorbités de ma génitrice, dont aujourd'hui encore, je ne saurais dire si elle m'était reconnaissante, ou si elle me maudissait, je m'étais coupé les cheveux, avais enfilé des habits de garçons, et pris la poudre d'escampette. L'avantage avec les Américains, c'est qu'ils ne savent pas distinguer un Chinois d'une Chinoise. Je jouai de cette ambiguïté pour échapper au shérif. Par précaution, je cheminai principalement de nuit, en direction de Kansas City, où j'allais retrouver un ami. Je savais que Bob m'aiderait à me sortir de ce pétrin. C'était un camarade d'enfance qui mouillait dans des affaires louches. Il me fournit un revolver, ainsi qu'un « billet clandestin » dans un train de marchandises. Il connaissait un type qui supervisait le chargement des wagons, et qui pouvait me faire monter en douce. Mais une fois que j'aurais embarqué, il ne répondait de rien. Il ne tenait qu'à moi d'éviter de me faire remarquer à chaque halte. Ce ne fut pas aussi compliqué que ça en avait l'air. Lorsque le convoi était à l'arrêt, je me réfugiais dans un sac de jute. On ne faisait pas la différence avec les ballots de blé. Ma principale crainte était de me retrouver nez à nez avec un hobo, qui m'aurait reconnue et balancée au shérif pour la récompense. Ma capture était mise à prix.

La plus grande méfiance s'imposait, même avec ce type au sourire charmeur.

Il avait le sang chaud des jeunes gens de notre âge. C'est avec une curiosité mêlée de gêne que je l'écoutais détailler ses frasques avec la Chinoise du bordel. La situation était insolite. Il racontait ses expériences sans aucune retenue. Jamais un homme ne m'avait parlé de cette façon, et pour cause : il me prenait pour un gars ! Je m'efforçais de ne pas laisser paraître mon trouble ; lui insistait, comme s'il voulait me confondre. Par moments, il me regardait comme un homme regarde une femme, les yeux emplis de désir. J'avais bien du mal à garder une constance masculine. Malgré les cochonneries qu'il débitait, ou peut-être même à cause d'elles, il ne me laissait pas de glace. Pour la première fois de ma vie, et en dépit du fait que je n'avais pas toujours été un modèle de vertu, un homme me révélait ses vraies envies. Il me semblait que j'entrais dans son intimité par une porte dérobée.

Lorsque, sur ma proposition, il se colla contre moi pour dormir, je fus prise de frissons et de tremblements. La fermeté de son torse m'ensorcelait… Mon sommeil fut rempli de visions troublantes. La verge et les membres puissants de Jack étaient au premier plan. Tous les deux nus, nous dansions une valse équivoque, frottant nos ventres l'un à l'autre… Mon bassin, pris d'élancements voluptueux, sursautait en cadence. Rêve et réalité s'emmêlaient de subtile façon. Mais, brusquement, la douce chaleur qui occupait mon bas-ventre fit place à une douleur vive, accompagnée d'une sensation d'envahissement terrible, qui m'extirpa du sommeil. Quand je pris conscience de ce qui se passait, la panique me gagna. Jack était sur moi, le ventre plaqué à mes reins. Son corps pesait sur le mien, m'interdisant toute évasion. Sa verge s'enfonçait en moi avec rudesse, par une voie qui n'était pas habituelle. Il me prenait par le cul ! Pire encore, il tirait un sacré plaisir de l'acte bestial, à en juger par les gémissements rauques qu'il me soufflait dans les oreilles. Il me disait de me calmer et qu'il allait y aller plus doucement si je me montrais docile. Je finis par lâcher-prise. Au bout d'un moment, je n'eus même plus mal… Seule la singulière sensation d'ouverture et d'osmose avec le mâle demeurait. J'avais cessé de me débattre quand il découvrit le pot aux roses. Ses doigts glissèrent dans ma fente humide, cherchant vainement un pénis. Le salaud était content de sa trouvaille ! Il commençait à m'asticoter le bouton de ses phalanges, tout en me pilonnant avec une vigueur accrue. Ah on peut dire qu'il ne s'attendait pas à ce que la petite Chinoise lui plante un revolver entre les côtes ! Sur mon ordre, Jack cessa tout net son petit jeu. Il s'écarta, raide comme un piquet. Pourtant il souriait toujours, et n'arrêtait pas de dire :

— Dieu merci, Lee, t'es une fille !

— La ferme ! T'avise pas de me dénoncer, rétorquai-je, mon colt pointé vers sa tige encore raide.

— Pourquoi veux-tu que je cause de ça ? J'ai juste envie de continuer ce qu'on faisait. T'as beau t'en défendre, j'ai senti comme tu coulais… Tu ne veux pas me laisser revenir, hein ?

— Tais-toi ou je tire !

— Juste un peu, où tu voudras…

Sa voix s'était adoucie. À la vérité, je frémissais encore de ses va-et-vient dans mon ventre. Sans lâcher mon revolver, je répondis :

— Alors tu vas me montrer comment tu faisais, au bordel. Comme un chien, tu disais ?

Son regard s'emplit d'enthousiasme lorsque je m'affalai sur un sac de blé, dont la courbe faisait saillir mes fesses. Jack s'approcha à quatre pattes. Ses doigts écartèrent mes globes, entre lesquels il glissa son museau obscène. Il renifla longuement, accompagnant son souffle rauque d'exclamations vicieuses. Il trouvait que mon cul sentait le vieux whisky. Puis sa langue parcourut ma raie de haut en bas, elle se perdit entre les plis de mes fesses. Il lapait mon trou comme un chien affamé. Mon sphincter n'avait rien perdu de sa béance… En un rien de temps, Jack s'enfonça à l'intérieur. Il me creusait de la pointe de sa langue, tout en frottant mon con avec ses doigts robustes. Les frictions énergiques allumaient un incendie dans mon bas-ventre. Quand il m'eut fait exploser une première fois, Jack me souffla à l'oreille :

— Et si je te prenais encore une fois ? Par où tu veux…

Risquer de tomber enceinte alors que j'allais passer un petit moment dans mon déguisement de garçon n'avait rien d'une brillante idée. Tout compte fait, je le laissai m'enfiler à nouveau par où nous avions commencé, jusqu'à ce qu'il jouisse en moi. Et nous nous assoupîmes sur les sacs de jute.

Récit de Jack

Le jour pointait à travers les planches disjointes lorsque je me réveillai. Le train était à l'arrêt. Les gars du chargement s'activaient bruyamment sur le quai. Je tendis les bras pour avertir Lee. Elle n'était plus là !

— Tu vas dégager, salopard, s'écria un type, une pelle à charbon à la main, en ouvrant la porte.

J'étais fait comme un rat.

Aucune issue possible. J'obtempérai, non sans avoir reçu ma rossée. Quelques minutes plus tard, le convoi s'ébranla devant mes yeux. Je regardai le train s'éloigner, emportant avec lui ma démone chinoise, avec un pincement au cœur.

En cheminant le long d'un bosquet d'arbres, une pierre m'atteignit dans le dos. Je me retournai. C'était Lee, cachée derrière un buisson :

— On a plutôt intérêt à sauter dans le prochain, si on veut pas user nos semelles sur la route, dit-elle en me rejoignant à petits pas guillerets.

ÇA CHAUFFE EN CUISINE

Le fumet qui s'échappait de la casserole où mijotait le bœuf Strogonoff baignait la pièce d'un bouquet d'arômes appétissants. La cuisine était spacieuse, tout en longueur, comme on en trouve dans les appartements haussmanniens haut de gamme. Éléments en inox rutilants, équipement dernier cri, carrelage de prix, tout concourait à donner de la classe à l'endroit, y compris la belle trentenaire qui s'agitait devant les fourneaux. Gabrielle portait un fourreau de soie noire, fendu sur ses cuisses parées de bas couture. Par-dessus, un tablier en toile Vichy rouge, bordé de broderie anglaise, tranchait avec la sensualité de la robe. Mais il lui donnait aussi un charme supplémentaire, une coquetterie enfantine non dénuée d'érotisme. Elle était la parfaite bourgeoise d'intérieur, digne et coquine à la fois. Les talons aiguille de ses escarpins vernis claquaient à chacun de ses déplacements. Elle trottinait d'un placard à l'autre, pour piocher, ici un plateau, là un couteau de cuisine, sans oublier d'aller touiller régulièrement le ragoût. De temps en temps, penchée au-dessus de la casserole fumante, elle jetait un œil vers la pendule, qui indiquait sept heures moins le quart, puis elle pianotait sur le téléphone portable qui se trouvait dans la poche avant du tablier. Gabrielle semblait fébrile, un peu inquiète. Aussi se réfugiait-elle dans les préparatifs de la fête. Ce soir, c'était la Saint-Valentin, tout devait être parfait.

Dans la salle à manger, la table était déjà dressée : vaisselle en porcelaine de Limoges, verres en cristal d'Arc, nappe blanche brodée à la main, et les indispensables bougies décoratives aux couleurs de la fête des amoureux qu'elle allumerait au dernier moment. Il ne restait plus qu'à sortir les mets du gigantesque réfrigérateur high-tech, une armoire bretonne à lui tout seul. Les aspics de homard aux petits légumes se consommaient froids, en revanche, elle s'empara de la superbe charlotte aux poires, et la déposa sur un plateau. D'une main de maître, elle y apporta une dernière touche, en disposant des bonbons en forme de cœur sur le glaçage chocolaté. Une fois de plus, Gabrielle coula un regard inquiet vers la pendule, interrogea son portable. Allait-il enfin répondre à ses SMS ? Toujours rien. Mieux valait laisser le champagne au frais. Pour s'occuper, elle trancha la baguette de pain, dont elle disposa les tronçons dans une panière.

L'attente devenait interminable dans l'appartement où régnait un silence de mort. La jeune femme se dirigea vers la chaîne hi-fi. Qu'étaient censés écouter les amoureux en pareille occasion ? Elle n'en avait aucune idée. Pourquoi pas de la musique de film ? Elle opta pour un CD qui s'ouvrait sur le concerto pour clarinette de Mozart joué dans *Out of Africa*.

Assise sur une chaise de la salle à manger, les coudes sur la table et le front entre les poings, Gabrielle attendait, désespérément, d'entendre le téléphone se déclencher. Elle avait éteint le feu sous le bœuf Strogonoff, qu'il faudrait réchauffer, à coup sûr, s'il tardait à arriver. Mais, tandis que son regard mélancolique se perdait parmi les facettes scintillantes du cristal, elle entendit sonner l'interphone. Aussitôt, elle courut appuyer sur le bouton-porte, puis, dans le même empressement, elle alluma les bougies. Il lui restait un peu de temps pour étudier son image devant le grand miroir de l'entrée. Elle vérifia la couture de ses bas, le tombé de sa robe, opéra quelques retouches maquillage de-ci de-là. Sa haute taille, sa ligne mince, son visage fin aux traits élégants, illuminé par des cheveux blonds brillants, tirés en chignons vers l'arrière, lui donnaient des allures de star hollywoodienne. Elle avait du chien, comme on dit. Le moment était venu d'en tirer le meilleur parti.

Justement, on sonnait. Gabrielle attendit quelques secondes avant d'ouvrir, le temps qu'il lui fallut pour vérifier dans l'œilleton qu'il s'agissait bien de celui qu'elle espérait. Derrière la porte, un homme mince, de taille moyenne, patientait, souriant, un énorme bouquet de roses entre les mains. Christophe était passé chez le coiffeur. Il arborait une coupe parfaite, un brushing digne d'un acteur de sitcom américaine. C'était mignon, mais pas suffisant pour amadouer Gabrielle, qui ouvrit enfin.

Dès qu'elle croisa le regard enjoué de l'invité, ses yeux se couvrirent d'un voile de sévérité qui déstabilisa son interlocuteur. Maladroitement, il lui tendit le bouquet de roses, qu'elle ne daigna pas accepter.

— Joyeuse Saint-Valentin, ajouta-t-il pour l'encourager à recevoir le cadeau.

— C'est à cette heure-ci que tu rentres ? interrogea-t-elle d'une voix glaciale. Puis elle enchaîna, sans lui laisser le temps de répondre.

— Je me suis mise sur mon trente-et-un, je trime derrière les fourneaux depuis ce midi pour nous préparer un dîner d'exception, et tu oses me faire attendre. Tu t'étais engagé à être rentré pour sept heures. Qui donc t'a monopolisé si longtemps, on peut savoir ? Y aurait-il une autre fille avec qui tu voulais célébrer une Saint-Valentin clandestine ?

— Mais enfin Gabrielle, qu'est-ce que tu vas imaginer ? Tu sais bien qu'il n'y a pas d'autre femme que toi, je ne maîtrise pas toujours mes horaires de bureau, c'est tout !

— Je ne veux pas le savoir, tu avais promis ! lança la belle blonde, enragée, avant de s'emparer du bouquet de roses pour en fouetter le visage de son partenaire. Des pétales volèrent de tous côtés, pendant que l'homme, recroquevillé sur lui-même se protégeait les yeux avec les mains.

— Tu ne vas pas encore me faire une de tes crises, bredouilla-t-il, alors qu'il recevait une seconde rafale de roses.

— Et pourquoi pas ? interrogea la femme, aux joues rouges de colère.

— Parce que je te demande pardon, et je te prie de croire qu'il n'y a pas d'autre femme que toi !

— Eh bien ça ne me suffit pas ! s'écria la blonde en lui envoyant une dernière estocade. Les joues éraflées par les épines de rose, Christophe, piteux, prit son visage brûlant entre ses paumes.

Lorsque la furie lâcha le bouquet, les fleurs n'étaient plus qu'un misérable rameau de branches perdues sur un lit de pétales flétris.

— Tu veux savoir pourquoi je n'accepte pas tes excuses minables, viens donc voir !

Gabrielle saisit son partenaire par la manche et le traîna dans le couloir.

— Regarde la table que j'ai préparée ! lui dit-elle

en désignant la salle à manger. Et ici, les mets qui nous attendaient, ajouta-t-elle en l'entraînant dans la cuisine. Ça a l'air délicieux, non ? Et tu as tout gâché comme d'habitude, par ta goujaterie !

Tourné vers les plaques à induction, Christophe se pencha au-dessus de la casserole de bœuf Strogonoff, mais avant qu'il ait pu faire le moindre commentaire, Gabrielle s'était saisie de la cuillère en bois. Sans crier gare, elle commença à lui marteler les fesses du plat de l'instrument. Sous le pantalon, la chair bombée retentissait d'un bruit mat à chaque coup. Des gouttelettes de sauce giclaient en tous sens, maculant l'étoffe du costume de taches brunâtres.

— Ah non, pas ça ! Tu sais que ça fait mal ! protesta l'homme en se retournant pour fixer sa compagne d'un air de défi.

— Et alors ? Soit tu supportes, soit je ne te pardonnerai jamais, et tu peux tout de suite prendre tes affaires et partir, rétorqua Gabrielle.

Sans quitter Christophe des yeux, elle s'adossa contre la table de cuisine, puis, d'une voix qu'elle s'efforçait de teinter de sensualité, elle ajouta, en retroussant lentement sa jupe pour exposer ses jarretières en dentelles :

— Fini la chaleur de mes cuisses (elle écarta les jambes en grand), les moiteurs de mon sexe (elle caressa sa vulve rebondie sous le tulle noir de la culotte), adieu les parties de jambes en l'air enfiévrées (elle oscilla du chef en geignant), bye bye les fellations impromptues (elle passa une langue obscène sur le pourtour de ses lèvres…). Tu connais mes talents, et tu voudrais tout risquer pour un petit caprice de rien du tout ? Je te fais passer l'envie de recommencer tes incartades, tu te laisseras faire, et ensuite on fera la paix sur l'oreiller, ça te va ?

Hypnotisé par le numéro de charme de cette femme au sex-appeal irrésistible, Christophe n'eut pas d'autre choix que d'obtempérer.

— D'accord, dit-il dans un murmure, en serrant les cuisses, un peu honteux de l'érection qui gonflait sa braguette.

— Fort bien, alors retourne-toi, je n'en ai pas terminé avec tes fesses.

Sur l'ordre de la blonde, Christophe laissa choir son pantalon au sol.

— Ton caleçon aussi !

Lentement, les joues empourprées de honte, l'homme glissa les doigts sous l'élastique du boxer, pour offrir la vue de ses fesses bombées, déjà rosies par la volée de coups de cuillère.

— Cambre-toi bien !

Une fois l'acte humiliant accompli – tendre la croupe au maximum à la main qui s'apprête à frapper –, Gabrielle abattit le paddle de fortune sur la peau nue. Le contact du bois sur l'épiderme tendu émit un claquement sec, bientôt suivi de nombreux autres. Méthodique, la blonde frappait alternativement la fesse gauche puis la droite. Elle s'appliquait à la tâche avec tant de force que la cuillère semblait s'enfoncer dans les chairs comme dans de la pâte à pain. Chaque coup était suivi d'une plainte de l'homme malmené et d'une torsion involontaire de son corps.

— Si tu t'agites encore, je sévis! prévint la blonde.

Mais la brûlure était trop vive, et le pauvre garçon ne put réprimer ses couinements et ses ruades.

Gabrielle n'était pas femme à transiger.

Lorsqu'elle accéléra la cadence, la croupe meurtrie se mit à danser devant ses yeux pleins de luxure. Aux derniers coups, assénés avec une vigueur extrême, l'homme émit deux cris stridents avant de tomber à genoux devant la cuisinière. Son cul était cramoisi et violacé par endroits.

Mais la blonde ne l'entendait pas de cette oreille. Débarrassée de la cuillère, elle approcha de son complice pour le soulever par le col:

— Eh bien, tu ne crois tout de même pas que c'est terminé. Accompagne-moi dans la salle à manger. Tu vas rester au coin, les mains sur la tête, pantalon en bas des pieds, pendant que je dînerai.

Christophe n'émit aucune protestation alors que la femme l'installait entre la cheminée et les doubles rideaux. Perverse, elle lui pétrit longuement la peau des fesses, où le sang affleurait. Il eut un râle d'impuissance sous la caresse des mains qui le brûlaient plus qu'elles ne l'apaisaient. Puis, bien qu'elle lui eût intimé l'ordre de ne pas quitter le mur des yeux, il observa son amie à la dérobée, pendant qu'elle se mettait à table.

Telle une reine, Gabrielle prit place devant son assiette d'aspic, se servit une belle cuillerée de sauce blanche et commença à déguster le plat de crustacé, sans manquer de ponctuer son régal d'exclamations sadiques :

— Mmmh ! C'est un pur délice. Quel dommage, toi qui adores le homard, tu n'en auras pas une miette ! Et tu sais quoi ? C'est encore meilleur de prendre son repas devant la croupe rougie d'un homme repentant.

D'où il se trouvait, Christophe ne manquait pas d'envoyer des regards de biais vers sa partenaire, dont il appréciait plus que jamais la beauté hypnotique, malgré ses cruautés. La blonde faisait mine de ne pas s'en percevoir, mais quand il poussa l'audace trop loin, elle le réprimanda.

— Je t'ai dit de garder les mains sur la tête ! Tu crois que je ne te vois pas te frotter les fesses ! Viens ici ! Allons, approche !

L'homme obéit.

— Pas debout ! Viens à quatre pattes, comme un bon chien.

De nouveau, Christophe obtempéra et se présenta devant son bourreau dans la position bestiale. Cette fois-ci, ce fut à main nue, mais avec autant de vigueur et de sévérité, que l'homme reçut la fessée. Sur sa croupe endolorie, chaque claque était plus douloureuse que la précédente. Christophe haletait. Entre deux hoquets, il suppliait la furie d'arrêter.

— Soit, dit-elle. Je vais user d'un autre expédient pour te corriger.

C'est alors que la perverse s'arma d'une des bougies décoratives qui trônait sur la table. Elle ne l'avait pas choisie au hasard. Blanche, conique, parsemée de cœurs rouges et de Cupidons ailés, elle était surtout d'un calibre inspirant. Gabrielle tint l'objet au-dessus des reins de son compagnon, puis, d'un lent mouvement du poignet, elle laissa couler la cire chaude sur la peau. Sous l'averse de gouttelettes brûlantes, Christophe se cabra. De surprise, il laissa échapper un cri désarmant. Mais la blonde ne s'en laissa pas conter, et la pluie chaude progressa inexorablement vers les fesses rougies du supplicié, qui hurla en tentant de s'enfuir. La femme le retint par les cheveux et éteignit la bougie entre ses omoplates. Nouvelles plaintes, nouvelles remontrances.

— Ah tu veux jouer, eh bien nous allons jouer maintenant !

À deux mains, la perverse écarta les fesses de son partenaire, pour apprécier la vue de sa rosette contractée par l'anxiété et le désir. Conscient du sort qui l'attendait, Christophe soufflait fort. Une érection de bon augure dénonçait son désir de viol. Ce n'était pas la première fois que la blonde l'enculait et, chaque fois, il en éprouvait un plaisir si vif qu'il était pris de tremblements fébriles et bandait comme un âne en rut. Gabrielle garnit l'anus de sauce blanche avant de présenter le plus petit côté de la bougie à la bouche frémissante. Elle caressa les fronces à l'aide de la mèche encore chaude puis elle poussa doucement. L'anus plissé s'ouvrit sous la pression lente, inexorable, du cône qui distendait petit à petit la chair. La femme n'enfonça pas l'engin de tout son long de peur de le voir se perdre dans l'orifice goulu, mais elle effectua tout de même quelques mouvements de va-et-vient qui firent couiner l'homme de plaisir.

— Ne fais pas l'innocent, je sais que tu aimes ça, alors tu pourrais bien me rendre la pareille. Ensuite, seulement, nous ferons la paix, lui dit Gabrielle en l'exhortant à maintenir lui-même le plug de cire dans ses tréfonds avec sa main.

Après quoi, elle se déchaussa, releva sa jupe, dégrafa les attaches de son porte-jarretelles, et fit glisser lentement un bas le long de sa jambe lisse et blanche comme l'albâtre. D'un geste impérial, la femme trempa son beau pied aux ongles vernis de rouge dans le ramequin de sauce, puis elle le présenta à la bouche de son ami. Fétichiste et gourmet, l'homme ne se fit pas prier pour lécher les orteils souillés avec passion. Sa langue agile fit disparaître la crème blanche en quelques lapées, puis il aspira les orteils un à un. Sa bouche était comme une ventouse goulue. Gabrielle ne savait pas résister à ses succions, surtout lorsqu'elles s'assortissaient d'un massage savant de la voûte plantaire. Les caresses avides faisaient naître en elle des frissons piquants, comme une décharge électrique qui remontait du pied jusqu'à son sexe, et le berçait d'une chaleur plaisante. Plus les succions se faisaient énergiques, plus la langue frétillait autour de ses orteils, plus la volupté croissait. Elle avait fermé les yeux, balancé la tête en arrière, qui tanguait de droite à gauche, tandis qu'un souffle rapide s'échappait de ses lèvres. Sa vulve s'engluait ; elle était comme une huître chaude, prête à recevoir d'autres plaisirs… Et les interventions de Christophe, qui exprimait son régal en bruits humides et gémissements d'aise, étaient en parfait accord avec son extase…

Mais soudain, dans la salle à manger où seul résonnait le chant jouissif des deux complices, une sonnerie de téléphone portable résonna, rompant le moment de sérénité partagée. Tout à coup, Gabrielle revint à elle. Elle se redressa, glissa une main dans la poche du tablier. Il était neuf heures. Elle avait programmé le chronomètre à dessein. Bien qu'il lui en coûtât, elle ôta son pied de la bouche de Christophe et commença à se rhabiller. Personne ne dit mot, avant qu'elle ne fût debout sur ses talons aiguilles.

— Voilà, c'est terminé, je vais tout de même vous ôter la bougie, dit la blonde en extirpant le plug improvisé de l'anus de l'homme.

Encore dans son rêve, Christophe peina à retrouver ses esprits, mais, en garçon bien élevé, il prit sur lui pour remonter slip et pantalon, et raccompagner Gabrielle dans le couloir.

La dominatrice défit son tablier pour revêtir un élégant manteau de cuir bordé de fourrure. Christophe lui tendit une enveloppe non cachetée, qu'elle entrouvrit discrètement.

— Merci pour tout. Vous avez été formidable. C'était la plus belle Saint-Valentin de ma vie ! s'enthousiasma l'homme au regard encore plein d'étoiles.

La jeune femme jeta un œil furtif au pactole pour vérifier que la somme y était.

— Je n'ai pas oublié la note de traiteur, ajouta Christophe. Vous êtes sûre que vous ne voulez pas rester ? C'était si bien, encore une fois, et puis il me reste tellement de nourriture.

La blonde esquissa un sourire mélancolique en faisant un signe de tête qui disait son refus.

— Bien, je n'insiste pas, j'imagine que vous êtes attendue. Forcément, un soir pareil. Une femme comme vous. Je ne vous retiens pas alors. À bientôt.

En sortant du 150 rue de la Pompe, Gabrielle s'aperçut qu'il pleuvait d'abondance. La lumière des réverbères se reflétait sur les trottoirs humides. Des bourrasques glacées surprenaient les rares passants qui relevaient leurs cols en pressant le pas. Le froid et l'humidité saisissaient les jambes quasi nues de Gabrielle. Elle regrettait de ne pas avoir prévu un change : un jean et des bottes fourrées, qu'elle aurait pu passer dans un troquet avant que de repartir. Tout en trottinant à vive allure, la blonde cherchait du regard un taxi libre, mais en cette soirée d'hiver, les voitures n'étaient pas légion sur l'artère bourgeoise. Gabrielle se résolut à se diriger vers la bouche du métro, bien qu'elle trouvât pathétique d'emprunter les transports en commun alors qu'elle venait d'empocher un beau paquet de billets. À dire vrai, tout cela, l'argent, le froid, la pluie, l'idée de se retrouver en talons aiguille dans une rame peuplée de types louches l'indifférait au regard de sa seule préoccupation du moment : son téléphone portable, dont l'écran demeurait désespérément vide de message et qui ne se résignait pas à sonner. Elle avait attendu toute la soirée un signe de Bertrand, cet homme avec qui elle vivait une relation houleuse autant que passionnelle depuis Noël. En bonne midinette, elle avait espéré, une fois sa séance terminée, passer la soirée de la Saint-Valentin en sa compagnie, elle avait osé croire qu'il n'était pas de ces gens qui méprisaient les fêtes commerciales… Mais elle s'était trompée. D'ailleurs, peut-être s'était-elle trompée sur toute la ligne. Les doutes l'assaillaient. Éprouvait-il le moindre sentiment pour elle ?

Alors qu'elle était sur le point de dévaler les marches du métro, Gabrielle visualisa la triste Saint-Valentin qu'elle s'apprêtait à passer : seule sur le canapé, avec pour unique compagnie son chat Pégase, un paquet de chips, une pizza surgelée, et un programme télé insipide. Ce tableau pitoyable lui amena les larmes aux yeux. Puis elle se souvint de Christophe, de ses élans passionnés, de son regard joyeux, de sa voix douce et charmante, de l'orgasme qu'elle avait failli avoir sous ses lèvres enchanteresses, et sans plus hésiter, elle rédigea un texto à son attention :

« J'espère que tu as gardé le champagne au frais. Je reviens, et cette fois-ci, tu as intérêt à finir le boulot. »

Pour Katia

La fille du tailleur et les trois mendiants

Il était une fois, il y a fort longtemps, à l'époque des lampes à huile, des voitures à cheval et des cotillons, dans un charmant village niché au creux d'une vallée hérissée de sapins comme on en voit sur les cartes de vœux, une jeune femme prénommée Adélaïde.

Grande gigue maigrichonne de trente ans, la demoiselle tenait d'une main de fer un atelier de tailleur hérité de son père. L'homme, dur et avare, n'avait guère jugé nécessaire, au regard de la beauté discrète de sa fille unique, de lui constituer une dot. Adélaïde était donc restée vieille fille et, non contente de faire le deuil du mariage, elle s'échinait à manifester tous les travers associés à sa condition : sévérité, étroitesse d'esprit et cupidité. Au village, moult rumeurs couraient à son sujet, qu'alimentaient le regard froid et le sourire énigmatique de la jeune femme. On murmurait que la fille du tailleur avait connu l'amour auprès d'un homme de la ville qui avait disparu du jour au lendemain. Le garçon s'était-il dérobé à ses promesses, emporté au loin par des rêves d'aventure ? Avait-il fui après avoir déshonoré la demoiselle, la condamnant à l'opprobre, ou bien la harpie et son diable de père s'étaient-ils débarrassés de lui après lui avoir dérobé jusqu'au dernier sou ? Le mystère demeurait complet, mais les commérages aiguisaient la méfiance que tout à chacun vouait à Mademoiselle Adélaïde.

Les employés de « Davont et fille », au nombre de deux, étaient les premiers à subir l'humeur massacrante de la demoiselle. M. Princotte, un vieil homme pratiquement sourd, et Oscar, une jeune recrue de 25 ans, tremblaient devant cette fille longiligne, étroitement corsetée, qui n'avait pas sa pareille pour mettre à l'amende la moindre étourderie. Les petites mains travaillaient dans l'arrière-boutique mal éclairée par les bougies que la propriétaire ne consentait à laisser flamber qu'au compte-gouttes. Oscar, le plus habile des deux, était souvent appelé au magasin pour prendre des mesures ou pour effectuer de menues retouches. Grand et bien bâti, c'était un garçon enjoué, qui ne perdait jamais une occasion de flatter la clientèle. Dans ses rares moments d'oisiveté, il aimait contempler le chignon blond vénitien de sa maîtresse, dont les reflets chauds rompaient l'austérité de sa longue robe noire boutonnée jusqu'au menton. Les cheveux d'Adélaïde, toujours parfaitement tirés, scintillaient au soleil comme des fils d'or.

Ce 24 décembre, l'après-midi était claire et glaciale. Les ruelles pavées serpentaient entre les chaumières étroites, blotties les unes contre les autres. Des volutes de fumées s'échappaient des conduits de cheminée, dont les chapeaux pointus perçaient la couche de neige. La chaussée résonnait des pas alertes des badauds, en quête de bonne chère et de présents, mêlés aux harangues des marchands ambulants et aux crissements des fiacres. Des bourgeois, chaudement emmitouflés dans des pelisses coûteuses s'agglutinaient devant la vitrine du magasin. Cette année-là, Mademoiselle Adélaïde était fière d'y présenter une pièce somptueuse au prix exorbitant : un habit de chasse en velours de laine rouge, bordé de fourrure d'hermine blanche qu'elle espérait bien vendre pour Noël.

Hélas, la misère était aussi le lot de nombreux villageois. Dans l'espoir d'échapper au froid, ils traînaient leurs haillons sur les trottoirs, demandant l'aumône ici et là, écarquillant les yeux devant les produits luxueux des marchands.

Une vieille femme, qui grelottait sous ses guenilles, s'aventura dans la boutique du tailleur, alors qu'Oscar y rangeait des cravates. Il tourna un regard apitoyé vers la mendiante.

— L'aumône, mon brave garçon… pour une pauvre femme sans le sou…

Adélaïde, qui épiait la scène du fond de la boutique, ne l'entendait pas de cette oreille.

— Jetez-moi cette mégère à la porte, ses galoches crottées salissent le parquet! s'écria-t-elle, dans un élan de colère.

Le jeune homme n'eut pas à s'exécuter. La pauvresse, comprenant à qui elle avait affaire, avait déjà déguerpi.

L'employé la regarda tituber sur la chaussée enneigée avec un pincement au cœur. Qu'aurait-il coûté de lui donner une pièce?

Plus tard, une seconde femme vint à entrer dans la boutique. Plus jeune, elle n'en était pas moins misérable dans ses haillons et ses sabots fêlés. Comble de malheur, elle portait dans ses bras un marmot soigneusement emmailloté dans un drap de laine miteux.

— Pardon, mon enfant et moi avons bien froid et bien faim… auriez-vous la bonté…

Cette fois-ci, Mademoiselle Adélaïde surgit de derrière le comptoir pour se poster, mains sur les hanches et regard assassin, devant la mendiante apeurée.

— Sortez d'ici immédiatement. Je n'ai rien à vous donner. Si vous avez faim, gagnez votre pain honnêtement!

La femme adressa un regard noyé de larmes

à la commerçante imperturbable. Puis elle s'en retourna comme elle était venue, le dos courbé et les bras refermés sur son enfant.

Oscar ne put réprimer plus longtemps sa consternation :

— Mais enfin, Mademoiselle, c'est Noël, tout de même ! Nous pourrions faire un geste…

— De quoi vous mêlez-vous ? Vous n'avez pas de travail ?

— Et vous ? N'avez-vous donc pas de cœur ?

— Taisez-vous, je ne tolérerai pas plus longtemps vos effronteries ! Je vous mets à l'amende. 10 sous en moins sur votre salaire !

— Je n'ai que faire de ce travail s'il m'est offert par un individu de votre espèce. Vous êtes… vous êtes… – le garçon en bégayait de colère – un monstre !

C'en était trop, la harpie fulminait. N'écoutant que sa rage, elle se rua sur l'employé, et l'attrapa par le col. De la pointe de son pied botté, elle lui envoya de féroces coups sur les cuisses et les fesses.

— Je vais vous apprendre, saligaud, à me parler ainsi !

L'homme, qui dépassait sa maîtresse de plus d'une tête, ne pouvait en tolérer davantage.

— Ça suffit maintenant, s'exclama-t-il en se soustrayant à son étreinte ridicule d'un simple geste de la main. C'est moi qui vais vous enseigner la charité !

Hors de lui, Oscar saisit Adélaïde par la taille et, s'asseyant sur le tabouret, derrière le comptoir, il la courba sur ses genoux. La patronne n'était guère difficile à manipuler : elle ne pesait pas plus lourd qu'une brindille. Pourtant, plus hargneuse et combative que jamais, elle hurlait et se débattait, martelant le pantalon du garçon de ses poings serrés.

— Lâchez-moi, ou je vous le ferai payer cher, très cher !

Sa petite comédie ne parvint qu'à entériner la détermination d'Oscar à lui rabattre son caquet. Il resserra son étau autour de la taille corsetée. Indifférent aux menaces, il retroussa la forteresse de jupons qui protégeait le postérieur d'Adélaïde. Noyées au cœur d'une profusion de rubans et de dentelles, ses jambes, habillées de bas noirs opaques et d'un petit pantalon de percale froncé aux genoux, gigotaient dans tous les sens. Oscar, bien décidé à lui administrer une fessée retentissante, n'en avait cure. Pour parfaire son humiliation, il glissa une main dans la fente de sa culotte et déchira l'étoffe d'un coup sec, mettant ainsi son beau cul à découvert. En dépit des apparences, la coquine cachait sous ses jupes austères une croupe blanche et rebondie qui ne demandait qu'à être réveillée par une main virile. Dans un concert de protestations, Oscar administra une première claque, qui imprima une belle marque rose sur le derrière de la commerçante. Celle-ci lâcha un cri outré, bientôt succédé d'un second, puis d'un troisième, à mesure que l'employé, follement amusé par le tour que prenait la punition, frappait ses fesses en cadence. Les coups, de plus en plus rapprochés, tombaient en pluie sonore, arrachant un chapelet de gémissements plaintifs à la patronne. Sa peau sensible de blonde, peu habituée à un tel traitement, chauffait sous les paumes du fesseur. Pourtant, rien ne semblait pouvoir arrêter son bras vengeur, tandis qu'il soumettait Adélaïde au châtiment des petites filles désobéissantes. Mais ce n'était pas assez de lui imposer cette punition dégradante, il voulait aussi l'entendre s'amender :

— Vous montrerez-vous moins avare à l'avenir ?

— Allez au diable ! s'exclama la vieille fille, sans cesser de se débattre.

Alors Oscar, résolu à la faire flancher, redoubla d'ardeur. Il la fessa à toutes volées et de toutes ses forces, sans manifester la moindre pitié pour le derrière rouge vif qui, mis à mal par les claques impitoyables, bondissait comme quelque animal enragé.

— Allons, ne faites pas la maligne, ou bien je déboucle ma ceinture pour vous infliger une correction plus mémorable encore !

— Ah non ! Pas ça ! Arrêtez ! On pourrait nous voir ! s'écria la jeune femme, entre deux couinements de douleur.

— Et alors, qu'on vienne ! Tout le monde aura le loisir de voir comment je traite les femmes sans cœur !

— Soit ! Je promets de me montrer plus généreuse, c'est ça que vous voulez entendre ?

Le tailleur, quoique dubitatif, suspendit pour un temps la correction. Adélaïde éleva un regard trouble vers lui. Il ne lui avait jamais vu cette expression, à la fois soumise et interrogative. Une étrange lueur, où se mêlaient méfiance et défi, éclairait ses beaux yeux bleus. On eût dit qu'elle attendait…

Oscar contempla le postérieur de la patronne, dont la peau arborait de belles auréoles écarlates. Il remarqua, entre ses cuisses écartées, encore tremblotantes de ses tentatives de fuite, un filet de glaire translucide et brillant. Intrigué, il risqua un doigt sur l'épiderme moite et suivit l'écoulement jusqu'à sa source : le sexe replet de la jeune femme ! En y glissant l'index, le garçon découvrit que les replis de chair étaient boursouflés et brûlants. Voilà donc ce que la diablesse cachait : loin d'avoir appris une leçon, elle venait de prendre un plaisir honteux sous les claques de son éducateur. De surcroît, cependant qu'il procédait à l'investigation, Oscar entendait le souffle de la patronne s'accélérer. Le bras enroulé autour de sa taille, il sentait son corps fragile vibrer sous son étau.

— Oh, la cochonne ! Elle jouit de sa correction ! Je vois qu'il vous faut de plus profondes sensations ! lança-t-il en enfonçant un doigt tendu entre les parois gluantes de son sexe.

Ainsi transpercée, Adélaïde s'arc-bouta, la croupe tendue vers l'index intrusif, pour le recevoir plus au fond. Et ce liquide qui ne cessait de s'écouler de sa fente, inondant la main du garçon… Et ce cul rougi qui frétillait… Et ces deux globes qui s'ouvraient lascivement sur l'indécence de l'anneau froncé… L'œil brun, lui aussi, frémissait au gré des caresses. À force de s'y arrêter, l'homme y logea un doigt englué de mouille que la bouche étroite aspira voracement. Adélaïde râlait et se cambrait à l'excès, comme pour en réclamer plus encore. Oscar la perforait recto verso et elle n'était toujours pas rassasiée ! Ah, elle cachait bien son jeu, la scélérate ! Jamais le tailleur n'aurait soupçonné pareille gourmandise chez sa maîtresse. Mais puisqu'il lui en fallait plus, il lui en donnerait plus. Il comptait bien la fourrer jusqu'au trognon, et par tous les conduits possibles. Mais avant cela, il prépara les voies, s'appliquant à dilater les orifices de ses phalanges insistantes. Tantôt il les agitait d'avant en arrière, tantôt il effectuait d'amples mouvements rotatifs pour assouplir les chairs.

Lorsqu'il la jugea à point, Oscar redressa sa maîtresse en la tirant par le chignon. Celui-ci, malmené par la bataille, se défit. Les mèches de cheveux blondes ondulèrent jusqu'à ses reins. On eût dit une mer d'or que la houle agite. Adélaïde était assise sur ses cuisses. Oscar, penché au-dessus d'elle, plongea ses narines au cœur de la magnifique chevelure, s'enivrant des effluves musqués qui dénonçaient une sensualité si longtemps réprimée.

Adélaïde, les jupes toujours retroussées sur les hanches, tortillait du croupion. Les cuisses largement écartées, elle s'agitait sur les genoux du garçon. Ses attentes étaient limpides. À force de la titiller, Oscar avait une trique d'enfer. Il lui suffit d'extraire sa verge de sa braguette et de la pointer vers la fente dégoulinante d'Adélaïde, pour que celle-ci s'y empale avec gloutonnerie. La chevauchée, au diapason avec l'excitation démesurée de la vieille fille, se révéla sauvage. Sa frustration, si longtemps accumulée, volait en éclat, tandis qu'elle se déchaînait comme une furie. Habitée par une rage sans précédent, elle se déhanchait, bondissait, râlait, absorbait puis éjectait la verge providentielle. Oscar, cramponné aux hanches de sa maîtresse, luttait de toutes ses forces pour ne pas – encore – exploser en elle. C'était une chose de la savoir affamée, c'en était une autre d'admirer la croupe ample qui percutait son ventre en cadence. Le garçon écarta les deux fesses ballottantes pour contempler ce qu'il devinait déjà : un anus luisant et béant d'envie. Son pouce, épais, calleux et fortement onglé de tailleur, s'y enfonça au maximum. C'était plus qu'il n'en fallait pour faire éclater la vieille fille. L'orgasme s'abattit sur elle comme la foudre sur un arbre en pleine force de l'âge. Elle accueillit les décharges de volupté avec des hurlements et des contorsions effrayantes.

Plutôt que d'éjaculer à son tour, Oscar conçut le dessein odieux de profiter de ce que la jouissance avait apporté en dilatation au petit trou qui pulsait autour de son doigt. Aussi, il invita la patronne à se redresser, et, une fois qu'il l'eut courbée sur le comptoir, un genou relevé sur son bras, il introduisit lentement son dard jusqu'aux tréfonds de son cul. Ah, comme il se sentait bien, prisonnier de l'étau bouillant et serré ! Tout en la ramonant, il prenait soin de frotter énergiquement la motte d'Adélaïde. Bien vite, tous deux furent débordés par l'excès de sensations. La moindre poussée d'Oscar, la moindre stimulation, provoquait chez sa partenaire des palpitations telles qu'il aurait pu croire qu'elle lui mastiquait la queue. L'étreinte était démoniaque. Lorsqu'Adélaïde explosa à nouveau, Oscar ne put retenir plus longtemps son jet. Les spasmes de l'orgasme féminin provoquaient des contractions si jouissives autour de sa queue qu'il en déchargea sur l'instant. Leurs râles s'accordèrent, puis ils s'affaissèrent sur le comptoir, comme deux poids morts. Adélaïde semblait éteinte. Lui, le visage plongé dans l'océan de cheveux blonds, peinait à retrouver ses esprits.

Pourtant il le fallut, car déjà le carillon sonnait, annonçant l'entrée d'un nouveau client. Les deux complices qui, par chance, n'étaient qu'à moitié déshabillés, n'eurent aucun mal, qui à redescendre sa jupe, qui à remonter sa culotte. Les apparences étaient sauves, du moins pour cette fois. Les acheteurs se succédèrent ainsi tout l'après-midi sans que personne ne pût soupçonner le lien nouveau qui s'était noué entre la dame revêche et son pervers d'employé. Adélaïde elle-même, qui avait retrouvé son autorité naturelle, aurait pu croire à une hallucination si un évènement n'était venu lui rappeler la cuisante correction d'Oscar.

Un vieillard aux joues bien rouges, tout de guenilles vêtu, qui portait une longue barbe blanche, s'avança d'un pas mal assuré dans la boutique.

— Braves gens, auriez-vous pitié d'un pauvre vieillard qui vient demander humblement l'aumône ?

Par réflexe, Adélaïde s'apprêta à le chasser. Mais, tandis qu'elle ouvrait une bouche pincée, Oscar l'en dissuada d'un « bien sûr » lâché d'une voix forte. Il avait écarté les pans de sa veste et glissé ostensiblement les mains sous sa ceinture, dont il faisait saillir la boucle argentée. Ses yeux durs fixaient la vieille fille, la mettant au défi de le contredire.

Tout de suite, le visage de la patronne vira au rouge vif, et elle se ravisa. Dans un accès de générosité, elle ouvrit sa caisse et offrit tout le contenu au mendiant. Le bonhomme, éberlué par sa soudaine générosité, se confondit en remerciements. Pourtant lorsqu'Adélaïde tourna le regard vers Oscar, celui-ci la menaçait toujours, l'œil noir, et les doigts refermés sur son ceinturon.

— Vous ne croyez pas, lui dit-il, que ce brave monsieur risque d'avoir froid ce soir ?

Alors, Adélaïde alla décrocher le magnifique habit de chasse qui trônait dans la vitrine. Elle en fit cadeau au vieillard.

Celui-ci écarquilla des yeux mouillés de gratitude en enfilant le manteau. Comme par miracle, l'ensemble lui allait comme un gant.

— Soyez bénie, lui dit-il gaiement, et encore joyeux Noël !

La boutique résonna de son rire sonore, alors qu'il se dirigeait vers la sortie.

Adélaïde le regarda s'éloigner dans la rue, le cœur empli d'une satisfaction aussi surprenante qu'inédite.

Le lendemain, une étrange rumeur circula au village. On dit que la nuit de Noël, peu après la messe de minuit, un vieux monsieur barbu, vêtu d'un habit rouge bordé de fourrure blanche, s'était introduit dans les chaumières des plus démunis pour y déposer des cadeaux à l'attention des enfants…

Le triskèle

Laura se tient debout au pied du lit, dans cette chambre inconnue dont elle détaille la décoration sommaire : le couvre-lit chamarré, les rideaux assortis, fermés sur l'extérieur, les tables de chevet plantées de deux lampes identiques. Ce pourrait être une chambre d'hôtel. Laura ignore comment elle s'est retrouvée ici. Mais elle peut sentir sa présence obsédante, et cette sensation justifie la folle aventure qu'elle est en train de vivre. Elle entend clairement ses allées et venues dans la pièce, le bruit de ses pas martelant le parquet. Il s'approche. Le sang circule vite dans ses veines, engorgeant son sexe, qui s'alourdit à mesure qu'il la fait languir. Bientôt elle sait qu'il la touchera, qu'il la baisera, la brutalisera peut-être. Peu importe. L'idée qu'il la culbute ici et maintenant lui enflamme l'esprit, et le ventre, et le cul, et tout à la fois. Car elle le désire plus que tout : lui, son corps, sa peau, sa verge. Une montagne de virilité à lui tout seul. La quintessence du masculin. Les battements entêtants de son cœur cognent à tout rompre contre les parois de son sexe et lui donnent le vertige. Incapable de bouger, elle chancelle sur ses talons, soûle de toutes les visions érotiques qui la traversent. Tandis qu'elle l'attend toujours, sa pauvre chatte crie famine, hurle sa soif du membre, bave à en tremper sa culotte.

Puis soudain, c'est le contact, électrique et grisant, de sa main sur sa nuque. Une main de fer, dont la caresse plus possessive que câline l'envoûte immédiatement. Ses jambes flageolent, ne la soutiennent plus, elle pourrait s'affaisser comme une poupée de chiffon, mais une force la retient. Il est juste derrière elle, son torse consistant collé à son dos, son bassin plaqué sur ses reins. Oui il est là, et il la soutient de son corps solide comme le bois. Il malaxe fermement ses seins, puis l'enlace de ses bras puissants. Elle n'est plus qu'une proie entre les serres implacables du rapace, résignée à lui céder. Déjà conquise, Laura s'offre et se cambre davantage pour éprouver sa virilité. Et elle le sent, là, raide, droit, dur, l'épais membre battant contre ses fesses qui cherche déjà à la pénétrer, fourrageant dans ses chairs malgré la barrière des vêtements. L'homme n'est pas du genre à se laisser impressionner par une misérable petite jupe. D'un geste pressé, il en fait valser les plis sages, et glisse une main volontaire sous l'élastique de sa culotte. Elle est trempée et il le lui dit, autant pour l'exciter que pour la confondre.

Percée à jour la petite cochonne. Lui, au moins, a vu clair dans son jeu de petite fille modèle, il a su détecter, derrière ses allures de sainte-nitouche, la goule assoiffée de stupre, la femelle docile qu'on courbe et qu'on baise sans ménagement, juste par ce qu'il faut lui asséner sa dose journalière de coups de bites et de claques sur les fesses.

Ses doigts agressifs la fouillent sans égard pour sa pudeur. Elle ne sait pas comment il la prendra, mais elle devine, à la façon dont il touche avec insistance ses orifices, que ce sera obscène, nécessairement. Elle en rougira de honte, elle s'opposera peut-être, par réflexe, mais, insensible à ses jérémiades, il la maîtrisera et la ramènera dans les chemins hurlants du vice. Elle jouira, oui, elle explosera même, ivre de cette queue qui la perfore, possédée par cette force masculine qui lui impose sa raideur et son rythme impitoyables. L'orgasme sera à l'image de leur étreinte : terrible et foudroyant. Son sexe saturé, gonflé à l'extrême, bâille déjà à l'évocation de ces instants d'extase… et dire que tout cela ne tient plus qu'à un fil. Plus que quelques infimes petites secondes avant la grande embardée, celle qui comblera enfin la longue plaie ouverte entre ses jambes.

Comme si elle n'était qu'une plume entre ses mains, il l'a saisie par la taille et projetée sur le lit. Culotte baissée, fesses à l'air, offerte à ses assauts, elle l'attend, une fois de plus. L'impatience qui creuse son ventre la met au supplice. Pourquoi différer davantage ? Dans un dernier recours, elle frotte vigoureusement son sexe sur les draps pour en apaiser la brûlure. Mais ça ne lui suffit pas. Il lui faut cette queue qui tarde à la posséder. Il a contourné le lit pour aller chercher quelque chose dans la table de chevet. Il est torse nu. Laura se repaît de l'image idyllique de son dos large et nerveux, de sa nuque rasée, parée d'un motif celte : un triskèle tatoué sur la peau. Puis il disparaît à nouveau.

Il est derrière elle. Elle entend le cliquetis de sa boucle de ceinture, le frottement de son pantalon glissant sur ses cuisses. Il s'est penché sur elle, son souffle caresse sa nuque, infiltre tous ses membres. Elle plie sous le poids de cette chape virile et se cambre pour mieux l'accueillir. Le moment de l'ultime délivrance est venu…

Et puis plus rien. La chute. L'obscurité de sa chambre au petit matin. La cruelle déception d'avoir rêvé alors que la brûlure est toujours là, prégnante, qui ne quitte pas son sexe. Le sang y afflue, tambourine contre ses lèvres tuméfiées qui exigent l'impact. Laura se réveille dans la même position que dans son rêve, à plat ventre sur le matelas. Elle essaie de s'y frotter pour faire taire les miaulements de sa chatte affamée, mais sa masturbation, mal maîtrisée, attise sa douleur au lieu de la soulager. L'amertume lui fait monter les larmes aux yeux. Elle se tourne vers Nicolas, qui dort toujours. Son visage délicat, encadré de boucles blondes, lui évoque celui d'un ange. Un ange qu'elle déteste. Un ange qui ne la touche plus depuis trois mois. Quatre-vingt-dix jours. Mais il lui semble qu'elle digère sa frustration depuis une éternité. Le manque est là, cuisant, grandissant, omniprésent, qui la ronge et la tue à petit feu. Elle doit agir au plus vite, avant qu'il ne soit trop tard.

Laura prend alors deux décisions majeures : aujourd'hui elle va quitter Nicolas et trouver l'homme qui la fera jouir. Mais pas n'importe lequel : elle veut ce tatoué, celui qui s'apprêtait à la pénétrer en rêve. Elle sait qu'il existe. Elle doit le retrouver. Ils ont tant de choses à vivre ensemble. Leur aventure ne peut pas se terminer comme ça, dans la tristesse infinie de ce lit mort.

— Nico, ma décision est prise, elle est irrévocable.

Laura n'a pas tardé pour avertir Nicolas qu'elle le quittait. Il est devant elle, debout dans la salle de bains, enroulé dans sa serviette, ses cheveux trempés gouttant sur ses épaules, et il n'en revient pas. Son regard de chien mouillé lui fait pitié, mais elle tient bon.

— Nous ne sommes plus un couple depuis longtemps, tu aurais dû t'y attendre.

— Comme d'habitude, tu ramènes tout au sexe ! Il n'y a que ça qui compte à tes yeux ?

Laura sait trop bien la tournure que va prendre cette conversation et elle préfère quitter la pièce en réitérant ses exigences : qu'il foute le camp. Il ne la blessera pas une fois de plus. Combien de fois a-t-il essayé de lui faire avaler la même couleuvre : ignoble créature à l'appétit sexuel surdimensionné, elle serait seule responsable du naufrage de leur belle relation intellectuelle. Mais, cette fois-ci, ça ne marche plus. Si lui ne sait pas tirer parti de son tempérament fougueux, d'autres le feront, et lui en seront reconnaissants. La vie est bien étrange, car un rêve s'y avère parfois plus efficace à vous faire affronter la réalité que cent jours d'un quotidien morose.

— Je passerai ce soir avec mon frère et sa camionnette pour prendre mes affaires, je ne vais pas t'encombrer plus longtemps ! lui lance Nicolas en partant au boulot, plus pâle, et nettement plus énervé que d'habitude.

Libération ! Et dire qu'elle avait différé si souvent ce moment par crainte d'en être trop affectée. À sa grande surprise, il n'en est rien. Aucune tristesse ne voile ses pensées. Elle éprouve un soulagement, assorti d'un sentiment de liberté comme elle en a rarement connu. Le bonheur est devant elle, à portée de main, à quoi bon se morfondre ? La traduction qu'elle doit envoyer à son éditeur pourra bien attendre demain. Aujourd'hui c'est relâche, elle part en chasse dans les avenues ensoleillées de la capitale, persuadée d'y dénicher, à l'angle d'une rue ou à la table d'un café, le partenaire de ses rêves. Pour l'occasion, elle a sorti l'artillerie lourde : minijupe flottante, débardeur moulant, et escarpins vernis qui claquent au rythme de sa marche chaloupée. Aux premiers regards masculins croisés, Laura comprend qu'aujourd'hui n'est pas un jour ordinaire. Sans doute est-ce l'effet de la lumière printanière : ce matin tous les hommes sont beaux à ses yeux. Le soleil a découvert leurs bras, cintré leurs T-shirts, et coloré leur peau. À chacun elle trouve de l'attrait, un charme caché, une tendresse particulière.

Coïncidence ou attraction inconsciente ? Ses pas la dirigent d'abord vers la caserne des pompiers. S'il est un lieu où les nuques rasées abondent, c'est bien là-bas. La jeune femme s'assoit à la terrasse d'un café où elle jouit d'une vue imprenable sur les allées et venues des soldats du feu. Et il faut bien reconnaître que les braves garçons font honneur à leur réputation : bardés de muscles ronds et appétissants comme des bonbons fondants, ils s'affairent ici et là en assumant pleinement leur sex-appeal. Laura a remarqué un grand mec baraqué, à la jolie nuque brunie par le soleil, qui adresse quelques mots au type de garde. Ses belles fesses arrondissent la toile bleue de son uniforme, accentuant la finesse de sa taille et la largeur de ses épaules. La proie est à son goût. Sa musculature ferme laisse présager une vigueur intéressante. Laura se prend à fantasmer : les caresses désordonnées de ses mains robustes sur sa peau blanche, les baisers dévorants, les préliminaires bâclés dans l'urgence de la pénétration, et puis l'ultime danse, sauvage et percutante. Elle devine le dynamisme de son bassin jusqu'à en ressentir les impacts redoutables dans son ventre. Les martèlements de son pénis sont si puissants que cette seule sensation anesthésie toutes les autres. Ainsi pénétrée, il lui semble n'être plus qu'un tapis de muqueuses en feu, constamment au bord de l'orgasme. Échauffée par ces divagations, Laura, oubliant le monde autour d'elle, porte une main entre ses cuisses écartées. L'air y est chaud et moite. La nappe dissimule à peine ses efforts désordonnés de masturbation qui, loin de la calmer, ravivent encore son excitation.

A-t-il remarqué son manège ? Le beau pompier, délaissant son interlocuteur, se dirige vers elle et lui tend, un large sourire aux lèvres, un papier où il a griffonné son numéro de portable :

— Moi c'est Stan ! Appelle-moi si ça te tente.

Laura le remercie en lui donnant sa carte de visite. Il s'en retourne rapidement à la caserne.

— Le devoir m'appelle !

Depuis qu'il a disparu, le panorama a perdu de son charme. Aussi Laura décide-t-elle de quitter la terrasse et de poursuivre sa route, le précieux sésame en main. Elle compte le laisser mariner un peu avant de l'appeler. Il faut savoir entretenir le désir.

Le jardin du Luxembourg lui offre de nouvelles tentations. À peine en a-t-elle foulé le sol sablonneux que son attention est happée par les bouffées de testostérone qui flottent dans l'air. Si les dragueurs professionnels y sont légion, le parc fourmille également de flâneurs solitaires, de beaux joggers et d'étudiants poètes. Laura choisit de s'installer sur un banc qui offre une vue plongeante sur le jardin. Elle ne tarde pas à élire une cible séduisante : un jeune homme qui fait son footing en short et T-shirt noirs. Ses foulées dynamiques lui sculptent des jambes d'éphèbe, tandis que ses jolis pectoraux, moulés par le lycra, balancent au rythme de sa course. Et, comme pour s'adresser directement à ses fantasmes, le sportif arbore une belle nuque rasée qu'il caresse par intermittence pour éponger la sueur qui perle à son cou. La sensualité qui émane de son corps en action invite à la rêverie. Laura imagine l'ardeur acharnée de sa langue, ses coups de reins toniques, l'endurance de son membre survolté, la puissance du jet de sperme qui lui giflerait le visage. Par des caresses vicieuses, elle ranimerait son sexe pour qu'il la lime encore, des heures durant, jusqu'à ce que ses orifices échauffés demandent grâce.

Depuis quelque temps, le jogger semble avoir modifié son itinéraire pour passer le plus souvent possible devant elle, non sans lui adresser à chaque fois des œillades explicites. Laura lui sourit pour communiquer son humeur conciliante. Au tour suivant, elle lui fait signe de s'approcher. Il s'adresse à elle en premier :

— Je suis sûr que je peux faire de toi une femme comblée !

L'approche est maladroite, le sous-entendu manque d'élégance. Laura esquisse un sourire :

— Ah bon ?

— Attention ! Je suis pas un mec facile – dit-il en bombant le torse, – tu as vu le mal que je me donne pour m'entretenir ? Je cours dix kilomètres par jour, et je…

Laura ne l'écoute plus, elle s'est manifestement trompée. Qu'il l'aborde sans dissimuler ses intentions sexuelles, soit, c'est de bonne guerre. Mais l'arrogance et l'égocentrisme qu'il affiche sont des travers incompatibles avec l'idée qu'elle se fait de l'amant idéal. Il n'est certainement pas l'homme de son rêve et elle le congédie rapidement.

Alors que Laura n'y pensait plus, voici que son téléphone portable se manifeste. Le numéro du beau pompier s'affiche sur l'écran. En cliquant sur l'option « afficher », Laura découvre une photo du soldat du feu : nu comme un ver, les muscles bandés et la verge turgescente, il pointe son index vers elle comme pour lui signifier qu'il l'a élue. « Incroyable » pense-t-elle ! Décidément, ils se sont donné le mot pour rivaliser de suffisance et de balourdise. Un nuage assombrit alors ses pensées. Et il se met à pleuvoir sur la ville, comme il pleut sur ses espoirs. Laura court se mettre à l'abri sous un arrêt de bus. Résignée, elle monte dans le premier véhicule venu. Sur le chemin du retour, elle se laisse envahir par une profonde mélancolie. Le caractère pathétique de sa situation lui apparaît soudain. Le constat est amer : elle rentre bredouille, fraîchement célibataire, et toujours aussi mal baisée. Et si la vie n'était pas cette boîte de chocolats ouverte à tous les appétits, vers laquelle il suffit de tendre la main pour se servir ?

C'est en ruminant ses illusions perdues que Laura s'engage dans sa cage d'escalier. Elle traîne les pieds dans le couloir lorsqu'elle l'aperçoit devant sa porte. L'image est si improbable qu'elle croit être en proie à de nouvelles visions délirantes. Pourtant elle l'identifie instantanément : sa carrure d'athlète, son dos nerveux, sa nuque rasée, et surtout, ce triskèle tatoué sur son cou. Ça ne peut être que lui, son amant rêvé, planté sur son paillasson. L'homme se retourne alors et, à son grand étonnement elle reconnaît Bertrand, le frère de Nicolas. Il est en avance lui dit-il, de sa voix rauque et masculine.

— Je peux entrer ?

— Bien sûr, bafouille-t-elle, les jambes molles, incapable de dissimuler le trouble qui l'étreint lorsqu'il pose son regard sur elle. Les voies de l'inconscient sont aussi subtiles que prodigieuses, pense-t-elle en se remémorant ce tatouage celte aperçu en rêve. Puis elle le laisse pénétrer dans l'appartement, le cœur battant, le sexe chaud, et la tête pleine d'espoirs.

Il est derrière elle. Elle entend le cliquetis de sa boucle de ceinture, le frottement de son pantalon glissant sur ses cuisses. Il s'est penché sur elle, son souffle caresse sa nuque, infiltre tous ses membres. Elle plie sous le poids de cette masse virile et se cambre pour mieux l'accueillir. Lorsqu'enfin son sexe, puissant et volontaire, s'impose, perce, et apprivoise sa chatte suppliante, tout son être en frémit d'aise, de douleur, et de soulagement mêlés. Car la tempête de sensations contradictoires qui bouleverse son ventre lui fait entrevoir l'essentiel : elle n'est pas en train de rêver.

Les dieux de l'Olympe

Satanée croisière ! Si Claire avait pu deviner la tournure que prendrait leur escapade en amoureux, elle n'aurait pas autant insisté pour entraîner son fiancé sur ce bateau. Certes il n'y avait pas que des inconvénients à être enfermés sur le gigantesque hôtel flottant. Les activités étaient nombreuses, la cabine confortable, la vue du balcon idyllique, les couchers de soleil sur le pont supérieur à couper le souffle. Mais les dîners en compagnie de leurs voisins de table exaspérants, elle ne pouvait plus les encaisser ! Dès le premier soir, Claire avait vu rouge. À l'heure du repas, Greg et elle s'étaient perdus dans les entrailles du monstre des mers. Après une course interminable dans un labyrinthe de couloirs, ils étaient finalement arrivés en retard au restaurant. Pris en charge par le maître d'hôtel, ils avaient pensé que leur calvaire touchait à sa fin. Cependant, au lieu de les orienter vers un petit coin intime, le serveur les avait conduits à une table déjà encombrée de six personnes.

« Sit down », lâcha l'Indonésien d'un ton autoritaire, en désignant deux places sur une banquette. Il leur fallut péniblement se glisser entre deux couples déjà bien installés. Le premier soir, la communication se borna à l'échange de regards embarrassés. Mais le lendemain, les langues s'étaient déliées, et là, Claire avait réalisé combien ces soirées allaient être éprouvantes. Elle ne savait lequel des trois couples l'énervait le plus : la femme enceinte qui affichait un air dégoûté devant tous les plats et son alcoolique de mari, le scientifique et sa compagne qui ne se fendaient jamais d'un sourire, ou le couple d'homos caricatural. En fait si, ces derniers étaient sans aucun doute les plus agaçants. Au départ, elle les avait trouvés sympathiques et séduisants, quoique très différents l'un de l'autre. Le plus vieux, Charles, était un grand type barbu qui devait avoir deux fois l'âge de Tom, son partenaire, un petit minet nerveux aux jolis yeux tendres. À eux deux ils mettaient beaucoup d'animation, y allant toujours de leurs anecdotes et allusions graveleuses. Mais quand Claire avait compris que leurs simagrées n'étaient destinées qu'à faire du gringue à Greg, ils avaient baissé dans son estime. Les deux zigotos avaient une manière de le regarder, de boire ses paroles, et de le toucher à la moindre occasion, qui frôlait l'incorrection.

Au fond, Claire ne pouvait pas leur en vouloir de trouver Greg à leur goût, car c'était un sacré beau mec, au sex-appeal irrésistible. Même aujourd'hui, alors qu'elle le connaissait depuis longtemps, elle s'étonnait encore du pouvoir qu'avait sa beauté sur elle. Ce genre de prise de conscience lui tombait dessus sans prévenir, par exemple lorsqu'ils faisaient l'amour sur le lit king size de la cabine.

Claire, allongée sur le matelas, la tête enfoncée dans l'oreiller ultra-moelleux, fermait les yeux pour mieux ressentir les bienfaits de son sexe en elle. Il allait et venait avec souplesse et le plaisir la prenait par vagues. Quand par moments elle soulevait les paupières, c'était pour mieux être ébahie par l'élégance de ses traits, qui touchait à la perfection. Les yeux clos, les narines vibrantes, il affichait une expression concentrée qui sublimait l'harmonie de son visage dont les contours rappelaient ceux de Paul Newman. Quand elle le voyait ainsi, dans la splendeur de ses trente ans, occupé à la faire jouir, Claire s'emballait. Elle se retournait pour qu'il la prenne par-derrière. La croupe tendue, elle prenait son pied en perdant son regard, tantôt vers l'océan dont le soleil embrasait la surface agitée, tantôt vers le reflet de Greg dans le miroir de la chambre. Il se tenait à genoux derrière elle, ses flancs lisses plaqués à ses fesses, son torse musclé balançant énergiquement d'avant en arrière. Éblouie par la fusion de leurs deux corps, elle se cambrait davantage, ouvrait plus grand les cuisses, dans l'attente de la jouissance libératrice. L'orgasme les emportait tous les deux en même temps. Les secousses les retournaient et les plaquaient sur le lit. Ils finissaient épaule contre épaule, la poitrine soulevée par des halètements, au bord de l'évanouissement, mais heureux.

Claire ne s'attendait pas à être la seule personne à remarquer la plastique exceptionnelle de son copain. À l'occasion, elle savait même se faire partageuse : les tourtereaux avaient tout récemment fait une première expérience échangiste concluante avec un couple d'inconnus rencontré via internet.

La jeune femme avait donc l'habitude de voir les regards avides s'arrêter sur Greg. Mais Charles et Tom se surpassaient dans cet art peu délicat. Il lui semblait qu'ils les suivaient partout. Ils ne pouvaient pas se promener sur le pont en amoureux, se prélasser dans les jacuzzis ou boire un verre au bar, sans les voir apparaître. Tout compte fait, ce n'était pas tant l'insistance des deux sbires qui exaspérait Claire, que l'indolence avec laquelle Greg les laissait faire. Elle en était même venue à lui demander si ça ne le faisait pas fantasmer d'être dragué par deux mecs sexy :

— Non. Pourquoi veux-tu que ça m'excite ? avait-il répondu.

— Tu n'as jamais eu d'expérience homosexuelle ?

— Je ne dirais pas ça. Une fois j'ai pris un bain avec un mec, on s'est caressés et sucés, mais ce n'est pas allé plus loin. C'était agréable, mais pas génial au point de me donner envie de recommencer. Il me manquait une présence féminine. Moi, ce qui me motive, c'est ta petite chatte, ton cul et tes nichons : le reste est accessoire.

Pour le coup, la nouvelle l'avait laissée songeuse.

Exception faite des instants de bonheur vécus dans l'intimité de leur cabine, les seuls moments où Claire ne regrettait pas son voyage étaient ceux qu'elle passait en escale. L'itinéraire de la croisière avait de quoi faire rêver : les îles grecques et l'Italie. Après Marseille, port d'embarquement, puis Gênes, c'était le Péloponnèse et ses trésors antiques qui s'offraient à eux. Claire en apercevait déjà les côtes escarpées du balcon de la cabine. En dépit de l'heure matinale, il faisait déjà très chaud. Une torride journée d'été s'annonçait, ce qui ne présageait rien de bon pour l'excursion à Olympie.

Le car qui les conduisit jusqu'au sanctuaire était climatisé, si bien que Claire et Greg profitèrent du paysage sans soupçonner le calvaire qui les attendait à la sortie. Les terres fertiles du Péloponnèse, étonnamment vertes, étaient hérissées de pins, de cyprès et d'oliviers en abondance qui donnaient une fausse impression de fraîcheur. Toutefois, dès que les amoureux posèrent le pied sur le parking du site olympique, ils comprirent que la visite allait être éprouvante. Pas un souffle de vent n'atténuait la chaleur étouffante qui régnait dans la vallée plombée de soleil. Un concert de cigales tonitruant envahissait l'espace. Jamais Claire n'avait entendu des insectes faire un tel tintamarre, ce qui ajoutait encore à l'impression de descente aux enfers.

À chaque halte, le guide, pour préserver les visiteurs de la canicule, les invitait à venir se rafraîchir à l'ombre des arbres. Aux prises avec l'atmosphère suffocante, chacun écoutait ses commentaires d'une oreille distraite. Même à l'abri des oliviers, l'air était irrespirable. Sous la brûlure implacable du soleil, les déambulations d'édifice en édifice s'apparentaient à un chemin de croix. En Bretonne habituée aux embruns revigorants de l'Atlantique, Claire souffrait particulièrement de la chaleur. Le moindre déplacement la liquéfiait. Greg regardait son visage rouge et ruisselant avec une pitié émue. Du temple de Zeus à la Palestre dont il ne restait plus que des moignons de colonnes, c'était le stade olympique qui réservait la plus belle surprise. Le rectangle de terre inondé de soleil offrait aux visiteurs les plus courageux la possibilité de refaire la course des athlètes antiques. Quelques fous à lier se lancèrent dans un marathon endiablé sous les

50 degrés qu'affichait le thermomètre. À l'abri de la voûte d'entrée, Claire les regardait en imaginant les corps musclés et luisants de sueurs des champions grecs qui, à l'époque, concourraient dans le plus simple appareil.

L'excursion s'achevait par la visite du musée archéologique. Claire découvrit avec stupeur que le bâtiment n'était pas climatisé. Le groupe s'aventura tout de même dans le dédale de pièces où pas un courant d'air ne circulait. Dès l'entrée, une reproduction de la statue de Zeus chryséléphantine, autrefois l'une des sept merveilles du monde, imposait sa majesté. Le dieu barbu qui jadis atteignait les douze mètres de haut tournait vers la populace un regard autoritaire. De pièce en pièce se succédaient des vitrines de casques et des vases que Claire, accablée de chaleur, considérait d'un œil distrait. Le fronton du temple de Zeus attira davantage son attention. Un fouillis invraisemblable de membres amputés s'assemblait en des corps virils, aux pectoraux saillants, qui s'enlaçaient et s'ébattaient dans tous les sens. La légende indiquait qu'il s'agissait des préparatifs d'une course de chars. Mais l'absence de bon nombre de morceaux donnait au tableau une allure bien plus obscène.

Le clou du spectacle attendait Claire dans une pièce annexe où l'air surchauffé par l'affluence de visiteurs était irrespirable. Sur un socle s'élevait la célèbre statue d'Hermès portant Dionysos. Ce n'était ni ses dimensions impressionnantes, ni la qualité d'exécution, ou la perfection des détails qui frappait l'œil en premier lieu. Non, ce qui coupait le souffle c'était la grâce de ce corps aux muscles discrets, la beauté de son visage aux traits fins et l'expression si douce de son regard. Le talent de l'artiste était tel que le visiteur ne voyait pas en lui une statue vieille de 2 500 ans, mais un être de chair et de sang. Et, pour ne rien gâcher, il s'agissait d'un beau garçon, au charme intemporel. Subjuguée par la virilité tranquille du bel Hermès, Claire fit le tour du jeune homme de marbre, fixant ici ses cuisses élégantes, là son torse au relief délicat, pour finir par s'arrêter, bouche bée, devant la courbe de ses fesses au galbe arrogant. Elle fut comme hypnotisée par sa chute de reins, qu'elle regarda longtemps sans parvenir à s'en détacher. Si longtemps que bientôt des milliers de points noirs envahirent son champ de vision. Claire avait les yeux ouverts, mais elle ne voyait plus qu'un voile sombre, opaque. Elle sentit une onde glaciale la traverser, des frissons parcourir ses membres, des sueurs froides inonder sa nuque. Le sol se dérobait sous ses pieds. Ses jambes, molles comme de la guimauve, ne la soutenaient plus : elle perdait connaissance dans une clameur généralisée.

Soudain le calme revient. Il fait noir. Mais ses yeux s'habituent à l'obscurité. Claire peut rapidement distinguer le relief du paysage alentour. Elle se trouve dans un grand jardin planté de pins et d'oliviers. En fait elle est toujours à Olympie, parmi les ruines du sanctuaire. Les cigales ont cessé leur concert infernal. La nuit est calme, adoucie par le souffle tiède d'une brise qui agite les branchages. Claire se promène main dans la main avec Greg. En passant près d'un bosquet d'arbres touffus, ils perçoivent une rumeur indistincte. Des soupirs et des halètements s'échappent du feuillage. Intrigué, Greg s'avance de quelques pas. Il écarte discrètement les ramures d'un pin et s'arrête net devant le spectacle qui s'offre à lui.

Un homme barbu gigantesque au torse athlétique, et un jeune éphèbe à la silhouette sculpturale s'adonnent à des plaisirs sans équivoque. Leurs deux corps nus sont si lisses et si blancs qu'on croirait voir des statues antiques revenues à la vie. Ce pourrait être des visiteurs égarés, tout comme Zeus et Hermès ressuscités. Le contraste avec l'obscénité de leurs occupations n'en est que plus troublant. À genoux, le plus jeune pompe goulûment le sexe du Zeus impassible, dont la respiration sonore rappelle celle du taureau. Les doigts agrippés aux boucles brunes du garçon, le colosse guide d'une poigne de fer l'étau autour de sa verge, contrôlant ainsi le rythme et la profondeur de la fellation. Le plaisir du plus jeune à être ainsi dirigé est évident : non content d'offrir sa gorge à l'invasion du manche qu'on devine énorme, il se cambre à l'excès et arbore une érection provocante qui dénonce son appétit pour le membre viril.

En retrait, Greg et Claire contemplent la scène avec un mélange de fascination et de consternation. Ils sont si médusés par la grossièreté des images, si émoustillés aussi, qu'ils ne remarquent pas le regard noir du barbu lorsque celui-ci les aperçoit. Pourtant il les a vus et les fixe d'un œil menaçant. Fou de rage, il tire les cheveux de son suceur en arrière, et lui assène une gifle retentissante pour s'en débarrasser.

Défiguré par la colère, voilà qu'il se précipite vers les amoureux qui n'ont pas le temps de tourner les talons. Déjà il les saisit par le bras et les contraint à le suivre. Claire est jetée sur le sol. Ainsi mise à l'écart des trois hommes, elle assiste, impuissante, au sort de son amant. Dès qu'il voit son maître s'approcher, le bel Hermès reprend sa position, prêt à le recevoir à nouveau. Mais, d'un claquement de doigts impérieux, le géant exige aussi la gorge de Greg, qui le fixe sans piper mot. Déjà sous l'emprise de l'œil pervers du Zeus, le jeune homme, à l'instar du bel éphèbe, se déshabille et vient se poster à ses pieds.

Claire, qui ne perd pas une miette du spectacle, ne pense guère à défendre son compagnon.

Au contraire, elle savoure sans scrupule l'humiliation des deux jeunes hommes. L'image de leurs corps virils dégradés et rassemblés autour du sexe éléphantesque l'excite énormément.

Soumis, attentifs au moindre désir du géant, les garçons lèchent d'abord sa verge titanesque à deux langues, tout en caressant ses couilles à quatre mains. Leurs efforts ravivent le pénis qui se dresse avec arrogance, droit et large comme un phare. Les deux hommes, conquis par son apparence replète et juteuse, happent et sucent, chacun leur tour, le gland proéminent avec conviction. Soucieux de s'attirer les faveurs du maître, ils l'aspirent au tréfonds de leur gorge pour quelques secondes d'apnée pendant lesquelles la verge les étouffe à leur faire monter des larmes. Pourtant rien ne semble pouvoir calmer leur ardeur à pomper, encore et encore, l'objet de leur dévotion. Friand de leur belle jeunesse, le géant les manipule comme des jouets. Il encourage leurs rapprochements et les exhorte, entre deux embardées, à s'embrasser à pleine bouche. Les hommes, stimulés par l'ordre pervers, mêlent leurs salives sous l'œil médusé de Claire. Au paroxysme de la débauche, leurs corps musclés, tendus par l'excitation, s'étreignent et s'enlacent. Ils se branlent mutuellement, se caressent et se pétrissent les fesses sans aucune réserve.

Si le spectacle l'émoustille, Claire n'en est pas moins frustrée. Elle tente d'apaiser le feu qui brûle entre ses jambes par quelques frictions ciblées. Dès qu'elle commence à s'exciter, ce ne sont plus ses doigts qui s'agitent sur son clitoris, mais les langues des deux garçons qu'elle imagine occupées à lui laper le sexe. Au comble de l'excitation, elle se figure des combinaisons plus obscènes encore : des pénétrations multiples, violentes, qui arrachent des cris et des larmes. Elle voudrait voir tous ces corps imbriqués les uns dans les autres, suant, haletant et grimaçant d'être ainsi déchirés. L'autorité du Zeus a quelque chose d'irrévocable ; il émane de ses ordres une force terriblement séduisante qui ne la laisse pas de glace.

Sa nouvelle initiative vient à point nommé. D'un geste dominateur, le géant prend les deux hommes par la nuque et les conduit vers la jeune femme, assise sur le sol, jupe relevée, jambes écartées. L'éphèbe se voit intimer l'ordre de caresser les seins de Claire devant son compagnon. Puis c'est une langue hésitante qu'il glisse entre les lèvres de la jeune alanguie. Séduite par la sensualité de son partenaire, la belle s'abandonne à lui avec complaisance. Greg assiste à leur étreinte sans broncher, bientôt rattrapé par Zeus qui le force à plaquer son visage sur le sexe échauffé de Claire. Immédiatement, sa langue vient au secours de sa compagne : elle geint et se tord d'excitation. Occupé à lui prodiguer des léchouilles appuyées, Greg ne voit pas le dieu se poster derrière ses reins.

Pourtant le monstre, sitôt en position, attrape le jeune homme par les hanches et viole son anus d'un coup sec. La pénétration est brutale, sans concession. Greg est littéralement empalé par le pieu titanesque. Il s'agite et tressaute comme un insecte percé d'une épingle. Le dard interminable fouille son ventre avec insistance. Toute la longueur de la verge monumentale disparaît dans son orifice. Le nez enfoui dans les muqueuses humides de sa femme, il laisse échapper des cris de douleur saisissants. Secoué par la vitalité des va-et-vient, il hurle sa surprise autant que sa douleur. Pour l'avoir copieusement sucé tout à l'heure, Greg connaît le calibre inhumain de l'engin et ne peut croire qu'une telle initiative soit possible. Cramponné aux cuisses de sa compagne, il proteste, se cabre, incapable de supporter la surdose de sensations. Pourtant, petit à petit, au prix de grimaces et de gémissements, son cul s'habitue à l'envahisseur. Et, pour sa plus grande honte, il commence à goûter aux plaisirs sodomites sous le regard excité de sa compagne. Le zèle que Greg met à lui transmettre, par des coups de langues frénétiques, la jouissance qu'il ressent, est si grand, que Claire ne résiste pas longtemps. Excitée par la décadence du spectacle, stimulée par toutes ces bouches viriles qui la dévorent, elle jouit, frappée d'extase…

Les visages qui l'entouraient quand elle rouvrit les yeux étaient anxieux. Claire était allongée sur la banquette arrière du car. Il y avait Greg, le guide, mais aussi Charles et Tom, tous penchés au-dessus d'elle et occupés à l'éventer. Elle leur sourit, autant pour les rassurer sur son état de santé que parce qu'elle se remémorait les passages les plus sulfureux du délire dont elle venait d'être la victime.

— Les garçons, vous êtes tous là ? s'exclama-t-elle en leur serrant chaleureusement les mains.

— Tu nous as fait peur ! Comment vas-tu la belle ? demanda Charles.

— Très bien ! répondit-elle en envoyant à sa petite cour un sourire radieux. Promettez-moi qu'on va s'éclater tout à l'heure à la soirée grecque !

Claire ruminait déjà son plan.

Magnétisation

Aujourd'hui, je me suis préparée à la confrontation. Lundi dernier, j'ai été prise de court. Tout était si nouveau pour moi. Je suis allée de surprise en surprise, sans rien maîtriser. Le moins qu'on puisse dire, c'est qu'il m'a foudroyée quand je m'y attendais le moins. J'ai tremblé, brûlé, divagué avant de jouir sous sa coupe. J'en suis sortie les joues rouges, le corps chaud, amolli, incapable de rassembler mes idées en une pensée cohérente. J'entendais le médecin me parler, sérieusement, émettre l'hypothèse d'un nouveau rendez-vous, sans percevoir ni la gravité, ni la réalité de la situation. C'est plus tard que j'ai compris que ce qui s'était produit n'était pas une élucubration de mon cerveau sous contrôle. Et c'est pour cette raison que cette fois-ci, j'ai mis toutes les chances de mon côté. Oui, cette fois-ci, je ne serai pas désarmée. Quitte à vivre une nouvelle épreuve, autant en tirer le meilleur parti. Les moments à venir seront d'une brûlante sensualité ou ne seront pas.

D'habitude, je réserve ce genre « d'exercices » à la chambre, plus exactement à mon lit, dont le matelas a connu mes plus grandes extases. Seule, ou bien accompagnée, je suis une jouisseuse experte, mais je ne pensais pas, avant le choc de lundi dernier, qu'un endroit si particulier que celui que je m'apprête à investir pouvait décupler à ce point la force du plaisir. Et je pressens qu'avec un minimum d'efforts de préparation de ma part, ce pourrait être la plus inoubliable expérience sexuelle de ma vie.

Pour commencer, j'ai passé de la lingerie sexy. Un ensemble en dentelle de Calais rouge. La forme corbeille du soutien-gorge arrondit joliment ma poitrine, et le tanga chatouille ma raie quand je marche ou croise les jambes. Les bas et le porte-jarretelles, je les ai mis aussi pour les sensations qu'ils procurent : celles du harnachement de la jument avant la saillie. Mais ce n'est pas tout. J'ai eu une idée plus folle. Un plug. En bois. L'acier n'était pas envisageable, et je craignais que le plastique ne produise pas l'effet escompté. La mode du 100 % bio et naturel aidant, je n'ai pas eu trop de difficultés à dénicher un modèle en hêtre verni. Par chance, le vendeur était diplomate, il n'a pas insisté pour savoir pourquoi l'objet devait être impérativement en bois. Le brave a dû croiser de pires fétichistes que moi. Ce sextoy me plaît bien : il est doux, ni trop gros, ni trop long.

Juste ce qu'il faut pour me sentir « occupée ». Je l'ai tout de même enduit de lubrifiant avant de le glisser tout doucement dans mon anus. Pendant l'intromission, je me suis remémoré tous les détails qui m'avaient frappée : la beauté du médecin dont la virilité n'était pas altérée par la blouse blanche qu'il portait boutonnée par-dessus une chemise cravatée, sa poigne virile lorsqu'il m'a serré la main, toutes les cochonneries qu'il est possible de faire en pareille compagnie… Sa langue sur mon con, pendant qu'il balade ses grandes mains chaudes sur mon ventre et pince mes tétons du bout des ongles, la puissance de son déhanché unique, et entêtant, son souffle excité chatouillant mon oreille, son doigt baveux inséré dans mon petit trou pendant qu'il me pilonne en levrette… J'aime penser à tous ces détails d'autant plus obscènes qu'ils ne se produisent pas dans l'intimité protectrice de la chambre. L'effet de ces images a été fulgurant : mon sexe s'est englué, je l'ai senti s'ouvrir, tout comme mon anus peu à peu distendu par le plug. Mon clitoris dardait, raide et fier, hors de son capuchon, prêt aux attouchements qui le feraient exploser. J'aurais pu me masturber pour soulager le feu entre mes jambes, mais je ne l'ai pas fait. Je me réservais pour la suite. La frustration est l'amie des plus grandes jouissances.

L'hôpital est un CHU gigantesque, une ville à lui tout seul, fait de multiples rues, croisements et bâtiments. J'ai beau être déjà venue, je me perds dans les allées avant d'enfin trouver la porte F8. Personne à l'accueil. Soit, je passe en salle d'attente, essoufflée et déjà émoustillée par les sensations que m'ont procurées mes sous-vêtements pendant que je trottinais. Ôterai-je mon porte-jarretelles le moment venu ? Je n'y avais pas pensé. J'ai peur de paraître un peu trop salope aux yeux du médecin si je le garde. Mais si je l'ôte, il manquera quelque chose. Le dilemme est d'envergure. J'ai du temps pour y songer : d'un coup d'œil circulaire sur la salle d'attente, je constate qu'une demi-douzaine de personnes est rassemblée ici. Tous ne sont peut-être pas des patients, il y a aussi les accompagnants… C'est assez troublant d'imaginer qu'une fois mon tour venu, lorsque je revivrai toutes ces émotions honteuses, ils seront toujours là, ou bien leurs remplaçants, avec ce même regard éteint, empreint de crainte et de lassitude, qui frappe tout un chacun une fois le seuil d'un hôpital franchi. Tout de même, me voilà partie pour une bonne heure d'attente. Sans doute ont-ils cru compenser leur incapacité à respecter les horaires en disposant ce gigantesque écran plat qui diffuse les informations de BFM sans le son, ce qui diminue de beaucoup leur intérêt. Plutôt que de ronger mon frein, focalisée sur la maladie, je m'évade, en pensées, à quelques cloisons de là. Je visualise le médecin à son poste, manipulant d'autres patients.

S'il n'a vu que des vieilles femmes ou des bonshommes ventripotents depuis ce matin, j'imagine son plaisir de me découvrir sur mon trente-et-un tout à l'heure. S'il s'est montré sensible à mes charmes la dernière fois, alors que je portais une culotte Petit Bateau et un soutien-gorge en coton, qu'en sera-t-il aujourd'hui ? J'aime me figurer son choc émotionnel, la flamme perverse qui traversera son regard, la connivence qui s'instaurera immédiatement entre nous. Ce sera délicieux de l'aguicher. Tout en y songeant, je gigote sur mon siège pour réveiller le plug.

La voix flûtée d'une infirmière interrompt ma rêverie. C'est déjà mon tour. Me voilà conduite dans une cabine personnelle où je dois me déshabiller avant de passer le peignoir supposé sauvegarder ma pudeur jusqu'au dernier moment. Je m'exécute avec empressement. Tout en gesticulant, je sens le sextoy osciller dans mon ventre, ce qui aiguise en moi le sentiment d'interdit... L'endroit est si inapproprié pour ces cochonneries. Je résiste à la tentation de me caresser, mais en palpant ma vulve à travers la dentelle du tanga, je constate qu'elle est déjà gonflée et humide. Pendant que je patiente dans le couloir, je suis sur des charbons ardents. Les bruits si spécifiques des machines me parviennent et me ramènent quelques jours en arrière. « Il n'y a aucune raison d'avoir peur », chuchote une soignante à un patient blême comme son peignoir. Il n'y a jamais d'incidents. « Tout dépend de quel incident on parle », me dis-je avec amusement.

Lorsqu'il ouvre la porte, je n'ai pas besoin de me retourner pour savoir que c'est lui. Je l'ai reconnu à ce simple geste, qui révèle un esprit direct, déterminé. Celui d'un homme qui ne s'embarrasse pas de tralala.

— Mademoiselle Rioux.

Je me lève en sursaut. Sa poignée de main a toujours la même vigueur, et son regard d'un noir profond, magnétique, me sonde en profondeur. Son sourire n'est pas des plus francs, mais c'est ce qui lui donne tout son charme, cette touche de mystère impénétrable. Il dénonce une personnalité complexe, que même ses proches ne doivent pas être à même de cerner.

D'une voix aimable, le médecin m'invite à le suivre et à m'installer sur le fauteuil. Je l'entends triturer son matériel pour l'injection. D'habitude, je n'aime pas les piqûres, mais avec lui, c'est autre chose. Une expérience érotique à nulle autre pareille. Un tourbillon de sensations contradictoires… Il est le maître, qui souffle le chaud et le froid, qui choisit et crée son orifice avant la pénétration forcée. L'ultime violation. Pendant toutes les manipulations, il ne me quitte pas des yeux. J'ai la sensation entêtante d'être transpercée une seconde fois et qu'il le fait… sciemment.

Certes, il m'impressionne, m'hypnotise même, mais c'est sans compter ce que je lui prépare. Avant même qu'il m'ait demandé de me déshabiller, j'ôte la ceinture du peignoir, et, le plus nonchalamment du monde, je laisse tomber le vêtement à mes pieds, soignant ma pose de pin-up : épaules en arrière, menton relevé, cambrure marquée, cuisses serrées…

Le croirez-vous ? Il se racle la gorge. Tout simplement. Point de rouge à ses joues. Nulle lueur coquine dans son regard. Mais il esquisse une infime torsion des lèvres, que j'interprète aussitôt comme une approbation de ma conduite, et une invitation à me laisser aller…

Enfin vient le moment tant attendu où je m'allonge pour subir l'examen. Une fois dans le tunnel, je préfère fermer les yeux, rester attentive aux sons. Ne pas bouger. Ça, c'est dans les consignes, que le docteur me répète, d'un ton impérieux qui m'excite comme une écolière. Je serre les cuisses et les fesses à fond, pour mieux sentir le plug, puis, une fois le protocole amorcé, je m'alanguis, et laisse le charme agir.

De l'air frais effleure mon visage tandis que les bruits commencent, forts et désordonnés… C'est petit à petit que le flux s'installe… Il parcourt et caresse mon corps, en commençant par les parties supérieures… D'abord mon cou, ma poitrine, mon ventre. Sa chaleur gagne en ampleur à mesure qu'il descend, inexorablement, vers mon sexe… Je reconnais ces fourmillements, c'est ainsi que tout a commencé, la dernière fois. Je tressaille quand je sens le feu s'emparer de mon sexe et embraser le plug… Me voilà démasquée, fouillée au plus intime. Il ne me laisse aucun répit, échauffe mon clitoris en même temps que ma vulve, transformée en véritable torche de chair incandescente ! Je ne dois pas bouger même si mon cul brûle comme si je venais de subir les assauts sodomites d'une équipe de rugby. Comme je lutte pour contenir les torsions de mon corps ! Le docteur aimerait me prendre, je le sais. Même à travers la cloison et la cacophonie ambiante, je perçois son désir animal. Et je l'accueillerais avec plaisir dans mon réduit. Mon vagin comme mon anus, ouverts et stimulés par le jouet, seraient tout à lui. Il plongerait à son gré dans mon bouillon intérieur. Respectueuse des consignes, je ne ferais pas un geste, même sous les plus violents coups de reins. Je me mordrais les lèvres plutôt que de laisser éclater mon plaisir par des ondulations de bassin. Il me baiserait comme on baise une morte, sans égard, pour son unique satisfaction… Peut-être l'a-t-il déjà fait après tout ? Pendant ses années d'études où il a dû côtoyer tant de cadavres ? Qui sait si ce n'est pas ce qui l'excite ? L'immobilité absolue des patientes ? Et si c'était ça, sa part de mystère ?

Je dois être aussi tordue que le fantasme que je lui prête car c'est à cette idée, et sous la coupe machiavélique de l'engin qui me sonde, par ondes électromagnétiques, que je jouis, plus fort et vite que la première fois… Puis, comme la chaleur ne cesse pas avec l'orgasme, une seconde, puis une troisième vague me terrassent, toujours plus puissantes. Lutter pour l'immobilité participe au plaisir. Quand les bruits cessent et que je me sens coulisser vers l'avant, je rouvre enfin les yeux sur mon environnement. Dans un brouillard de larmes, j'aperçois avec étonnement un homme blond, qui n'est pas mon médecin. Un infirmier, semble-t-il.

— Vous pouvez vous relever et vous rhabiller, c'est terminé. Le docteur Hochman va venir vous faire son compte rendu, il a suivi l'examen de la cabine, me dit-il.

En effet, pendant que je passe le peignoir, je peux distinguer la silhouette du beau médecin affairé derrière la vitre. Quelques minutes plus tard, il est devant moi, souriant.

— Les résultats sont rassurants. Je n'ai détecté aucune anomalie. Avec l'IRM de l'encéphale de lundi, celui du rachis aujourd'hui, vous pouvez vous détendre. On s'achemine vers un diagnostic bénin.

— Vraiment ? balbutié-je, doublement choquée.

— Vous avez de la chance, notre machine est

toute neuve, à la pointe de la technologie. S'il y avait eu une quelconque lésion, elle serait apparue sur les clichés. Votre médecin traitant vous expliquera tout ça plus en détail.

— Merci, merci beaucoup… C'est…

— Au fait, m'interrompt le docteur. Vous voudrez bien remplir le test de satisfaction disponible à l'accueil ? Nous cherchons à évaluer la valeur ajoutée de notre appareillage. Le confort, le ressenti des patients…

— Ce sera avec grand plaisir docteur, lui dis-je en lui tendant une main encore toute chaude.

Revue Science, *juin 2023 : « Des chercheurs de l'université de Caroline du Nord ont démontré que les ondes magnétiques générées par les IRM (Imagerie par résonance magnétique) de dernière génération engendrent une excitation sexuelle chez 15 % de patientes. 5% d'entre elles auraient eu un ou plusieurs orgasmes suite à la forte sensation de chaleur induite sur les zones érogènes. »*

Tanguera tanguero

Mme Ledoyen avait trente ans peut-être. C'était une grande femme mince et élégante, dont les costumes ajustés, taillés aux mesures de sa silhouette élancée, magnifiaient l'allure. D'un port altier, elle semait sur son passage des effluves fleuris, un parfum d'iris en parfait accord avec son style sophistiqué. Lorsqu'elle se déplaçait dans la salle de classe, ses hanches bien découpées tanguaient sous l'étoffe tendue de sa jupe. L'énergie débordante de sa jeunesse ne laissait jamais en repos ses jolis escarpins vernis qui allaient et venaient sans cesse entre nos pupitres. Même lorsqu'elle était assise, ses mains délicates jouaient dans l'air, chorégraphiant ses mots. Du haut de l'estrade, elle nous parlait des rois et des reines, des contrées éloignées, des mers et des océans, en posant sur chacun de nous son regard bienveillant. Je connaissais par cœur ce regard qui pouvait, en une fraction de seconde, s'assombrir d'un nuage sombre, dur et réprobateur, s'il croisait un écart de conduite. Mme Ledoyen n'avait pas à forcer sa nature pour inspirer le respect. Son autorité s'imposait d'elle-même, sans heurts ou haussements de voix.

En de rares occasions seulement, elle avait recours à la menace, très théâtrale, de châtiments effrayants. Lorsqu'un élève l'exaspérait par son esprit borné, sa manière d'agiter la main bien à plat près de son oreille en faisant planer l'hypothèse « d'une bonne fessée » en faisait trembler plus d'un. Bien qu'il n'ait sans doute jamais été dans son intention de nous l'appliquer, l'évocation d'une telle humiliation ramenait même les plus retors dans le droit chemin. Pour ma part, je n'eus droit qu'une fois à cette sentence, à la suite d'une opération bâclée, mais je me souviens encore de la chaleur qui me monta aux joues à l'idée de me retrouver en si mauvaise posture devant mes camarades.

Notre admiration pour la maîtresse était telle que nous redoutions ses sanctions autant que nous recherchions ses faveurs. Lorsque, par chance, elle me sollicitait pour aller lui chercher un verre d'eau à la cantine, je jubilais comme si j'avais en main un trophée qui allait me permettre de lui prouver ma bravoure.

Je rêvais d'épouser Mme Ledoyen. Elle représentait pour moi la femme dans toute sa splendeur. Lorsque je me projetais à l'âge adulte, je m'imaginais au bras d'une épouse de sa classe. De mon bureau d'écolier, je ne la quittais jamais des yeux. La journée durant, je suivais du regard ses mouvements, buvais ses paroles, et m'enivrais de son parfum. Sa garde-robe m'était connue dans ses moindres détails. Le soir, dans mon lit, je faisais l'inventaire de son placard pour m'endormir. J'avais sept ans et jamais l'école ne m'avait semblé si agréable, les leçons si passionnantes, les journées si courtes. Avec le recul, je réalise que mon jeune esprit s'éveillait aux douceurs des sentiments amoureux.

Un jour, mon père, de retour d'une réunion de parents d'élèves, s'était écrié :

— Qu'elle est belle, ta maîtresse !

Son sourire réjoui, alors qu'il se remémorait son image, ne me revint pas du tout. J'expérimentais une émotion nouvelle. Pour la première fois, la jalousie me piquait au vif, et sans penser à mal, je pris le risque de dévoiler mon secret :

— Oui, et c'est avec elle que je me marierai plus tard !

Des regards gênés s'échangèrent, avant qu'un élan n'emporte mes parents, qui rétorquèrent de concert :

— Mais les filles n'épousent pas les dames !

Devant ma mine vexée, ma mère ajouta, sur un ton plus explicatif :

— Les petites filles deviennent des dames et elles se marient avec des messieurs, comme papa.

J'aimais beaucoup papa, je lui vouais même un culte, mais je ne comprenais pas pourquoi il m'aurait fallu épouser un homme en costume austère, alors qu'il y avait tant de jolies coquettes fardées, frisées, et parfumées dehors.

Dans les rues et les parcs que nous fréquentions avec maman, j'avais pris l'habitude d'observer attentivement les dames, d'un œil sélectif. Très jeune, je m'étais fait une haute idée du mariage que j'envisageais comme l'accomplissement de l'âge adulte. Un de mes jeux favoris consistait à choisir parmi les passantes celle qui serait digne de devenir mon épouse. Pour ce faire, j'analysais leur mise et leur coiffure. L'élégance et l'allure m'importaient autant que leur beauté :

« Je me marierais bien avec celle-ci, la jolie brune en robe rouge ! Mais pas avec cette grosse dame-là ! Quant à cette rouquine à la poussette, elle serait une mère de famille parfaite… »

Pour l'enfant que j'étais alors, il était évident que j'épouserais une dame, et ni les messieurs que je voyais à leur bras, ni les jupes à volants que je portais ne parvenaient à contredire mes certitudes. Même les affirmations de mes parents ne contrariaient pas mes projets. Mais, jusqu'à ma rencontre avec ma belle maîtresse, mon goût étrange pour les dames, bien que naturel, demeurait intellectuel. Grâce à Mme Ledoyen, j'avais découvert la volupté et les tourments de l'amour.

L'année scolaire suivante, la vieille fille décrépite qui nous accueillit sur l'estrade de la classe me laissa inconsolable. J'avais pris l'école en grippe. Mais, dans mon imaginaire, je continuais à épouser toutes les femmes qui me rappelaient, de près ou de loin, la belle Ledoyen.

Quelque temps plus tard, je fis l'expérience de la chair, avec une femme.

J'avais une dizaine d'années. Ma cousine, Corinne, plus âgée que moi de trois ans, était déjà formée. Grande, blonde, un peu pimbêche, elle paradait avec des pulls moulants prêts à éclater sous la pression de ses seins chaque jour plus encombrants. Nous avions toujours joué ensemble et, de nature dominante, elle trouvait dans ma docilité un terrain favorable à ses caprices. Trop timide, il ne me serait pas venu à l'esprit d'être l'instigatrice d'un jeu, et je suivais ses idées de bonne grâce. L'humilité et la simplicité n'étaient pas son fort. Je me retrouvais souvent à camper les rôles de subalternes. Ce jour-là, Corinne avait décidé que nous jouerions à « la star ». Bien sûr, la star c'était elle, moi j'étais le reporter admiratif qui la photographierait avec le vieil appareil cassé de ma mère tandis qu'elle poserait dans des attitudes de vamp. À demi allongée sur mon lit, elle renversait la tête en arborant des sourires figés. Trop fière de ses nouvelles formes que plus d'une gamine complexée lui enviait, elle ne tarda pas à quitter ses vêtements pour s'exhiber. Interloquée, je la contemplais, feignant de regarder dans l'objectif. L'éclat insolent de la féminité naissante luisait dans son regard. Sans pudeur, elle roulait sur les draps, bombait le torse pour mieux gonfler sa poitrine, caressait la courbe de ses hanches, palpait ses seins dont la rondeur et la plénitude rappelaient les fruits d'été, gorgés de jus. Mon regard, happé par cette vision érotique, embrassait son corps tout entier. Bien vite, j'enviai ses mains qui pétrissaient sa chair débordante. Aussi, prétextant de vouloir rectifier sa position, je posai mes doigts sur son bras, puis sur ses seins :

— Attendez Madame, dégagez un peu votre bras, voilà, comme ça, qu'on voit bien votre poitrine.

— Comment me trouvez-vous jeune reporter ?

— Madame, vous êtes superbe, magnifique ! Vous êtes à croquer !

Et, sans réfléchir davantage, je plongeai mon visage entre ses seins pour faire mine de les mordre. Mais, les morsures d'opérette se changèrent en véritables baisers affamés qui, à ma grande surprise, ne fâchèrent pas ma cousine, pourtant habituée à me rembarrer. Au contraire, elle se laissait faire, flattée, ou peut-être émue, tout en gloussant :

— Mais vous êtes fou monsieur, si on nous voyait !

Pour ma part, je m'en donnais à cœur joie. Réfugiée derrière mon rôle d'amant éperdu, je malaxais et embrassais ses beaux seins. Aujourd'hui encore, je revis le courant électrique qui me parcourut au contact de son corps. Mes lèvres et mes mains étaient comme folles, hypnotisées par sa chair.

Toutes deux troublées par ces découvertes sensuelles, nous avons joué plusieurs fois à la star. Je ne sais plus vraiment qui, la première, décida d'y mettre fin. Mais je peux affirmer en revanche que les seins de ma cousine furent à l'origine de mes premiers émois sexuels.

C'était avant le premier choc. Il advint quelques mois après mon douzième anniversaire, un matin gris de novembre. Je venais de me réveiller d'une nuit agitée. À tâtons, j'étais allée aux toilettes. En faisant pipi, les paupières à demi closes, je remarquai une longue tache foncée sur l'entrejambe de mon pantalon de pyjama. Interpellée, j'ouvris grand les yeux. Mais la tache était toujours là. J'allumai pour mieux voir. Pas de doute, la traînée rouge sang venait me révéler le pire : j'étais devenue une femme. Je glissai mes doigts entre les lèvres de mon sexe et les ressortis gluants de cette substance rougeâtre. Ma mère m'avait prévenue depuis longtemps que cela allait se produire. Ce ne fut pas tant la surprise qui m'ébranla, que la confrontation avec ma nouvelle identité. J'étais anéantie par mon état. Aucune des consolations de ma mère, attendrie par mon chagrin, ne parvint à atténuer mon désespoir. Chaque jour de mon calvaire, je me lamentais intérieurement, peinant à concevoir que toutes les femmes aient à vivre cette aliénation de la nature. Dès lors je regardais les passantes d'un tout autre œil. En scrutant leurs jupes, je me demandais lesquelles étaient dans le même état que moi, et si c'était le cas, comment elles s'en accommodaient. Quant aux autres, comment pouvaient-elles vivre en sachant que les règles allaient revenir inexorablement polluer leur vie ? J'avais le sang menstruel en horreur, mais plus encore je détestais la contrainte de ces couches encombrantes qui entravaient mes mouvements, et m'empêchaient de faire du sport par hantise que « ça se voit ». En regardant les garçons de mon âge s'amuser, insouciants, je ressentais une vive injustice. Pourquoi avions-nous à subir cette épreuve répétée, alors qu'eux en étaient dispensés ?

Pourtant, bon gré mal gré, il me fallut bien m'habituer à mon sort. L'été de la même année, un changement singulier s'opéra en moi. Nous étions en vacances en Haute-Savoie, où mes parents avaient loué un chalet retiré dans les alpages. Je passais toutes mes journées dehors à gambader ou à jouer avec les enfants des fermiers d'à côté. Un jour, tandis que nous jouions dans des meules de foin, je vis apparaître une image qui bouleversa mes convictions. Sur le petit sentier sinueux, un jeune homme passait à cheval, une cravache à la main. Lorsque la monture arriva à notre niveau, son maître, un garçon de dix-huit ou vingt ans, m'adressa un aimable salut. Puis, d'un coup de fouet, plus théâtral que cinglant, il fit repartir son cheval au petit trot. Il s'appelait Philippe de Guercy, c'était le fils unique d'une famille bourgeoise des environs. À l'instant même où je le regardai s'éloigner, superbe dans son costume d'équitation, je sus que cette vision passagère allait avoir un impact sur le reste de mon séjour, et peut-être même sur toute mon existence. Je crois être tombée instantanément amoureuse de lui. Il était grand et bien fait. La virilité qui émanait de sa personne n'avait d'égale que sa classe innée. Il passa ainsi tous les jours devant moi, et je me débrouillais pour me trouver le plus souvent possible sur son passage. Chaque fois, mon émerveillement demeurait inchangé. Ma dévotion gagnait même en puissance, quand, par chance, Philippe de Guercy daignait tourner vers moi ses grands yeux bruns. Incapable de résister à son aplomb, je fondais littéralement sous son regard. Le soir dans mon lit, en évoquant d'improbables rapprochements, mon jeune corps s'embrasait, plus violemment encore que lors de mes séances photo avec ma cousine. Mon imagination me conduisait à des divagations de plus en plus obscènes, où nos bouches et nos sexes se réunissaient dans des ébats sauvages. Tout ce qui, inconsciemment, m'effrayait chez les hommes : la grossièreté de leur corps, leur bestialité contenue, leur sexe pénétrant, je le sublimais chez Philippe. Il aurait pu me demander n'importe quoi, je l'aurais fait, mieux que cela, j'y aurais pris un plaisir insensé. Trop heureuse d'être l'élue, je me serais pliée, le cœur battant, à ses exigences. À mes yeux, il était le seul homme à même de me dompter. Plus soumise encore que sa monture, j'étais prête à subir son dressage. Ses ordres auraient été des cadeaux, ses foudres, une nourriture délectable. En sentant la flamme de plus en plus vive qui incendiait mon sexe, je découvris par quel biais mes doigts, aidés par l'évocation d'un Philippe fier et dominant, pouvaient me conduire à la jouissance la plus extraordinaire. Et je n'eus de cesse de recourir à cet expédient pour retrouver chaque soir ces nouvelles sensations.

Bien sûr, il ne se passa rien de concret entre moi, qui étais encore une enfant, et Philippe de Guercy, mais à partir de ce jour, je m'intéressai plus officiellement aux garçons. J'en oubliais presque mes penchants enfantins, comme si mon goût pour les femmes s'était dissous dans le sang de mes règles ou dans le regard de Philippe.

Plusieurs garçons ont traversé mon adolescence sans vraiment y laisser une marque indélébile.

C'était l'époque des flirts ou plus si affinités. Je les aimais beaux, sans doute parce qu'en chacun d'eux, j'espérais retrouver Philippe qui m'avait tant laissée sur ma faim. Ma silhouette et mes traits harmonieux me rendaient leur conquête facile. Je ne connaissais plus la frustration entrevue avec l'inaccessible cavalier. Sans me vanter, j'en ai séduit plus d'un sans avoir à lever le petit doigt. Beaucoup de mes prétendants avaient l'ambition de me prendre dans leurs filets, mais je jouais les indifférentes et passais à un autre, jusqu'à ce que je rencontre celui qui allait devenir mon mari.

Je revois encore Lucas comme si c'était hier. Fier dans son costume bleu marine, il marchait d'un pas décidé à ma rencontre, accompagné de Pierre, mon meilleur ami. Ce dernier me l'a présenté comme un voisin. Lorsqu'il s'est penché pour me faire la bise, je l'ai trouvé gigantesque. Il m'a plu pour des raisons différentes des autres. Lucas ne ressemblait pas aux minets que j'avais l'habitude de côtoyer. Il était plus grave, plus viril aussi. Avec du recul, je pense que c'était surtout un homme de dix ans mon aîné ce qui, lorsqu'on a dix-neuf ans, fait toute la différence. Comme il aimait si souvent le rappeler, je n'ai pas été une proie farouche. Le soir même nous étions dans son lit. Je ressens encore l'électricité qui m'a parcouru les membres lorsque son torse puissant s'est pressé contre le mien. Puis ses doigts ont enserré ma nuque, ses mains ont empoigné ma chevelure et, lorsque ses hanches ont commencé à marteler les miennes avec une audace et une énergie qui m'étaient alors inconnues, je fus conquise.

Nous nous sommes mariés six mois plus tard. Grâce à nos parents, qui nous ont prêté de l'argent, nous nous sommes installés dans un appartement tout confort en région parisienne.

Puis, progressivement, comme un venin à retardement, le temps a œuvré au travail de sabotage qui atteint bon nombre de couples installés. Il y eut des disputes pour pas grand-chose, mais de plus en plus nombreuses à mesure que le degré d'intolérance des mesquineries de l'un et de l'autre croissait. La mauvaise foi pour seul arbitre, nous pataugions dans une rancœur acide. Au moment où nous avons accueilli notre fille, que nous avions ardemment désirée, le ver était déjà dans le fruit. Comme si ce n'était pas assez des nuits hachées par les hurlements de notre gros bébé qui mit un temps infini à ne plus nous réclamer à toute heure, mon mari dut affronter le décès de sa mère puis un licenciement inattendu. Rongés par la fatigue et les soucis, nous ressemblions plus à des spectres qu'à des êtres humains. Nos échanges charnels se résumaient à quelques câlins quand, blottis sous la couette comme des petites bêtes apeurées nous sombrions dans un sommeil dont nous connaissions tous deux la fragilité. Avec le recul, je sais que j'ai réussi à surmonter ces moments difficiles grâce à la danse.

Cela s'était fait très vite, de manière inattendue. J'avais besoin de fuir mon foyer pour quelques heures. Une voisine m'avait recommandé son école de danse.

Un peu par hasard, et parce que les horaires proposés correspondaient à mes maigres disponibilités, j'optai pour le tango argentin dont, à vrai dire je connaissais peu de choses. J'avais toujours pris plaisir à regarder les couples danser sur les quais de la Seine pendant l'été, mais je n'avais aucune idée des exigences de la discipline.

Au premier cours, je découvris mon professeur, petite brune pétillante au style latin qui ne s'encombrait pas de tact dans son enseignement, en même temps que mes futurs partenaires : tous des citadins embourbés dans des corps trop raides. J'ai bon dos de les critiquer, à vrai dire mes premiers essais, s'ils m'avaient convaincue sur le plan sensuel, m'avaient aussi prouvé que je n'avais aucun talent pour les danses de salon. Et c'est au prix de gros efforts que je parvins à suivre le guidage des hommes qui m'accompagnaient. Au fur et à mesure, les difficultés s'estompèrent pour laisser place au plaisir d'être emportée dans la danse et les pas de l'autre. Mon maigre talent et mon médiocre sens du rythme m'obligeaient cependant à une concentration sans faille. La moindre distraction pouvait faire s'écrouler le beau château de cartes que mon tanguero et moi nous étions échinés à construire à renforts de figures enchaînées. Par moments, quand la technique, péniblement assimilée, laissait place à la fluidité, je connaissais des instants de grâce qui valaient pour moi tout l'or du monde. Je persistai donc dans cette discipline pour le plaisir de ces quelques secondes volées au temps, ainsi que par admiration pour mon professeur.

Outre ses qualités plastiques, Nathalie Dejazet était une femme de caractère qui menait son école d'une main de fer. Elle avait fondé et développé son entreprise avec goût, expertise et créativité. Moi qui avais toujours fait preuve d'un courage modéré dans ma vie professionnelle, je regardais avec respect la détermination sans faille de cette femme. J'aimais aussi son autorité : elle était le professeur et ne laissait jamais quiconque outrepasser sa condition d'élève. Quel que fût notre âge ou notre statut dans le civil, nous étions tous logés à la même enseigne. Personne n'avait intérêt à arriver en retard ou à déroger au « règlement intérieur de l'école », car alors Nathalie vous semonçait de sa voix la plus froide, que nous redoutions plus que de raison. Notre professeur, du reste, était très avare en compliments. Elle remarquait toutes nos fautes, mais semblait indifférente à nos réussites. Si elle n'avait pas eu cette aura indéfinissable qui la rendait unique, elle aurait vite perdu sa clientèle. Or il n'en était rien. Ses cours ne désemplissaient pas, malgré son sale caractère.

Parfois, elle me prenait comme « cobaye » pour montrer des pas aux autres élèves. Je n'étais jamais à l'aise, effrayée à l'idée de commettre une erreur qui m'aurait été immédiatement reprochée. Mais j'aimais le contact de ses mains, toujours très douces et fraîches à l'inverse des miennes, moites de trac. J'aimais aussi les frôlements contrôlés de son corps, son guidage subtil. Dans ses bras, la danse paraissait naturelle et facile. Je me souviens que l'odeur citronnée de son savon restait imprimée sur ma peau longtemps après la fin du cours, ce qui n'était pas pour me déplaire.

C'est lorsque je déménageai à Bordeaux que je me rendis compte que le charisme de mon professeur était pour beaucoup dans mon amour du tango. Là-bas, je m'inscrivis à un autre cours que j'abandonnai très vite. La technique du couple d'Argentins qui officiait ne me séduisait pas.

Quelques années passèrent avant que je me rende à l'évidence : mon couple était moribond. Si ma relation avec mon mari s'était un peu améliorée au moment de son licenciement, notre nouvelle vie en Aquitaine faisait resurgir les anciennes blessures. Le quotidien aurait pu s'étirer longtemps comme ça si Lucas n'avait fini par craquer et demander le divorce. Passée une période de vexation, je dus me rallier à son choix de raison. Pourquoi nous priver de l'occasion d'être de nouveau heureux avec quelqu'un d'autre ?

Un samedi du mois de juin, je me rendis à Paris pour retrouver une amie avocate qui devait m'aider à constituer mon dossier. Son cabinet se trouvait rue Buffon, en face du jardin des Plantes. Pour profiter du beau soleil qui nimbait Paris, je descendis du bus à Jussieu et décidai de faire le reste du chemin à pied, en longeant les quais. L'atmosphère était à la détente. Beaucoup de couples et de groupes d'amis allongés dans l'herbe bayaient aux corneilles. De jeunes enfants s'exerçaient au vélo ou à la trottinette dans les allées ombragées, tandis que leurs aînés envoyaient des coucous enthousiastes aux touristes des bateaux-mouches qui naviguaient sur la Seine. Bientôt, une mélodie familière m'interpella : *Por una cabeza, si ella me olvida…* Et je fus attirée irrésistiblement par la musique comme les rats par le joueur de flûte. Mes pas me conduisirent jusqu'à un cercle de danseurs de tango. Accompagnés par la voix de Carlos Gardel, quantité de souvenirs remontèrent. En contemplant les danseuses dont les longues jambes montées sur talons hauts oscillaient de gauche à droite, je me remémorais les doux moments de sensualité passés à enchaîner les « ochos », « crochets » et autres figures de style. Nostalgique, je me laissai bercer par la plainte du bandonéon quand un homme vint m'inviter. Sans y prendre garde, je m'étais mise à tanguer sur moi-même, ce qui avait dû lui envoyer le message que je désirais danser. Mais je fus immédiatement rattrapée par la crainte d'avoir tout oublié et je refusai l'invitation en avançant que je n'y connaissais rien.

— Comment ? Ah non ! ça, je ne veux pas l'entendre. Allez, en piste ! protesta une voix féminine derrière moi.

Je me retournai et me trouvai nez à nez avec Nathalie Dejazet. Le temps avait passé et dessiné quelques rides en étoile autour de ses yeux ce qui, loin de l'enlaidir, donnait un charme supplémentaire à son sourire. La maturité lui allait à ravir. Elle portait son éternelle robe noire à godets et des chaussures en satin rose par-dessus des collants couleur chair dont le scintillement accentuait le galbe de ses jambes. Je me sentis bête, et répondis à côté de la plaque.

— Ça alors, vous venez danser ici ?

— Danser, et regarder surtout. Ça me permet de constater les tendances.

— Et quelles sont-elles ?

— Rien d'original cette année : encore beaucoup d'abrazzo, pas beaucoup de technique ni de figures extraordinaires. De la poudre aux yeux pour pas grand-chose. Et surtout personne n'est en rythme. Vous avez vu ? On croirait qu'ils n'écoutent pas la musique.

Je ris. Décidément, Nathalie n'avait pas changé.

— Donc, personne ne trouve grâce à vos yeux ?

— Si, il y a un bon danseur, le grand chauve là-bas. J'ai dansé une *tanda* avec lui, tout à l'heure. Il m'a surprise avec quelques belles improvisations. Mais depuis qu'il s'est acoquiné avec la petite jeune qu'il dévore des yeux et presse comme un citron, il ne change plus de partenaire.

— Voyez, finalement, j'ai raison de ne pas danser.

— Ah ! ça non, on a toujours tort de ne pas danser. Venez, c'est moi qui guide.

D'autorité, sa main avait saisi la mienne. En l'espace de quelques secondes, je me retrouvai sur la piste, enlacée à mon ancienne professeure. Une foule de sensations demeurées longuement enfouies refirent surface, m'échauffant tout à la fois les joues et l'esprit. À ma grande surprise, les pas ne posèrent aucune difficulté, ils suivirent, sans anicroche, ceux de ma partenaire, si bien que je pouvais m'abandonner au plaisir pur du tango. Renouer si soudainement avec mon ancienne passion décuplait mes sensations. Je m'enivrais des accélérations, m'amusais des crochets, m'étourdissais des tours et des huit, lesquels semblaient ne jamais finir entrent les mains expertes de Nathalie.

Puis, une pause me cueillait en vol, quelques notes longues s'égrenaient, le temps de subtils passages d'un pied sur l'autre. Mon cœur, suspendu au rythme de la musique semblait s'arrêter pour, quelques secondes plus tard, mieux reprendre sa course folle à l'unisson avec l'orchestre qui rejouait le refrain. Plus qu'une renaissance au plaisir de la danse, c'était un ralliement complet de mon corps à la sensualité qui s'opérait sous le radieux ciel parisien. Bien sûr, ce phénomène n'était pas étranger à ma partenaire. Peut-être parce que nous n'étions pas en cours, je jouissais de chaque frôlement, de chaque enlacement comme jamais encore je ne me l'étais permis. Là ou jadis une gêne avait pu s'installer lorsque je servais de cobaye, il n'y avait plus aucun frein à ma lascivité. Je devenais une poupée de chair mobile, manipulée d'avant en arrière, tournée vers la gauche ou vers la droite, et suivant encore et toujours le corps de l'autre. Le mien n'était plus soumis qu'à une loi : son irrésistible attirance vers Nathalie ; mon torse était happé par elle, aux aguets, en quête perpétuelle de contacts. Par instants, au hasard d'une figure, nos poitrines se rencontraient, s'aplatissaient l'une contre l'autre, et je jouissais pleinement de l'accueil moelleux de ses seins, qui après m'avoir attirée, me rejetaient comme par effet de ressort. De même, ses cuisses, aux muscles admirablement dessinés, n'avaient pas leur pareil pour battre le chaud et le froid : elles s'offraient d'abord, m'invitant au plus sensuel des enlacements avant de me rejeter dans un vif mouvement de rebond. Je n'aurais su dire si mon désir grandissant était partagé, car ma partenaire était une grande technicienne, qui ne s'égarait pas en bavardages ou figures équivoques. Elle demeurait la danseuse experte, attachée à perfectionner son art que j'avais toujours connu. Et c'est aussi cela qui me fascinait et participait de mon trouble sensuel.

J'ai peine à l'avouer aujourd'hui, tant cela peut paraître cliché, mais durant cet enchaînement de morceaux, je perdis la notion du temps, au point d'en rater mon rendez-vous avec l'avocate. L'honnêteté me pousse à corriger mon affirmation : j'avais conscience que l'heure tournait, mais je m'en fichais éperdument. Je me convainquis que ça n'avait guère d'importance : entre une histoire morte, et l'autre naissante, mon choix était vite fait. C'était avec Nathalie que je voulais finir la journée. Pour cela, j'osai même lui proposer la première de prendre un verre, ce qu'elle accepta immédiatement.

Nous bavardâmes autour d'un Spritz, siroté bien trop vite à cause de la soif qui nous terrassait, si bien que l'alcool nous monta très vite à la tête. Grand bien m'en prit ! Encouragée par un détail, déjà remarqué à l'école de danse – l'absence d'alliance à son annulaire –, je me rapprochai de plus en plus d'elle. C'était la première fois que je la voyais se départir de son masque de professeur sévère pour plaisanter et rire de bon cœur. Nos propos restaient dans la légèreté, ni l'une ni l'autre n'ayant envie de teinter l'ambiance de gravité. Après des heures d'enlacements au prétexte du tango, nous n'éprouvions plus aucune gêne à nous frôler. Mieux encore, nous recherchions le contact, nous touchant et nous caressant au moindre prétexte. Dans cette atmosphère sensuelle, le baiser arriva naturellement, ne prenant personne au dépourvu. Et je le savourai comme un nectar. Après des années de monogamie et d'hétérosexualité, je goûtai avec délice et émerveillement à cette si délicate friandise qu'était sa langue. J'étais tellement habituée au calibre masculin que la petite taille, la douceur de son grain, le piquant de sa pointe, tout dans sa langue m'étonnait et me charmait, comme on l'est en dégustant un fruit exotique inconnu. J'étais en terrain étranger à mes habitudes, mais incroyablement bien, à ma place. Une évidence qui me frappa aussi lorsque nous échangeâmes les premières caresses appuyées. J'avais l'impression de connaître son corps sur le bout des doigts. Était-ce le résultat de dizaines d'heures passées à scruter ses moindres mouvements pour les reproduire, ou celui de la fusion des corps si souvent vantée par les amateurs de tango ?

Toujours est-il que notre passion devenait trop encombrante pour ce coin de bar. Sans attendre la monnaie, nous filâmes chez Nathalie qui habitait un grand studio près du cimetière Montparnasse. Propre, blanc, féminin, tout y était sobre et de bon goût, à l'image de son école de danse. Mon exquise partenaire me versa un verre de vin blanc, qui acheva de me retourner les sens. Je lui étais totalement acquise, pour ne pas dire totalement soumise. Depuis que nous étions passées à un degré supérieur d'intimité, je sentais grandir en moi un sentiment ancien : l'envie de bien faire, d'être une bonne élève, prête à tous les efforts pour satisfaire son professeur. Et que cette application se transformât en services sexuels de toutes sortes me mettait dans un état d'humidité avancé. J'ignorai comment nous allions nous « entreprendre », mais je rêvais d'une femme qui me dirigerait, exigerait, corrigerait au besoin mes erreurs de conduite. Une femme qui soit ma Maîtresse. Dans ma tête, le mot était lâché, et avec lui, le désir de tout mettre en œuvre pour mériter l'attention de l'élue à ce titre. Quand elle m'attira dans la chambre, l'œil luisant de vice, je m'en ouvris à demi-mot, lui confiant mon inexpérience :

— Tu sais, je n'ai jamais vraiment fait ça avec une femme, il faudra me guider.

— Jamais « vraiment » ? Ça veut dire un peu quand même ? tiqua-t-elle en cueillant un baiser au bord de mes lèvres. Raconte, coquine.

Quand elle prenait des inflexions sensuelles, sa voix devenait plus grave, presque rocailleuse, qui agissait sur moi comme un puissant aphrodisiaque. Je ne pus résister et lui livrai les aveux qu'elle exigeait. Un peu honteuse, je lui racontai les séances de « photographie » avec ma cousine, ne lui cachai rien de mon plaisir à malaxer et embrasser ses seins.

Joueuse, elle ordonna que je lui montre comment je m'y prenais, avant de dénouer en un tournemain sa robe portefeuille. J'ôtai alors son soutien-gorge et, à genoux sur le lit, je commençai à caresser sa poitrine. Pour une raison que je ne saurais expliquer, au lieu d'utiliser mes mains, je les tenais croisées dans mon dos, à l'image de la bonne élève que je souhaitais incarner. Mes sens n'étaient pas en reste car c'est avec mes joues que je m'ingéniai à flatter ses seins, le nez perdu dans son décolleté. J'aimais sentir sa chaleur contre mon visage, dont l'épiderme était bien plus sensible que celui de mes doigts, et surtout je m'étourdissais du parfum citronné de sa peau, un parfum qui m'avait si souvent accompagnée après ses cours. J'y trouvais un sentiment grisant de transgression teinté de nostalgie. Sa poitrine n'avait ni l'ampleur ni la mollesse de celle de ma chère cousine, mais elle était idéale : ferme, élégante, en tous points conforme à ce que l'on devinait sous ses vêtements moulants de danseuse. Bruns, étroits, pointant vers le haut à la manière de petits museaux de hérisson, ses tétons appelaient mes baisers, qu'en élève hésitante j'osais à peine regarder. Alors c'est elle qui guida ma bouche pour que je lape ses mamelons, d'abord à petits coups de langue puis avec de plus amples mouvements circulaires. Elle rit, parce que ça la chatouillait. Je m'excusai et procédai à des succions plus sérieuses, tout en m'agrippant à sa taille. Par ce geste, je voulais lui communiquer toute la passion qui m'animait. Je ne saurais dire ce qui, du plaisir ou de ma maladresse lui arracha les premiers geignements, mais vraisemblablement, mon art n'était pas suffisant pour s'appesantir en préliminaires.

Rapidement, elle me bouscula sur le lit. Encore partiellement habillée, j'étais allongée sur le dos, en appui sur mes coudes pour mieux l'observer. Debout au pied du lit, elle me toisait d'un regard lourd de convoitise. Un regard qui disait toutes les idées malsaines que je lui inspirais et dont je ne tarderais pas à payer le prix. Dans le reflet de ses yeux, je me voyais proie. Nathalie n'était plus ni mon professeur, ni une femme, ni même une danseuse, c'était un prédateur qui se pourléchait les babines à l'idée du festin. Et peut-être était-ce cette idée-là, qui m'excitait le plus, de telle sorte que je surjouais mon rôle de bête captive apeurée.

Le message ne sembla pas déplaire à Nathalie,

qui se jeta sur moi avec un sourire effrayant. Sans coup de semonce, elle plongea une main agressive dans ma culotte. Ses doigts atteignirent leur cible en un éclair et commencèrent à pincer mon clitoris enflé. Je râlai en tendant le bassin vers elle, partagée entre tiraillement et plaisir, mais incapable de me refuser. Pendant qu'elle me triturait sans ménagement, sa bouche grande ouverte dévorait la mienne. Ses baisers étaient sauvages, envahissants. Nathalie balayait en un coup de langue tous les clichés que l'on peut avoir de la sexualité entre femmes : j'avais connu bien des hommes plus tendres qu'elle. Cette dernière faisait l'amour comme on fait la guerre avec, chevillée au corps, le besoin d'assujettir l'autre. La main qui empoignait ma chevelure juste au-dessus de la nuque, pressant juste ce qu'il fallait pour ne pas me faire crier, venait d'ailleurs confirmer l'ascendant qu'elle prenait sur moi.

Ce qui se passa ensuite, lorsqu'elle jugea que mon sexe était suffisamment humide pour recevoir un traitement plus corsé et surtout, plus invasif, me sidéra tout à fait. Cela ne correspondait à rien de ce que j'avais pu imaginer.

Nathalie était torse nu, mais portait toujours son collant, sans culotte en dessous. Les poils noirs de son pubis, écrasés par le nylon, formaient un triangle parfait, dont elle devait avoir accentué le dessin par quelques coups de rasoir. J'avais toujours admiré son sens du détail. Cependant, je ne qualifierais pas de détail l'objet qu'elle alla chercher dans un tiroir de sa table de chevet avec, du reste, une paire de petits ciseaux à ongles. Entre ses doigts délicats de danseuse, l'indécence et la disproportion du godemiché rose, imitant parfaitement un pénis doté de veines et d'un gland proéminent, me parurent tout simplement monstrueuses. Je pensais savoir des choses sur les sexualités de toutes sortes, mais j'étais loin d'avoir anticipé la scène qui s'ensuivit. Au lieu de tourner l'objet vers moi, ce qui m'eut paru logique, elle glissa la verge factice sous son collant et s'excita en le frottant contre son pubis. Ensuite, à l'aide des ciseaux, elle fit un trou dans le nylon, là où le gland tendait le tissu transparent. Instantanément, le godemiché ressortit, et elle le positionna de telle sorte que l'on puisse croire qu'il s'agissait bel et bien de sa queue, et quelle queue ! L'indécence et la disproportion de l'objet se confirmèrent lorsque Nathalie, maintenant à genoux au-dessus de moi, le présenta à ma bouche non sans un mouvement d'impatience face à mon hésitation. Mon sang bouillait du désir de lui obéir, mais mon corps, tétanisé d'émotion à l'instar de celui d'une tanguera débutante, suivait avec un temps de retard. Je vivais une expérience dont l'intensité n'avait d'égal que la révélation qui s'imposait. J'avais en face de moi mon fantasme de toujours : l'insistance d'une belle femme autoritaire alliée à l'obscénité d'une queue tendue, prête à me transpercer. Que ces deux éléments en apparence antithétiques puissent s'incarner en un seul être – cette femme sublime si longtemps admirée – me semblait incroyable. L'image de Nathalie armée du chibre dégageait un érotisme si puissant que j'étais prête à tout pour le vivre jusqu'au bout. Je reçus la bite de plastique dans ma bouche et, bien que rapidement elle m'imposa un rythme et une profondeur trop ardus pour moi, je m'efforçai de faire bonne figure et de refréner mes haut-le-cœur.

Ma maîtresse dut avoir pitié de moi, ou alors souhaitait-elle me malmener davantage, toujours est-il qu'elle cessa de m'imposer ce service de fellation et descendit ma culotte et mon collant d'un coup sec. Aussitôt, j'écartai les jambes, prête à la recevoir. Nos préliminaires m'avaient mise dans un état de lubrification avancé qui facilita l'accès. Contrairement à mes craintes premières, je ne ressentis pas de douleur, à peine quelques tiraillements au moment de l'intrusion. Aussitôt, l'ultime satisfaction d'être prise jusqu'au tréfonds m'assaillit, se manifestant par vagues de plaisir toujours plus intenses à mesure que Nathalie commençait à enchaîner les poussées. Est-il nécessaire de préciser qu'elle avait un sens du rythme et une précision des mouvements à faire pâlir tous les étalons masculins autoproclamés ? Son instinct de danseuse doublé d'un vice inné s'exprimait sur moi en terrain conquis. Il ne m'en fallut pas plus pour que je me mette à couiner telle « une petite garce bien baisée » (c'était le genre d'obscénités qu'elle me répétait à l'oreille tout en me besognant). J'étais tout acquise à sa cause lorsqu'elle m'ordonna de me retourner. Par habitude de la levrette et du léger sentiment d'humiliation qui l'accompagne, je me mis à quatre pattes, position qu'elle n'entendait pas me voir garder longtemps. Après m'avoir de nouveau enfilée, elle appuya si fort sur mes reins, que petit à petit je m'affaissais, le ventre sur le matelas, et le cul relevé vers elle. Accroupie sur moi, elle ne ménageait pas ses efforts pour me réduire à l'état de bête à bourrer. Après avoir hurlé cent fois ma jouissance, elle finit par lâcher prise. En sueur comme je ne l'avais jamais vue, elle vint s'allonger à côté de moi, un sourire réjoui aux lèvres. J'étais partagée par le plaisir qui résonnait encore entre mes jambes et la gêne de ne pas l'avoir vue jouir. Aussi, je risquai une main vers son sexe, qu'elle repoussa gentiment.

— On verra plus tard, quand on remettra le couvert. Pour l'instant, on savoure. Tout est bien.

— Si tu le dis…

— Comment ça ? s'indigna-t-elle, sur le ton de la plaisanterie. Tu trouves quelque chose à redire ?

— Oh non, moi non, c'est par rapport à toi…

Au fait, je peux te tutoyer ? me repris-je en m'allongeant sur le côté pour la regarder dans les yeux.

Elle acquiesça en fermant doucement les paupières.

Encouragée par l'atmosphère bon enfant qui s'était installée, j'enchaînai, canaille :

— Han, je suis trop veinarde ! J'ai baisé avec la prof !

Nathalie plissa les yeux, prenant une expression sévère que je lui connaissais bien.

— Peut-être, mais ne t'avise pas de t'en vanter en dehors d'ici. Je pourrais te flanquer une sacrée fessée !

Je ravalai ma salive, non sans garder en tête le scénario licencieux dont elle me menaçait.

Pendant qu'elle s'éclipsait dans la salle de bains, je me suis assoupie. J'ai rêvé de Mme Ledoyen.

Confession d'une branleuse

Je suis une branleuse invétérée. Certains sont dépendants de l'alcool, du tabac, de la cocaïne, pour ma part je n'ai aucune de ces addictions du siècle. Dans mon cercle d'amis, je passe même pour une fille excessivement sage, et pour cause : mon seul vice est invisible. Ma came à moi, c'est la masturbation. Je me branle plusieurs fois par jour, n'importe où et n'importe quand. Mais jamais sans raison. La moindre allusion, le moindre stimulus, la plus infime incursion d'une pensée sexuelle dans mon esprit, provoque en moi des démangeaisons si agaçantes que je dois les soulager au plus vite. Dans ces moments-là, je ne suis pas maîtresse de moi-même. C'est un feu qui brûle entre mes jambes et menace de me consumer si je n'obéis pas à l'appel de mon clitoris. Exigeant, surdimensionné, dardant hors de son capuchon tel un champignon vénéneux, il dresse hardiment sa tête rouge et replète entre mes jambes, et réclame l'objet qui saura le frictionner jusqu'à l'explosion. Mais cela ne lui suffit jamais. Car c'est un goinfre, une tanche vorace, une goule à l'appétit démesuré qu'aucun orgasme ne parvient à apaiser. Tel un Minotaure impitoyable, il exige son tribut journalier de frictions et de jouissances dans des éclats qui me laissent impuissante. Assujettie à sa volonté, indifférente aux convenances, je m'exécute : sans relâche je frotte, j'astique, je frictionne. Mes gestes suivent un rituel immuable. La délivrance, lorsqu'enfin s'estompe la brûlure, agit sur moi comme un rail de coke. Oui, je suis une vraie junkie, une défoncée du clito, une toxico de la branlette et le pire, c'est que ça ne date pas d'hier.

À l'inverse des garçons qui découvrent les plaisirs solitaires avec l'adolescence, les filles, elles, peuvent jouir presque dès la naissance. Leur clitoris « fonctionne » dès leur plus jeune âge, et de surcroît, elles peuvent jouir à répétition. Devant une telle injustice de la nature, on comprend pourquoi les hommes ont si longtemps regardé leurs épouses de travers au point de les asservir par tous les moyens possibles. Ces capacités de jouisseuses sont tout simplement aberrantes comparées aux pauvres performances de leurs camarades masculins. En ce qui me concerne, j'ai connu mes premières émotions d'ordre masturbatoire dès l'âge de six ans.

Le cinéma

Si les cinéastes savaient combien leurs choix peuvent influencer la vie sexuelle de leurs jeunes spectateurs, ils réfléchiraient davantage avant de diffuser leurs images. À moins qu'ils le sachent pertinemment, et le fassent à dessein, ce qui finalement est assez louable, car encore aujourd'hui mes fantasmes leur doivent une fière chandelle. J'entrais au cours préparatoire lorsque j'ai fait un constat pour le moins déstabilisant : quand je regardais un film qui montrait ou suggérait des bisous entre un homme et une femme, j'étais soudain prise d'une envie pressante de faire pipi. N'allez pas vous mettre en tête que mes parents étaient des irresponsables qui me laissaient visionner n'importe quoi. Des images plutôt innocentes, comme j'en voyais dans *Angélique marquise des anges*, *Ghost*, *l'Étudiante*, *Dirty dancing*… le genre de films qui se regardent « en famille », suffisaient à déclencher le phénomène. Il m'a fallu assister à plusieurs scènes de baisers suggestifs et de galipettes sous les draps pour en venir à cette troublante conclusion. Du reste, je me suis aussi aperçue que mon envie était d'autant plus pressante que l'acteur était à mon goût. Forte de ce constat, je me précipitais aux toilettes pour soulager ma vessie. Un vague sentiment de honte me collait à la peau, qui me poussait à me soustraire aux regards de mes proches. Mais quelle n'était pas ma surprise en découvrant qu'aucune goutte d'urine ne coulait de mon sexe ! Rien. Mais d'où venait donc cette envie qui me brûlait l'entrejambe ?

Le bâton de glace

Je ne fus pas très longue à le découvrir. Le hasard faisant bien les choses, il mit en l'occurrence sur ma route une petite fille encore plus précoce que moi. Sabrina venait d'emménager dans l'appartement au-dessus du mien. Ma nouvelle voisine est vite devenue ma meilleure amie. Nous étions toujours fourrées chez l'une ou chez l'autre, jouant, papotant et partageant tout. C'est sans doute parce qu'elle avait décrété que j'étais sa nouvelle « sœur », que Sabrina m'a jugée digne de confiance. Elle avait un secret à partager, de la plus haute importance, disait-elle. À l'abri des regards, assise les jambes écartées sous son tipi Pocahontas, Sabrina m'a montré comment elle titillait un minuscule morceau de chair coincé entre les renflements de son sexe qu'elle nommait « sa lentille ». Elle ne procédait pas avec les doigts, mais à l'aide d'une aiguille à tricoter. L'état dans lequel ce jeu étrange la mettait était des plus fascinants. Ses yeux mi-clos prenaient une expression absente, ses joues rougissaient… de sa bouche entrouverte s'échappait un râle indistinct, dont l'intensité augmentait à mesure qu'elle s'activait. Terriblement intriguée, je me suis essayée, le soir même, à ce nouveau jeu avec, non pas une aiguille à tricoter (ma mère n'avait jamais été branchée travaux pour dames), mais avec un bâtonnet de glace, vous savez : ce morceau de bois qui vous reste entre les mains lorsque vous vous êtes régalé de l'esquimau ? Et le miracle s'est produit, sur moi aussi. Miracle d'autant plus salvateur qu'il m'a enfin permis de faire le lien avec mes curieuses envies d'uriner et les films qui les déclenchaient. Tandis que les picotements se répandaient dans mon bas-ventre, l'inondant de frissons agréables, les images de baisers s'imposaient de nouveau à mon esprit. Et plus vite je me frictionnais « la lentille », plus langoureuses elles devenaient. Sous l'emprise de ces caresses imaginaires et des frottements du bâtonnet, j'ai eu mon premier orgasme. Une houle aux bienfaits insoupçonnés m'a soulevé le ventre pendant que j'étouffais mes jappements au creux de ma main. Un cataclysme de premier ordre dans ma vie de petite fille modèle. J'étais heureuse, détendue, et déterminée à recommencer dès que possible l'expérience.

Je crois bien n'avoir jamais failli, depuis ce jour-là, à l'habitude de me masturber quotidiennement. Rituel du coucher par excellence, les ondes de l'orgasme me berçaient jusqu'à l'endormissement. Je gardais précieusement le bâton de glace dans un tiroir de ma table de chevet, mais ce n'était pas sans risque. Il arrivait que ma mère, pensant qu'il s'agissait d'un déchet comme un autre, le jette. Pour parer à ces drames, j'avais pris l'habitude, aux beaux jours, de faire une réserve de bâtonnets que j'entreposais dans un casier de mon bureau.

La brosse à cheveux

Puis, quand l'adolescence vit déferler en moi un torrent d'hormones en fusion, mes attouchements, mus par le désir naissant pour les garçons et les idées perverses qui bourgeonnaient en moi, se firent plus intenses, plus furieux, plus fréquents. C'est alors que m'est venue l'habitude, ou devrais-je dire le besoin, de me masturber ailleurs que chez moi. La première fois que cela m'est arrivé, j'étais au collège. Très attirée par un de mes camarades, j'avais, en tant que déléguée, fait en sorte de le placer juste devant moi, sur le plan de classe que le professeur m'avait demandé d'établir. Toute la journée, je jouissais de la vue de son profil magnifique, de sa belle nuque dégagée, de la délicatesse de sa main qui se levait pour répondre aux questions. Toute la journée je m'imaginais dans ses bras, recevant ses baisers sur la bouche, le sexe, les fesses. Résultat : mon ventre était un véritable brasier. Incapable d'attendre le soir pour soulager mon clitoris, j'ai décidé d'aller me caresser dans les toilettes pendant la récréation. Je n'avais pas mon précieux bâtonnet sur moi, que faire ? J'ai fouillé dans mon cartable : une petite brosse à cheveux de voyage dont la poignée évoquait la forme de mon bâtonnet pourrait peut-être faire l'affaire. J'ai alors découvert, dans des halètements d'extase, que ce procédé était plus efficace encore que le bâton de glace. En effet la poignée était creusée en son milieu et présentait une rainure qui s'adaptait parfaitement à la forme de mon bouton. Dès lors, je ne me suis plus jamais séparée de ma brosse à cheveux. Le satané ustensile m'a rendu bien des services. En chauffant le métal entre mes paumes avant utilisation, et en l'imprégnant de salive, j'imaginais que c'était une langue de garçon qui me léchait la vulve, d'autres fois, c'était un pénis qui se frayait un chemin au cœur de mon intimité incandescente…

Je ne sais combien j'ai eu d'orgasmes en me figurant ces scènes de coït, des centaines peut-être, mais je sais combien j'en ai eu la première fois que j'en ai fait l'expérience dans ma chair : aucun. Rien. Nada. Pas l'ombre d'un spasme.

J'étais en première et j'avais jeté mon dévolu sur un garçon de ma classe. Un redoublant, qu'on soupçonnait de l'avoir « déjà fait ». Même avec du recul, je ne peux pas dire qu'il s'y est mal pris. Pourtant je suis restée de marbre pendant que son sexe me fouillait. Le massage était agréable, mais il n'a provoqué rien d'autre que cela : une vague sensation de bien-être. Les expériences suivantes se sont révélées toujours aussi infructueuses. Des années durant, j'ai multiplié les aventures, avec différents garçons, mais la conclusion était toujours la même : je ne jouissais avec aucun d'entre eux. Je m'étais trop branlée, j'avais trop pris mon pied en solitaire, pensais-je, et à présent, j'en payais le prix par mon inaptitude à ressentir le moindre plaisir avec les hommes. Bien sûr, je parvenais à avoir quelques orgasmes lorsque je rencontrais un bon lécheur, mais le plus souvent je devais me finir au doigt. Certains partenaires, qui avaient flairé en moi l'hyper clitoridienne, m'ont exhortée à me caresser pendant l'acte. Ce ne fut pas concluant : les frottements de leur sexe en moi annihilaient les sensations que mes caresses me procuraient. Vagin et clitoris ne faisaient pas bon ménage. J'en ai pris mon parti, et j'ai redoublé d'ardeur pendant mes séances de masturbation solitaire. Triste déchéance pour un être douée depuis son plus jeune âge d'une si belle sensibilité pour les choses de la chair…

Le Magic Wand

Mais cela, c'était avant de rencontrer Amory X. Bien que son nom puisse prêter à confusion, ce n'était pas un sextoy. Je vous jure qu'Amory est un vrai mec, un mâle en chair, en os, en muscles et en bite tendue. Le type même de l'homme qui, d'ordinaire, me laisse de glace. Oui, mais voilà, son truc à lui, c'est le plaisir féminin. Moi, j'ai la masturbation pour me satisfaire. Lui, les conditions *sine qua non* de son orgasme sont plus subtiles : ce sont les soubresauts qui agitent le ventre des filles, les vibrations de leur sexe, leurs ongles qui pénètrent sa chair à l'annonce du décollage, les râles et les cris qu'elles émettent en explosant de bonheur. Alors imaginez sa frustration lors de nos premiers ébats ! Devant mes attitudes de carpe insensible, il était tout bonnement incapable de prendre son pied. Très amoureux, il n'a pas baissé les bras. Au contraire, il s'est mis au défi de me faire jouir. Dans un premier temps, il m'a demandé de me branler devant lui, juste pour le plaisir de voir mes joues s'empourprer et mon souffle s'accélérer, et alors seulement, il parvenait à expulser sa semence.

Et puis Amory a eu une idée de génie. Un soir, il est arrivé chez moi avec un cadeau. En défaisant l'emballage, j'ai découvert un objet bizarre : un long manche en plastique surmonté d'une boule grosse comme une balle de tennis. L'engin, qu'on aurait pu prendre pour un ustensile de cuisine sophistiqué, était équipé de boutons, d'un fil électrique et d'un adaptateur.

— C'est le vibro Hitachi, le Magic Wand, il vient directement du Japon, c'est ce qu'on fait de mieux dans le genre, me dit Amory.

Sur le coup j'étais dubitative. J'avais déjà essayé des sextoys, mais leurs vibrations timides me chatouillaient plus qu'elles ne me faisaient décoller, et je les oubliais vite dans un fond de tiroir, leur préférant toujours les frictions de ma brosse à cheveux.

Toutefois, pour ne pas vexer Amory, qui me fixait avec une lueur d'espoir touchante dans le regard, j'ai essayé l'engin, sur la paume de ma main pour commencer. Quand ses vrombissements ont démarré, mon bras en a été électrifié, mes muscles tétanisés. J'en sursautais, la peau hérissée par la chair de poule. Waouh ! Je ne m'attendais pas à une telle puissance. J'ai tout de suite compris que j'avais à faire à un vibro hors catégorie. La Maserati des sextoys.

Amory me regardait toujours en souriant, de ce regard transi qui me faisait fondre.

J'étais très amoureuse de lui et ces sentiments étaient réciproques. Je ne voulais pas le décevoir. Son cadeau, ses espoirs, sa satisfaction, et son sexe qui commençait à déformer son jean, tout cela m'avait vraiment excitée. Amory a glissé une main dans ma culotte. Lorsqu'il a découvert l'état d'humidité avancé de ma vulve, j'ai bien cru que sa queue aller faire éclater sa braguette. Alors bien sûr, je l'ai libérée. J'ai promené une langue taquine sur toute sa longueur, insistant sur le gland et les testicules. Mon amant était tout tremblant d'impatience. Il bafouillait et s'extasiait. Je l'ai allongé sur le lit, et sans dire un mot, je me suis empalée sur son chibre. J'aimais l'avoir en moi, j'aimais la puissance de cette sensation d'écartèlement. Mais, comme d'habitude, les frottements, quoiqu'agréables, ne m'ont pas transportée au ciel. Amory s'est alors muni de l'engin. Il l'a posé sur mon pubis.

— Tu es prête ?

J'ai fait oui de la tête. Difficile d'expliquer l'excès de sensations que j'ai ressenti au contact de l'embout sous tension. Cela ne ressemblait à rien que j'avais pu connaître auparavant durant mes séances de masturbation ou pendant les rapports sexuels. Bien sûr, mon clitoris était stimulé, mais c'était bien plus que cela. Les ondes électriques parcouraient mon corps entier. Mon ventre, surtout, réagissait : il bondissait, tremblait, se soulevait, aidé dans sa danse par Amory qui me faisait sauter sur ses hanches, ses doigts robustes refermés autour de ma taille. Le spectacle de mon plaisir l'excitait tellement que ses coups de boutoir gagnaient en vitesse et en vigueur. Son pénis, enragé comme s'il avait voulu rivaliser avec les performances de la machine diabolique, me pilonnait à m'en faire crier. Pour une fois, je goûtais pleinement aux frictions de sa queue en moi. C'était bien meilleur que la masturbation. Il me semblait que les vibrations de l'engin m'ouvraient mieux sur la verge qui me pénétrait et que j'en découvrais enfin tous les bienfaits. Le déluge de frissons qui m'envahissait était invraisemblable, il saisissait tous mes membres. Je me sentais aliénée à ce plaisir, qui rendait le vibromasseur, comme le sexe de mon partenaire, indécollables de moi. À mesure que ma jouissance approchait, je voyais le visage d'Amory s'éclairer :

— Waouh, c'est magique, si tu savais comme ta chatte vibre, on la croirait possédée, j'ai jamais ressenti un truc pareil. J'ai l'impression qu'elle va me digérer…

Puis il s'est tu, il a serré les dents. Je voyais qu'Amory se retenait : il m'attendait. Il avait compris la révolution qui s'opérait en moi. Mes spasmes, mes frémissements, mon humidité, la chaleur de mes muqueuses : tout cela, il l'avait senti sur le bout de sa queue. Et maintenant il voulait m'accompagner jusqu'au Nirvana. J'ai accéléré la cadence : mes fesses rebondissaient sur ses cuisses, ma peau claquait sur la sienne, mes sucs engluaient son sexe. La vague approchait, je sentais son écume monter des profondeurs de mon ventre. Je n'avais jamais soupçonné que la jouissance pouvait partir de si loin. Alors j'ai planté un regard hébété dans les yeux d'Amory :

— Maintenant !

Les martèlements de son sexe ont gagné en vigueur, faisant voler en éclat mes dernières résistances. Lorsque l'orgasme nous a foudroyés, nous avons tremblé, crié, pleuré, imploré Dieu. La machine ronronnait encore lorsque la dernière secousse nous a saisis.

Depuis ce jour, Amory X, Magic Wand, et moi, formons un trio inséparable. Je ne peux plus me passer de mon amant, qui ne conçoit plus nos ébats sans les vibrations du Japonais survolté, lequel ne met guère plus de quelques minutes à nous emporter dans les tourbillons de l'extase. En compagnie de ces deux partenaires, j'ai trouvé l'équilibre qui manquait à ma jouissance. Comment aurais-je pu deviner qu'elle ne tenait qu'à 500 grammes de technologie, quelques ampères, et 17 centimètres de chair gonflée…

Mais je ne suis pas guérie de mon addiction pour autant. Branleuse un jour, branleuse toujours. Je déplore juste la taille disproportionnée de mon nouveau sextoy, qui m'a fait réviser la dimension de tous mes sacs à main. Moi qui aimais les pochettes discrètes, me voilà constamment affublée de besaces informes. Et puis, je dois faire un dernier aveu : mes séances de masturbation, si elles ont gagné en vibrations, n'ont plus tout à fait le charme d'antan. J'éprouve une sorte de manque, une absence, un subit besoin de queue lorsque je me stimule le clitoris… Devrais-je investir dans un godemiché ?

Activités de plein air

Laurent, un soumis dont j'avais fait la connaissance à l'occasion d'une soirée privée, était devenu mon « favori ». C'était du moins son statut officiel depuis qu'un soir d'égarement, je l'avais laissé accéder à mon corps, plutôt que de lui servir coups de fouet et brimades de dominatrice. Son physique athlétique et son endurance exceptionnelle en faisaient un morceau de choix inscrit en tête de liste de mes amants occasionnels. Je ne me privais donc pas de profiter de ses remarquables services sexuels au gré de mes caprices, si bien que nos appétits charnels l'emportaient bien souvent sur les codes BDSM. Bien sûr, je ne manquais pas de lui passer un collier de cuir autour du cou lorsqu'il se présentait à moi et je le menottais dès que le cœur m'en disait. Mais en dépit de ces modestes accessoires, nos entrevues s'apparentaient plus à des plans cul débridés qu'à des séances de domination. Cunnilingus et anulingus interminables, positions rocambolesques, sodomie, godemichés, jeux d'exhibition, mots crus, crachats, gifles, peu d'éléments manquaient à notre tableau de perversions. Laurent ne me refusait rien, et pour la forme, il me vouvoyait toujours. Cependant, il n'hésitait pas non plus à exprimer des demandes peu orthodoxes. Un jour, il m'adressa cette touchante requête : « J'aimerais vraiment que vous m'offriez une fellation ».

Sucer un beau mec bien membré n'est pas contre mes principes, bien au contraire. Mais lorsque ledit jeune homme se prétend soumis, j'ai tendance à devenir fainéante. Étiquette oblige. N'est-il pas là pour servir mon plaisir et uniquement mon plaisir ? Je ne suis pas opposée à l'idée qu'il prenne son pied, mais de là à mettre la main à la pâte…

J'avais donc réfléchi longuement avant de lui proposer un rendez-vous à la hauteur de ses attentes. J'avais en tête de lui accorder ce qu'il me demandait, tout en redressant la barre de cette relation qui s'éloignait de plus en plus de ses fondamentaux.

Je ne l'avais pas convoqué chez moi car je me sentais l'âme bucolique. Laurent devait venir me chercher en voiture. Le rendez-vous était fixé dans la cour de l'immeuble. Il n'avait pas reçu d'autres instructions et ignorait tout de son sort. Lorsqu'on a un scénario coquin en tête, il faut entretenir le suspense. Pourtant j'étais encore loin d'imaginer la tournure perverse que prendraient les évènements…

Laurent m'apparaît tout sourire, la mine ravie et le regard brillant, sous le porche de l'immeuble. Visiblement le mystère qui plane autour de cette soirée ne le laisse pas de glace. Toutefois, pour le remettre à sa place et l'empêcher de prendre des libertés d'amant, je sors son collier de mon sac et le lui accroche autour du cou, avant d'exiger un baisemain protocolaire.

Le contact de ses lèvres me transporte aussitôt, et, comme je ne suis pas femme à tergiverser, je décide de passer immédiatement aux choses sérieuses. Je suis vêtue d'une veste noire ajustée sur une robe légère dont la jupe s'évase jusqu'aux genoux, laissant apparaître mes jambes parées de bas couture. En revanche je ne porte pas de culotte. Sans plus de cérémonie, je saisis Laurent par l'anneau de son collier pour le contraindre à s'agenouiller. Puis, d'un geste ferme, je fais passer sa tête sous ma jupe et le guide entre mes cuisses écartées.

— Applique-toi mon grand ! J'ai envie de jouir.

Machinalement Laurent a resurgi de sous ma jupe pour regarder à droite et à gauche. Mais la crainte d'être surpris dans cette posture semble redoubler son excitation, et il disparaît de nouveau sous ma jupe, caressant déjà mon sexe de son souffle chaud.

Sa langue se montre encore plus adroite que d'habitude, ne ménageant pas ses efforts pour faire de cette situation incongrue un moment d'intense volupté. Il y a en effet quelque chose d'extrêmement grisant dans cette combinaison inhabituelle d'éléments du quotidien et de sensations intimes. Les vêtements sur ma peau, les bruits de la vie de quartier, les odeurs de cuisine, la brise légère qui court sur mon visage : tous ces détails s'allient et contrastent admirablement avec l'humidité de la langue experte qui s'agite sur mes muqueuses échauffées. Sujette à un débordement de sensations, je me laisse vite emporter par un profond orgasme qui me fait vaciller sur mes talons aiguille. Laurent quitte mes jupons de justesse : une voisine nous salue en sortant.

Laurent me conduit à sa voiture. Je m'installe sur le siège passager où je lui fais part de notre destination : un bois situé à une trentaine de kilomètres de la capitale. Mon favori se révèle bon conducteur et il me vient à l'idée de pimenter le jeu :

— Tu ne te débrouilles pas mal au volant, mais sais-tu seulement conduire d'une main ?

— Je crois que c'est envisageable, répond-il l'œil brillant de complicité.

— Caresse-moi, je m'ennuie… j'ai besoin d'un petit stimulant, dis-je en retroussant ma jupe sur mes hanches et en écartant les jambes.

Par ce procédé impudique j'expose si bien mon sexe et ses dentelles déjà ruisselantes que Laurent ne se le fait pas dire deux fois. Aussitôt ses doigts agiles le prennent d'assaut, entrouvrant délicatement les lèvres pour prodiguer à mon clitoris tendu des caresses vives et appuyées. Ces frottements, toujours plus rapides, allument en moi un feu consumant. Le regard troublé par les doux égarements du plaisir, je m'abandonne à ses massages en contemplant le paysage citadin paré de lumières multicolores. Aux feux rouges, Laurent me lance des regards lubriques si chargés et expressifs qu'ils me transpercent. J'ai ainsi un second orgasme sur le périphérique. Puis, repue et satisfaite, je laisse Laurent tranquille quelque temps… mais c'est pour mieux l'attaquer sur la nationale. D'une main déterminée, je fouille dans sa braguette pour y dénicher son sexe déjà terriblement bandé que je taquine sans détour ni pitié. Tantôt je l'agace juste du bout des ongles, tantôt je le branle plus franchement, mais sans jamais mener jusqu'au bout mes offensives. Sa frustration est un élément essentiel à mes projets.

Lorsque la voiture arrive à l'orée du bois, la nuit est en train de tomber, plongeant les lieux dans une pénombre inhospitalière. Nous pénétrons dans cette forêt endeuillée comme dans une pièce sombre, en écarquillant les yeux pour mieux percevoir les formes menaçantes qui jalonnent notre route. Laurent ne sait toujours pas pourquoi nous sommes là. Pourtant notre destination finale est toute proche : un terre-plein bordant un étang paisible où je dis à Laurent de stationner. Apparemment nous ne sommes pas seuls : une paire de phares indique la présence d'un autre véhicule. « Parfait » me dis-je, l'œil toujours rivé sur mes plans. D'autres voitures approchent déjà, nous aveuglant de leurs feux. C'est à moi de jouer. Donnant à Laurent l'instruction de se tenir prêt à démarrer si ça sent le roussi, je sors du véhicule et entame ma quête. Inlassablement, je danse entre les automobiles, toquant aux portières, questionnant, parlementant (et essuyant de nombreux refus) avant d'enfin dénicher la perle rare. Puis, le devoir accompli, je retourne dans notre véhicule, où Laurent m'attend, intrigué par mes manigances. En pénétrant dans l'habitacle, je me fais plus caressante que jamais. Avec des manières de chatte câline, je me penche au-dessus de sa braguette pour réveiller son membre, chatouille son gland d'une mèche de cheveux, saisis ses testicules à pleine main pour parfaire sa belle érection. Mon favori est sur des charbons ardents, si impatient que je le prenne en bouche. Mais au lieu de cela, je me redresse pour le regarder dans les yeux :

— Alors, tu te souviens de ta dernière demande ? Ton désir de fellation ?

— Et comment ! Vous me gâtez vraiment, cette forêt, ces voyeurs, vos caresses…

— Ce n'est qu'un début. Tu vas avoir l'occasion de me procurer beaucoup de plaisir. Tu vois cet homme là-bas, dans l'automobile ? Il va se joindre à nous pour que tu le suces. Je serai sur le siège arrière à vous observer tous les deux. Il y a longtemps que j'y pense, tu n'imagines pas combien ce genre de spectacle me stimule. J'en dégouline déjà.

L'endroit est en vérité le lieu de ralliement d'intègres pères de famille en mal de frissons homosexuels. Pas de prostitution a priori, juste un échange de bons procédés. Mon plan était d'aller à la rencontre de ces hommes pour leur proposer les services de suceuse de mon favori, à la condition expresse que j'assiste, en tant qu'observatrice, à leur petite affaire. J'ai fini par dénicher un complice en la personne de ce quadragénaire blondinet en chemise noire qui nous observe de l'habitacle de son auto.

La surprise de Laurent est à la mesure de l'ampleur de mon piège : je l'ai bel et bien roulé ! Cependant il n'est pas dans sa nature de se dégonfler, et encore moins de me refuser quoi que ce soit.

— Je ferai de mon mieux Maîtresse… dit-il, un brin déçu, mais toujours excité, à en juger par la raideur de sa queue que je tiens toujours dans ma main.

— Ne fais pas l'innocent… je sais que ça t'excite de jouer les suceuses pour moi ! Avoue ?

Laurent rougit, un sourire en coin.

— Vous devez avoir raison…

— Tu as déjà fait ça ?

— Pas vraiment, j'ai juste branlé une queue une fois dans un club, pas trop mal d'ailleurs, dit-il d'un air fier.

— Tu verras, en avoir une en bouche est une sensation incomparable.

— Peut-être. Mais oserais-je ajouter que c'est votre regard voyeur qui m'excitera le plus ? J'ai besoin de votre autorité, de votre présence féminine, de votre plaisir, ça me rend… invincible.

Laurent m'en sert plus encore que je ne le désirais. Ma chatte s'enflamme d'impatience à chacun de ses mots. J'imagine déjà ses belles lèvres charnues odieusement distendues par la verge raide, ses yeux mi-clos, ses doigts robustes taquinant les couilles, et toutes ces évocations m'échauffent le ventre jusqu'à l'insoutenable. Je ne peux plus attendre.

Je sors alors du véhicule pour m'installer à l'arrière. Ce signal indique à son partenaire qu'il peut nous rejoindre. La rencontre entre les deux sbires est des plus touchantes. Ils se saluent poliment le regard rivé sur leurs chaussures. Puis Laurent se penche timidement vers la braguette de l'individu. Il en extirpe une très belle verge : longue, large, et bien dure. Un modèle de pénis ! On ne pouvait rêver mieux pour une initiation ! Aussitôt

Laurent prend le joli membre en bouche. Pas de coups de langue ni de taquineries préliminaires, il va droit au but. Dès qu'il sent la queue lui occuper la gorge, sa réserve s'évanouit pour laisser place à un appétit vorace de véritable suceuse. Appliqué, il pompe goulûment la verge, sans oublier d'aller régulièrement lécher méticuleusement les testicules, qu'il traite avec presque autant de soins et d'attentions que le gland. Sa main ne chôme pas non plus, branlant le pénis à sa base au rythme du massage de ses lèvres. De temps à autre, en bonne suceuse toujours insatiable, il sait enfoncer bien loin l'énorme queue au fond de sa gorge pour mener son partenaire au paroxysme du plaisir. Pour ma part, j'ai rarement été aussi stimulée par le spectacle de deux hommes ensemble. D'une main glissée sous ma jupe, je me frictionne énergiquement le clitoris sans perdre une miette du spectacle. Mon sexe engorgé suinte, inondant mes cuisses. L'attirance que je ressens pour Laurent explique en partie cet état d'excitation, mais je me délecte aussi de l'avoir si bien berné. Tout à l'heure fier et sûr de lui, il est à présent rabaissé et humilié pour mon plus grand bonheur. Pourtant il n'est pas en reste. Le zèle qui guide ses lèvres dénonce le plaisir inavouable qu'il prend à ces opérations. Une suceuse est née ! Non seulement habile et motivée, mais aussi perverse et acharnée. Combien de fois, en effet, le vois-je gober la queue jusqu'aux amygdales à s'en donner des haut-le-cœur, sans pour autant battre en retraite. Avec un tel partenaire, l'inconnu ne résiste pas longtemps. Bien vite les premiers spasmes de l'orgasme se font sentir et il jouit le sexe logé dans la bouche de Laurent. C'est malheureusement le préservatif qui recueille son sperme, si bien que je reste un peu sur ma faim. J'aurais tant voulu voir les lèvres de Laurent barbouillées de foutre. Mais j'ai une autre idée en tête. Sans nous embarrasser de la forme, nous congédions l'inconnu. La belle application de mon favori a allumé en moi des désirs animaux qu'il me faut satisfaire au plus vite.

Je commande à Laurent de nous conduire jusqu'à un petit chemin forestier de l'autre côté de l'étang. Les phares allumés, je lui ordonne de sortir du véhicule.

À présent que j'ai assouvi mes pulsions voyeuristes, un appétit plus féminin me vrille le ventre. Sans réfléchir, je m'assois sur le capot de la voiture pour profiter de la superbe queue de mon favori. Mon sexe, moite et gonflé, surexcité par les évènements, n'a pas besoin de préliminaires : seul lui manque une présence oblongue massive. Lorsque la verge puissante me traverse, j'éprouve une insigne volupté, comme une soudaine détente de tous les nerfs. D'un pied je presse la croupe de Laurent à une cadence étudiée pour lui indiquer le rythme qu'il doit adopter. Par moments, ses pulsions masculines reprennent le dessus, mais il me suffit de le rappeler à l'ordre d'un « oh là » comme l'on commande un cheval afin que tout rentre dans l'ordre. Puis lorsque mes besoins se font plus impérieux, je l'autorise à s'emballer pour me mener vers l'orgasme de ses coups de reins toniques et vigoureux.

Cependant, la jouissance passée, je ne suis pas tout à fait satisfaite. Il me faut décharger en lui. J'ordonne :

— Maintenant, à genoux, entre mes jambes !

Laurent obéit et s'apprête à me lécher, mais je l'arrête en ricanant :

— Tu rêves ! Je vais plutôt finir le boulot : tu n'as encore rien avalé, un comble pour une suceuse !

Comprenant mes projets, Laurent me présente sa bouche béante tel un calice. J'y déverse un remarquable jet d'urine. Une furieuse volupté, pareille à une seconde jouissance, m'emporte tandis que je me soulage dans sa gorge. Pourtant je prends soin de marquer des pauses régulières afin qu'il avale tout sans s'étouffer et ne perde pas une goutte de l'élixir doré. Laurent boit avec une ferveur émouvante jusqu'à la dernière giclée du liquide.

Sur le chemin du retour, je remarque une fiche cartonnée négligemment posée sur le tableau de bord. Interpellée, j'interroge Laurent du regard. Il m'explique fièrement :

— Le type m'a laissé sa carte de visite en partant.

— C'est vraiment flatteur, il ne s'y est pas trompé! je lui rétorque en me saisissant du document.

« Loïc Floc'h, Les plaisirs de Quimper, Restaurant »

— Formidable! Je sais où nous allons dîner samedi soir. J'ai le sentiment que tu n'as pas encore goûté à toutes les spécialités bretonnes!

Le chien

Aujourd'hui, ma maîtresse et moi déménageons. La semaine dernière, une terrible dispute a éclaté entre elle et son copain. Les portes ont claqué, des cris ont retenti dans toutes les pièces, les voisins ont tapé au plancher pour que cesse ce raffut. Dans ces cas-là, je préfère m'éclipser sous un meuble, la queue entre les jambes, et ne réapparaître que lorsque les forces en présence se sont calmées. Suite à ce remue-ménage, ma maîtresse m'a emmené en promenade plus souvent qu'à l'accoutumée. Nous avons gambadé sur les trottoirs, trottiné dans les ruelles, arpenté les cages d'escalier, et visité des appartements, tous plus biscornus les uns que les autres. « C'est incroyable le nombre de taudis que la capitale peut receler ! » s'est écriée ma maîtresse, désespérée, au téléphone avec son frère. Moi je ne m'en souciais guère, profitant de la balade, m'enivrant des mille et une marques odorantes laissées par mes congénères à chaque coin de rue. Mais ma pauvre maîtresse, inquiète, se rongeait les ongles en marchant très vite, à grands pas angoissés. Elle voulait quitter au plus vite son petit ami, Mathieu, d'après ce que j'ai compris. Ça ne m'a fait ni chaud ni froid, je n'ai jamais accroché avec ce garçon. Il m'a toujours considéré comme un intrus, une présence nuisible à son petit couple. Un rival peut-être ? Il est vrai que ma maîtresse n'est pas avare en caresses et autres signes d'attachement à mon égard. En revanche, elle se montre beaucoup moins démonstrative avec ses partenaires, je crois qu'elle se méfie des hommes. Parfois, je me dis que nous serions bien plus heureux tous les deux ! Qu'a-t-elle besoin de ces maudits garçons qui la laissent toujours insatisfaite alors que je la couvre de tant d'amour ? Quand elle rentre le soir, je me précipite dans ses jupes, je lui fais la fête, lui apporte ma balle. Mes facéties l'amusent beaucoup et la rendent gaie même dans ses jours noirs, ces soirs où son regard se voile, absent, sans que je comprenne bien pourquoi. Dans ces cas-là, il me faut redoubler de malice pour la distraire, alors je sors le grand jeu, je me donne en spectacle. Ma maîtresse a simplement besoin qu'on s'occupe d'elle.

Hélas, une fois de plus, nous n'allons pas vivre seuls tous les deux. Il paraît que ça coûte trop cher. Donc nous emménageons chez un autre garçon, en colocation. Lorsque nous nous sommes présentés chez lui la première fois, il m'a regardé de travers. Ça se passe toujours comme ça au début. Et puis il s'est adouci lorsque son regard a croisé les jambes de ma maîtresse, très courte vêtue pour l'occasion. Comme mon museau arrive justement à leur hauteur, je suis plutôt bien placé pour observer le manège des hommes quand ma maîtresse porte une minijupe. Ils ont toujours les yeux rivés sur ses gambettes qu'on croirait spécialement aimantées pour attirer leurs regards. Et quels regards ! On dirait qu'ils vont la manger toute crue. Il faut dire que c'est un beau brin de fille ma maîtresse, et ses jambes sont si longues, si douces… Comme ils doivent tous m'envier de pouvoir m'y frotter à toute heure ! Parfois je fais exprès d'en rajouter pour les faire enrager.

Le frère de ma maîtresse est venu l'aider à déménager ses affaires. Elle avait tout rassemblé dans un monceau de sacs et de cartons qui encombraient l'entrée. Ils ont dû faire plusieurs voyages pour les descendre jusque dans la voiture. Tout s'est fait très rapidement, dans la précipitation car, d'après ce que j'ai compris, Mathieu n'est au courant de rien. Elle lui réserve la surprise. C'est sa façon de se venger pour les insultes. Je me demande l'effet que ça lui fera de retrouver l'appartement à moitié vide. J'aimerais tant voir sa tête déconfite, ses grands bras ballants devant le champ de bataille déserté. Il paiera pour toutes les fois où il a fait exprès de m'écraser la queue, les autres où il a planqué mon panier sous un meuble, ou bien celles où il faisait mine de ne pas comprendre lorsque nous étions seuls tous les deux que je lui réclamais ma pâtée.

— C'est ton chien, Sarah, c'est à toi de t'en occuper, disait-il à ma maîtresse pour justifier l'écuelle vide.

Mais en attendant, c'est avec moi qu'elle part, toi tu restes sur le carreau gros balourd !

Tout le long du trajet, Sarah et son frère ont discuté ensemble. Lorsque je suis à l'arrière d'une automobile, j'adore passer ma tête par la fenêtre de la portière pour renifler les odeurs de la ville, observer les gens, et parfois aboyer sur les acolytes qui ne me reviennent pas, surtout les Yorkshire, bah, je ne supporte pas les Yorkshire et leurs airs insolents. Mais il ne faut pas se laisser duper par mon détachement apparent. Quand il s'agit de ma maîtresse, j'ai toujours une oreille qui traîne.

— Tu es sûre qu'il n'a pas d'idée derrière la tête ton nouveau colocataire ? Quand même, il ne demande pas beaucoup pour sa piaule, et puis comme par hasard il choisit une jolie fille sexy… ça sent l'arnaque ce truc. Tu as déjà entendu parler des colocations sexuelles ? En fait les mecs profitent de la misère ambiante pour se payer une nana conciliante à domicile.

— J'en ai entendu parler. Mais je crois qu'il l'aurait exprimé clairement dans ce cas-là. Pour l'instant, ce qui compte, c'est de me casser au plus vite de l'appartement de Mathieu. Un jour de plus là-bas et je le poignardais dans la nuit. Je ne dis pas que mon physique n'a pas aidé à précipiter sa décision. Peut-être bien que oui. Les hommes restent des hommes. Mais pour l'instant, y a rien de plus. Il a l'air plutôt gentil et carrément maladroit. Mais s'il me drague ou me fait des avances trop insistantes, je mettrai les points sur les i. Et si ça sent le roussi, tant pis, je pars ! Ne t'inquiète pas, ce type, j'en fais mon affaire.

Le nouveau nous a accueillis plutôt chaleureusement. Sarah peut entreposer ses affaires où elle veut dans le salon. Je comprends pourquoi ce n'était pas cher ! Elle n'a pas vraiment de pièce à elle, il s'est contenté de séparer la pièce à vivre d'un paravent, lui réservant ainsi l'espace courant de la fenêtre au canapé. Ce dernier n'étant pas convertible, Sarah a commandé un modèle adéquat qui lui servira aussi de lit. Ainsi le colocataire pourra remplacer son vieux sofa par un convertible dernier cri sans avoir déboursé un sou. D'après Sarah, il doit arriver demain. Alors je ne sais pas bien comment elle dormira ce soir. Alex lui a promis qu'elle serait tranquille dans le living car il passe presque tout son temps libre dans sa chambre, occupé sur son ordinateur. Apparemment ce type n'a pas de petite copine. Ça ne me surprend pas, il ne ressemble à rien.

Grand, maigre, il a le teint maladif de ces gens qui ne croisent un rayon de soleil qu'à leur corps défendant. En dépit de sa taille, il fait beaucoup plus jeune que son âge, on dirait une grande gigue comme on en croise à la sortie des lycées. L'un de ces adolescents abrutis qui me font tomber de la cendre sur le crâne ou m'écrase la patte avec leurs grosses chaussures de sport sans même remarquer ma présence.

Depuis que nous sommes arrivés, je suis passé plusieurs fois devant la chambre d'Alex, pour l'observer, l'air de rien. Il laisse la porte entrouverte pour faire un courant d'air, dit-il. J'ai plutôt l'impression qu'il ne peut pas la fermer tant la pièce dégouline d'un désordre insensé d'objets et de vêtements qui se déversent jusque dans le couloir. J'ai beau aller et venir en faisant mine de jouer avec ma balle, j'assiste toujours au même spectacle. Il reste assis sur un gros fauteuil en cuir éventré, les yeux rivés sur l'écran qui projette des lueurs de toutes les couleurs sur son visage. L'une de ses mains s'agite sur une coque plastique mouvante, tandis que l'autre conduit inlassablement sa cigarette jusqu'à ses lèvres.

Sarah est d'une nature affable, elle aime la compagnie et s'accommode mal des âmes solitaires. Aussi, dès ses premières marques prises, a-t-elle entrepris de faire sortir l'ours de sa tanière. Rien ne l'exaspère plus chez un homme que l'indifférence. Madame entend être toujours au centre de leurs préoccupations. Alors, elle s'est glissée dans le couloir, et a crié :

« C'est l'heure de l'apéritif! On prend un verre ? »

L'idiot a sursauté comme s'il avait entendu une alarme de sécurité. Le pauvre n'est vraisemblablement pas habitué à ce qu'une voix féminine froisse le silence de son intérieur. Mais comme il tardait à s'extraire de ses occupations, ne répondant que par un vague mugissement, Sarah, offusquée, est revenue à la charge :

— Allez ! Viens ! Il est temps qu'on fasse un peu connaissance, non ?

Cette fois-ci, elle tire par le bras le benêt dont la réaction ne se fait pas attendre. Surpris et gêné par ce contact, le bienheureux glousse tout le long du trajet, le corps agité de soubresauts. Lorsqu'il est mal à l'aise, Alex émet un rire étrange, une sorte de hoquet rapide que je croyais propre à mes délicieuses amies les volailles.

Tous les deux s'installent sur le vieux sofa, laissant une certaine distance entre eux. Pour combler le vide je me précipite entre leurs jambes. Ma maîtresse, toujours flattée par mes sollicitations, glisse ses doigts entre mes poils, gratte mon museau, chatouille ma queue.

— Tu as dit qu'il s'appelait comment ? demande le colocataire.

— Charlie. À cause de Charlie Chaplin, c'est un clown comme lui, et puis il lui ressemble un peu avec sa tache noire sur le museau.

Pour illustrer son propos, je me dresse sur mes pattes, tournoyant sur moi-même comme pour attraper ma queue, puis je m'immobilise, avant de me ruer entre ses jambes. Sarah porte de longues bottes de cuir dont l'odeur fauve me flatte les narines. Sans me soucier de leur lustre, j'y frotte abondamment mon museau humide, jusqu'à ce que ma maîtresse ne m'arrête dans mon élan. De ses mains douces elle me soulève du sol puis m'élève au-dessus d'elle, comme pour me faire planer. De là-haut, je vois la tête du colocataire qui nous regarde tous les deux.

Alex n'a pas réagi, il observe, muet face à notre intimité. Que peut-il bien penser ? Sans doute se rend-il compte que nous sommes bien deux à avoir emménagé chez lui, deux êtres soudés contre un malheureux garçon solitaire.

— Bon, alors, qu'est-ce qu'on boit ? questionne Sarah, en me reposant sur le sol.

— Euh… ben, de la limonade ?

Décidément, il n'est toujours pas à l'aise.

— Pouah, je déteste, tu n'as rien de plus glamour ? Un petit alcool sympa ?

— Euh, non, pas trop, il reste peut-être une bière.

Son hoquet a repris, décuplé par la vision de

ma maîtresse, bombant exagérément le torse pour prendre sa respiration. Sarah s'exclame dans un soupir théâtral :

— Il va falloir que je reprenne les choses en main dans cette maison. Allez, sers-nous ta bière, mais alors dans un beau verre.

Les mains croisées derrière son cou, le corps rejeté en arrière, les cheveux épars sur le dossier du canapé, elle s'impose avec candeur, éparpillant dans l'air ses enivrantes hormones femelles.

Ma maîtresse maîtrise à merveille l'art d'exiger avec une telle légèreté qu'on a peine à se rendre compte qu'il s'agit d'un ordre. Et le pire, c'est qu'on s'exécute toujours bêtement. « Va chercher » et je rapporte ma balle, en remuant la queue à tout rompre, « Assis », et je m'immobilise immédiatement, séant cloué au sol et regard éperdument suspendu au sien.

Alex, sans surprise, ne déroge pas à la règle. Déjà il s'affaire dans la kitchenette, cherchant frénétiquement un verre, non souillé et non ébréché, la combinaison des deux semblant rare chez lui. Il finit par en dénicher un, et le ramène tout content sur la table. Lui boira à la bouteille, comme à son habitude. D'abord, ils parlent de tout et de rien, de leurs jobs. Alex est graphiste, il paraît que ça justifie les heures passées devant son ordinateur. Sarah lui parle de son boulot, de ses clients. Elle est très gaie et communique sa bonne humeur à son interlocuteur, qui commence à se détendre. Il rit de bon cœur à ses imitations. Je crois que ce n'est pas un mauvais garçon. Puis arrive le sujet délicat du canapé, mais ma maîtresse, sûre d'elle, ne perd rien de son aplomb.

— Alors comment s'organise-t-on pour cette nuit ? Ton canapé est un peu défoncé…

— Ouais carrément, ça fait des lustres que je l'ai, parfois mes potes dorment dessus, mais c'est pas le grand confort.

— Hum…

Ma maîtresse fait la moue en se caressant le menton, attendant une réaction.

— Je pourrais dormir sur le canapé, pour une nuit, ça va pas me tuer, ose-t-il avancer en gloussant. On dirait qu'il a honte de se conduire comme un homme.

— Vraiment ? Ça ne te dérange pas ? minaude-t-elle en battant des paupières, faussement soucieuse.

— En fait je ne peux pas dire que ça me réjouit, mais bon, il faut bien accueillir les gens avec un minimum de gentillesse, hein ?

Ma maîtresse éclate de rire devant sa balourdise. Mais elle ne relève pas sa remarque, bien satisfaite de sa victoire.

— Bon ! Alors je peux disposer mon sac dans ta chambre pour cette nuit ? interroge-t-elle, en frappant d'un bond le sol de ses talons, déjà prête à saisir son sac.

— Vas-y, fais comme chez toi.

Lorsqu'elle disparaît dans le couloir, souple comme une anguille, alors qu'il n'a pas même achevé sa phrase, je crois que le pauvre garçon commence à comprendre qu'on ne peut pas canaliser l'énergie dont elle déborde.

Ma maîtresse a disposé mon panier, un large panier en feutrine rembourré, bien en évidence dans le salon, près du sofa. Mais avant de m'y installer, je suis allé vérifier que tout se passait bien dans la chambre. Lorsque je suis entré, ma maîtresse était déjà lovée sous les couvertures, feuilletant un magazine féminin. Sarah semblait calme, parfaitement détendue, elle m'a tout de suite tendu sa main pour que j'y approche mon crâne. Alex avait fait un peu de rangement pour qu'elle puisse accéder au lit, il avait aussi eu la mauvaise idée de changer les draps, du coup interdiction pour moi de monter dessus ! Ce que je peux détester ça ! Mais je dois respecter les volontés de ma maîtresse, même lorsque je n'y entends rien. Donc, après avoir reçu mes caresses de bonne nuit, je suis retourné sagement dans le salon, où Alex s'apprêtait à se coucher lui aussi.

Tranquillement allongé dans mon panier, j'observe la scène. Alex doit replier ses grandes jambes pour faire tenir toute la longueur de son corps dans l'assise du canapé. Il porte un caleçon et un T-shirt en sale état. Un simple plaid lui sert de couverture. Le pauvre garçon semble bien agité. Il ne cesse de bouger, les yeux toujours grands ouverts. Lorsque son regard croise le mien, j'essaie de faire semblant de dormir, pour mieux l'épier. Je me demande ce qui se trame dans son crâne. Il s'agite, se gratte, soupire. Son manège dure un bon moment avant qu'il émette un long râle guttural et trouve enfin le sommeil. Rassuré de le voir assoupi, je m'endors à mon tour.

Le nouveau canapé est arrivé. Ma maîtresse a fait son lit, installé ses affaires dans le salon, ajouté sa vaisselle à celle du colocataire. Elle marque son territoire. Petit à petit notre vie reprend son cours normal, le matin, dès qu'elle est habillée, je cours vers elle, ma laisse dans la gueule, pour lui signifier qu'il est l'heure de la promenade. Elle rit « Ah il ne faut pas t'en promettre à toi ! » et m'emmène de bon cœur gambader dans les rues encore assoupies de la capitale. Après une petite trotte, nous rentrons, et elle part travailler, toujours sur les chapeaux de roues. Ce que je préfère c'est la grande escapade du soir, lorsque tous les Parisiens et leurs gentils toutous sont de sortie, il fait souvent nuit noire quand nous sommes de retour à l'appartement, où ma pâtée m'attend, généreuse. En somme tout irait pour le mieux s'il n'y avait pas Alex, ce fauteur de troubles. On ne peut pas dire qu'il est désagréable, mais je trouve son comportement de plus en plus étrange, assez différent de celui des autres hommes avec qui j'ai eu le malheur de loger. Il ne parade pas, n'impose pas ses lois, ne cherche à chagriner personne. Il serait plutôt discret s'il n'y avait ses innombrables gloussements, sonores et convulsifs qui redoublent de puissance lorsque ma maîtresse s'adresse à lui. Je crois qu'il fume plus encore depuis que nous avons emménagé chez lui. La nuit il tarde toujours à trouver le sommeil. Il s'agite comme un fou à lier dans ses draps en émettant des bruits de cocotte-minute. Bon sang! Voilà un humain qui grogne plus que moi!

Décidément, quelque chose cloche avec ce type, il m'inspire même quelques craintes. Redoutant que derrière ses airs d'ange il ne prépare un mauvais coup, j'ai entrepris de l'espionner jour et nuit. On n'est jamais trop prudent. Ainsi j'ai développé diverses stratégies pour ne pas être remarqué. Avec l'expérience, je réussis à entrer dans n'importe quelle pièce sans qu'on s'en aperçoive, et, feignant de dormir ou bayant aux corneilles, j'épie chaque fait et geste. Mon seul problème, ce sont les portes fermées contre lesquelles je suis désarmé. Trop court sur pattes pour atteindre la poignée, je ne peux que les regarder, impuissant. Or une chose m'interpelle particulièrement ces temps-ci. Alex, qui laisse toujours les portes grandes ouvertes, s'enferme parfois dans sa chambre, pendant la journée, sans que je comprenne pourquoi. Ça ne dure jamais bien longtemps, mais lorsqu'il en ressort, je sens comme une odeur d'excitation collée à sa peau. Quelque chose de bizarre se trame là-dedans. Il faut que je tire cette affaire au clair.

J'ai décidé de me faufiler dans sa chambre pendant qu'il prendra sa douche et de me planquer sous son lit, jusqu'à ce qu'il commette son forfait. Comme pour me faire enrager, il se fait attendre. Mais je finis par le voir arriver, nu, l'eau encore dégoulinante sur ses épaules, les bras chargés de chiffons. L'air penaud, mais déjà tremblant d'impatience, il referme soigneusement la porte derrière lui. Sans avoir à forcer mon flair, je reconnais l'odeur distincte de ma maîtresse. Son parfum intime flotte dans l'air, nul doute là-dessus, je le reconnaîtrais entre mille. En y regardant de plus près, Alex tient dans ses mains des petites culottes imprégnées de ses effluves corporels. Il a dû les prendre dans le panier à linge sale. Moi aussi, quand j'étais chiot, j'ai joué à ce jeu, mais le mécontentement de ma maîtresse découvrant mon délit, et surtout sa mine désolée, m'ont dissuadé d'y revenir trop souvent. Je ne savais pas que les hommes trouvaient aussi plaisir à ce genre de rapine. Mais apparemment il y a plus d'un point commun entre les mâles humains et les chiens, car je vois maintenant Alex se repaître des odeurs subtiles déposées sur les culottes. Les yeux fermés, une main sur son sexe, il renifle, à grandes bouffées passionnées, chaque centimètre de tissu. À l'aide de ses doigts, il enfonce l'étoffe au creux de ses narines, prêt à s'en étouffer, jusqu'à ce que, ivre de cette vapeur femelle, il ne s'affaisse, à genoux sur la moquette, dans un râle retentissant, plus furieux que jamais. Une nouvelle odeur, celle de sa substance encore tiède me chatouille les narines, m'inspirant dégoût et mépris pour le personnage. Malheureusement, dans sa démence, le maladroit a fait tomber l'un des objets de sa vénération, juste au pied du lit. En se penchant pour le ramasser, il m'aperçoit. Un instant nos regards se croisent, le sien, pitoyable et honteux, le mien, méfiant et dédaigneux. Bien qu'il soit pris en flagrant délit, la colère l'emporte vite sur la honte. Après tout je ne suis qu'un chien pour lui. Tout à coup, une rage, féroce et inhabituelle, s'empare de lui. Comme possédé, il déverse sur moi quantité de méchancetés.

— Qu'est-ce que tu fous là, sale clébard ? Casse-toi d'ici ! T'as compris, je veux pas de clebs dans ma piaule ! J'te foutrais bien carrément dehors ni vu ni connu ! J'ai jamais signé pour me coltiner un putain de chien !

C'était le mot de trop. Pessimiste quant à mes chances d'avoir le dessus dans l'immédiat, je déguerpis aussitôt en rasant les murs, la queue entre les jambes, évitant de justesse une savate volante qui m'était destinée. Bon gré, mal gré, j'encaisse la défaite, persuadé d'avoir perdu une bataille, mais pas la guerre. J'ai la mémoire longue et la rancœur tenace. Le nez collé à la fenêtre du salon où mon museau humide laisse de grosses traînées blanchâtres, je rumine, élaborant ma vengeance. Il faut que j'amène Sarah à découvrir ses manigances. Ensuite, je n'aurai qu'à me délecter du résultat.

Aujourd'hui, ma maîtresse ne va pas travailler, m'a-t-elle dit. C'est le moment d'agir. Je doute que notre ami puisse se défaire de sa manie quotidienne. En cachette, j'ai subtilisé une culotte sale que j'ai dissimulée sous la couverture de mon panier pour me tenir prêt à l'assaut. Sarah est occupée dans la cuisine, je crois qu'elle y prépare un gâteau. J'entends la porte de la salle de bains claquer, puis celle de la chambre. C'est le moment d'agir. Sans perdre une seconde, je saisis la culotte dans ma gueule, et je me précipite dans la cuisine. Là, je cours de long en large, secouant ostensiblement l'objet du délit de gauche à droite. Sarah ne tarde pas à me remarquer :

— Charlie, qu'est-ce que tu as été cherché là ? Ce n'est pas un jouet, maman n'est pas contente !

Et au moment où elle s'apprête à me retirer la culotte de la gueule, je cours comme un forcené, Sarah à mes trousses, jusqu'à la porte de la chambre d'Alex où je m'immobilise. Sans faire de bruit, je désigne plusieurs fois la porte en secouant la tête. Piquée par la curiosité, Sarah pousse la porte pour découvrir Alex, aussi nu et misérable que possible.

— Mais qu'est-ce que tu fais là ? T'es dégueulasse ! s'exclame-t-elle, outrée.

— Mais non, je… c'est pas ce que tu crois… je… enfin…

Et voilà ses gloussements qui reprennent, plus grandioses et compulsifs que d'habitude, une vraie musique à mes oreilles ! Sarah a contourné le lit. Elle se saisit de ses culottes et les inspecte une par une.

— Bon sang, t'es qu'un putain de pervers, moi qui te faisais confiance, tu me dégoûtes.

— T'énerve pas comme ça, j'te jure… que…

Alex fixe ses propres pieds, incapable d'affronter le regard inondé de colère de ma maîtresse.

— J'me fous de ce que tu peux dire. Rends-moi tout ce que tu m'as pris et dégage.

— C'est bon, je t'ai tout rendu.

Sarah le foudroie du regard, tandis que, poussant un soupir de dépit, il vide la place, les fesses à l'air et le front bas.

— Sale pervers ! lui jette-t-elle encore alors qu'il referme la porte derrière lui.

Seule dans la chambre, ma pauvre maîtresse se laisse tomber sur le lit, sans force, et toute tourneboulée. Ses ongles s'enfoncent dans le matelas sous l'effet de la rage encore tenace qui bouillonne en elle. Une rage muette qu'elle tente de canaliser en respirant fort et régulièrement. À cet instant, je regrette ma démarche. Dans ma soif de vengeance, je ne mesurais pas la gravité de l'incident et la tristesse qui en découlerait. Bêtement, j'imaginais qu'elle agirait avec lui comme avec moi : elle le sermonnerait un bon coup avant de retourner joyeusement vaquer à ses occupations. Mais son abattement me fait prendre conscience de l'ampleur des dégâts. Que va-t-il se passer maintenant ? Allons-nous encore déménager ?

Dans l'immédiat, ma seule façon de réparer ma faute est de la consoler à ma façon. En bon chien, je saute sur le lit et pose mes pattes sur ses genoux encore tremblants. Un demi-sourire s'esquisse sur son visage contrarié. Gentiment je donne de légers coups de tête sur sa poitrine pour qu'elle me caresse. En me grattant le cou, elle déclare :

— Charlie, tu es vraiment le seul mâle qui vaille la peine d'être connu sur cette terre !

Si elle savait toute l'histoire, elle serait bien fâchée, me dis-je, gêné de recevoir un tel compliment en pareille situation.

Puis, tandis qu'elle m'observe de son air bienveillant, il me semble voir quelque chose briller au fond de son regard, fugitivement, comme une étoile filante. Au même instant, sa contrariété paraît s'estomper et, bien vite, elle bondit hors du lit. Comme si rien ne s'était passé, elle retourne dans la cuisine, et remet tranquillement la main à la pâte. Alex qui s'est rhabillé, rôde toujours dans le salon. En paria, il n'ose retourner dans sa chambre, pas plus qu'il ne s'aventure à croiser le regard de Sarah. Je le sens tendu, sur le qui-vive, redoutant les répliques de sa colère. Une fois le gâteau enfourné, Sarah pénètre dans le salon où, feignant d'ignorer la présence de l'indésirable, elle rassemble quelques-unes de ses affaires en une petite pile bien au carré. Peut-être allons-nous déménager, me dis-je, maudissant cette journée.

Mais au lieu de cela, elle annonce à Alex, le plus calmement du monde :

— Je m'installe dans ta chambre ce soir. Tu veilleras à faire un peu de ménage.

Bizarrement, Alex ne s'énerve pas, ne glousse pas non plus, il paraît plutôt soulagé.

— S'il y a que cela pour te faire plaisir, ça me va… balbutie-t-il.

— Parfait, je descends promener Charlie. Tiens, apporte-moi donc mes bottes qui sont près du canapé !

Alex s'exécute docilement. Occupée à me parer de ma laisse, ma maîtresse ne lui adresse même pas un regard quand il les lui tend. Mais ses yeux à lui, caressant subrepticement la courbe de ses jambes nues, en disent long sur le désir qui le tiraille encore et toujours. Ma maîtresse l'obnubile, c'est visible. Comment d'ailleurs ne m'en suis-je pas rendu compte plus tôt ? Son obsession pour ses petites culottes n'est qu'une des manifestations du démon qui le ronge. Il n'est pas bien différent de moi lorsque je renifle une odeur de femelle en chaleur. Déjà j'imagine son pelage soyeux, sa croupe rebondie, son regard brillant, et je suis sa trace comme un assoiffé dans l'espoir de la saillir. Avec mon flair hors pair, j'aurais tôt fait de la retrouver s'il n'y avait ma maîtresse pour me rappeler à l'ordre. Sa maîtrise sur moi est absolue. Et je crois qu'elle vient aussi de prendre toute la mesure de son pouvoir sur Alex.

— Nous y allons, nous serons de retour dans deux heures, tu sais ce qu'il te reste à faire ! s'exclame-t-elle en tirant sur ma laisse d'un coup sec.

Lorsqu'elle claque la porte, la malicieuse affiche un large sourire, qui ne laisse aucun doute sur le plaisir qu'elle prend à asséner ses directives.

Nous sommes revenus de promenade. Devant la porte d'entrée, je me demande bien ce que nous allons trouver dans l'appartement. Mais lorsque nous franchissons le seuil c'est pour découvrir un Alex fringant et détendu. Il a mis de l'ordre dans le salon, fait le ménage dans la chambre, rangé la pile de vêtements de Sarah dans son armoire. Ma maîtresse contemple ces changements d'un air satisfait, mais ne se fend d'aucun remerciement.

— L'appart a tout même plus d'allure comme ça, se contente-t-elle de dire en s'affalant sur le lit.

Alex comprend qu'il est temps pour lui de s'éclipser.

Je vais de nouveau dormir dans la même pièce que lui. L'idée ne me réjouit pas. Mais c'est ainsi, une vie de chien n'est pas qu'un long déroulement de sofas, d'écuelles garnies et de couettes moelleuses. Il faut aussi s'accommoder de situations frustrantes. De mon panier, je trouve Alex bien plus à son aise que la dernière fois. On dirait qu'il rêve les yeux ouverts. Soudain, des pas, ceux de ma maîtresse font craquer le parquet. Je la croyais couchée et endormie, mais elle est là devant nous, vêtue d'une simple nuisette qui affine sa taille et accentue ses courbes. Dans la lumière allumée du couloir, on devine en transparence les lignes harmonieuses de son corps svelte. Lorsqu'elle l'interpelle, Alex, bouleversé par cette vision trop érotique pour le célibataire frustré qu'il est, se redresse d'un coup.

L'aguicheuse passe les mains sous sa nuisette et fait glisser sa culotte le long de ses cuisses minces.

Puis, affectant des airs de star, elle lui lance l'objet au visage, avec force mépris.

— Tiens, je l'ai portée toute la journée, elle doit être à ton goût !

Le regard ahuri, Alex ne trouve rien d'autre à dire que :

— Ben merci…

Et Sarah s'en retourne dans son nouveau fief, laissant le balourd à ses occupations olfactives, qui l'occupent jusqu'à ce que le sommeil vienne l'arracher à sa folle ivresse.

— Alex, Alex !

C'est la voix légère de ma Maîtresse qui rompt la sérénité matinale. Surpris dans son sommeil, le fainéant sursaute. Sarah reprend de plus belle :

— Alex !

— Oui ! Qu'est-ce qu'il y a ?

— Viens ici.

Le benêt se précipite, en T-shirt et caleçon dans ce qui fut sa chambre. Il y trouve la belle Sarah, allongée sur le lit, les draps rejetés à ses pieds, la nuisette relevée jusqu'au ras des fesses et la peau encore toute rosie par la chaleur de la couette.

— Je suis carrément à la bourre… dit-elle en cambrant le dos pour s'étirer.

Dans cette attitude désinvolte, son corps, souple et élastique, projette en avant ses seins dont les tétons haranguent le plafond avec espièglerie.

— Il faudrait que tu descendes Charlie aujourd'hui. Je n'aurai pas le temps…

Sarah passe une main dans sa chevelure ébouriffée pour dégager la déferlante de boucles blondes qui baignent son visage d'un troublant charme enfantin. Ses beaux yeux nous apparaissent enfin, plus bleus et profonds encore dans la lumière blanche du matin. Qui saurait leur résister ? Pas moi ! Et encore moins ce nigaud d'Alex qui, subjugué par le feu d'artifice d'énergie et de féminité qui jaillit d'elle dès le matin, en reste penaud, incapable d'émettre une objection.

— Ouais d'accord, je m'habille et j'y vais !

— Arrête-toi à la boulangerie pour me prendre un croissant, pendant que tu y es.

Cette nouveauté ne me plaît pas beaucoup, mais puisque ça fait plaisir à ma maîtresse, je n'ai plus qu'à m'incliner. Alors je suis cet Alex encore tout chiffonné par l'émotion jusque sur le pavé.

Depuis l'affaire de la culotte, les choses ont beaucoup changé dans l'appartement. Alex est méconnaissable, et bien plus serviable qu'avant. Il a définitivement abandonné sa chambre à Sarah. Tous les matins c'est lui qui me conduit en promenade et qui, au passage, achète de quoi composer le petit-déjeuner de Sarah. Dans la journée, il fait le ménage, les courses, cire les bottes de ma maîtresse. C'est une véritable abeille voletant dans l'appartement et s'affairant sans cesse. Du reste il est beaucoup moins tendu qu'auparavant, ses paroles et ses regards sont plus francs, ses propos plus cohérents. Quel miracle ! Parfois il a même une petite caresse pour moi. Tout cela, c'est bien sûr à ma maîtresse qu'il le doit.

Chaque soir elle vient le voir dans notre salon, courte vêtue, et lui jette un vêtement qu'elle a porté en récompense pour sa peine. Culotte, chaussette, maillot… tout est bon pour satisfaire son appétit d'elle. Il la remercie et, si Sarah est dans de bonnes dispositions, elle lui donne un de ses pieds à renifler ou à lécher. Certains soirs elle lui lance même :

— Continue comme ça, et je te ferai une récompense encore plus belle, tu verras.

Décidément, elle a tout compris au fonctionnement des mâles de toute espèce.

Quand je n'étais qu'un jeune chiot fougueux, je tirais comme un malappris sur ma laisse pendant les promenades, et j'avais une fâcheuse tendance à déchiqueter tous les oreillers qui me tombaient sous les pattes. Quel plaisir d'y enfoncer mes crocs et de provoquer une pluie de plumes ! Oui, mais voilà, mes incartades ne convenaient pas du tout à maîtresse. Un jour elle m'a conduit chez un monsieur impressionnant, un homme très ferme et peu enclin à la plaisanterie, qui lui a montré comment me donner des ordres. Je devais marcher sans tirer, m'asseoir ou me coucher lorsqu'elle l'ordonnait et, si je faisais bien mes exercices, le monsieur lui avait appris à me récompenser en me donnant un de ces bâtonnets de viande séchée dont je raffole. Bien vite, j'ai adopté une conduite irréprochable, trop impatient de me régaler de ma friandise. Je ne sais pas si maîtresse y a pensé toute seule, ou si elle est allée voir le monsieur impressionnant avec Alex, mais le système de récompense qu'elle a adopté avec lui semble parfaitement adéquat. Il est devenu presque plus doux et docile que moi. La satisfaction de Sarah depuis qu'elle a instauré ces nouvelles règles fait plaisir à voir. Elle est gaie comme un pinson et déborde d'enthousiasme. Souvent, après le dîner, toujours servi par Alex désormais, elle m'emmène me balader, juste pour évacuer le trop-plein d'énergie qui l'assaille. Nous gambadons ainsi sans but dans la ville assoupie jusqu'à ce que nos pattes engourdies nous fassent rebrousser chemin.

Ce soir, une drôle de situation m'a surpris au sortir d'une longue sieste. Le salon est étrangement calme, pourtant c'est l'heure où Sarah et Alex conversent un peu après le dîner. J'ouvre un œil, puis l'autre, et n'aperçois aucun de mes colocataires. Dehors il fait nuit, le salon est plongé dans la pénombre. Ils ne seraient pas sortis sans m'avertir ? Ma maîtresse sait combien la solitude me pèse si je n'ai pas obtenu sa promesse de revenir bientôt. C'est plus fort que moi, lorsqu'elle n'est pas là, je ne peux m'empêcher de redouter le pire : qu'elle soit partie pour toujours, m'abandonnant seul avec l'autre. Qui sait ce qu'il adviendrait alors de moi ? Non, c'est impossible, ils doivent être dans une autre pièce. J'espère du moins que ma maîtresse n'a pas oublié notre promenade du soir. Sans perdre une minute, je bondis hors de mon panier, bien décidé à rappeler ce petit monde à ses devoirs. Je me dirige vers la poignée de porte du cagibi à laquelle Sarah a pris l'habitude de suspendre ma laisse et mon collier. Or quelle n'est pas ma stupéfaction de découvrir que l'une et l'autre ont disparu, comme volatilisés ! Cette histoire commence à me contrarier, y aurait-il un nouveau chien dans cette maison ? Et personne ne m'aurait averti de son arrivée ? Il faut que j'éclaircisse ce mystère.

J'entreprends d'explorer le couloir lorsque la voix de Sarah m'interrompt dans ma quête.

— Oui, comme ça, bon chien !

Je la cherche du regard et du museau. Elle n'est pas là, les sons proviennent de la chambre. Elle ne peut pas m'avoir vu. Je crois que ce n'est pas à moi qu'elle s'adresse. Pétrifié, je reste en arrêt, une patte en l'air.

— C'est bien, obéis à ta maîtresse.

Le pire est en train de se confirmer. Un autre canidé a pris ma place. Qu'ai-je fait pour mériter pareille traîtrise ? Je ne sais si je dois m'enfuir ou chasser l'intrus. Je rassemble alors mon courage pour faire face à l'ennemi et pousse du museau la porte de la chambre. Ce que je vois alors m'étonne plus que toutes mes conjectures réunies. Là, devant moi, planté sur ses quatre pattes, un Alex nu comme un ver a calé sa tête entre les cuisses de Sarah. Cette dernière lui a passé ma laisse et mon collier autour du cou. Les jambes écartées, elle exhibe son sexe glabre qu'elle tartine de gelée de groseille par intermittence. « Le bon chien », comme elle l'appelle, a pour mission d'en lécher jusqu'à la dernière goutte à chaque nouvelle cuillerée étalée. Et le scélérat se régale à grand bruit du sucre et des fluides de Sarah mélangés. Ma maîtresse rit, ondule, souffle entre ses dents. Elle prend un plaisir patent à réduire Alex à cette condition d'animal dressé à la satisfaire. J'en conçois une sourde jalousie que je finis par manifester par quelques grognements.

Alex se tourne alors dans ma direction. Grand mal lui en a pris. Le pauvre se voit infliger un coup de laisse sur l'épaule.

— Qui t'a dit d'arrêter maudit cabot ? s'écrie Sarah. Continue de lécher ou je t'assomme.

L'animal obéit. J'entends le plaisir de Sarah culminer. Le feu aux joues, elle se tord et bondit à plusieurs reprises, les ongles enfoncés dans le pelage de son nouveau chien.

Puis, un sourire triomphant aux lèvres, elle se lève et lisse sa nuisette transparente sur ses cuisses.

— Maintenant au pied, lance-t-elle sèchement en direction d'Alex.

Ce dernier, toujours à quatre pattes, est métamorphosé. Ses yeux brillants ne décollent pas des bottes de cuir de ma maîtresse qui, à présent, marche à grands pas solennels jusqu'au couloir, ordonnant d'une voix sentencieuse :

— Emboîte bien tes pas dans les miens, voilà, comme ça, comme mon ombre.

La surprenante créature mi-homme, mi-chien s'exécute, sans dire un mot. Pour seule réaction, il grogne entre ses dents, avec une volonté manifeste de communiquer son obéissance. Le singulier duo me frôle sans me regarder, trop absorbé par sa curieuse parade. Le souffle rauque d'Alex me démange le museau quand celui-ci passe près de moi. Ses muscles qui me frôlent sont brûlants, contractés et sa peau luisante dégage une odeur d'excitation que la raideur de son sexe, gonflé comme une baudruche, confirme aisément. Ses yeux hagards, comme ceux d'un somnambule tout tourné vers son rêve, se reportent tantôt sur les jambes bottées de Sarah, tantôt sur ses fesses fermes et mouvantes à travers le tissu transparent. La conscience absorbée par cette vision érotique, il exécute les ordres, comme grisé par son propre anéantissement. Je les suis jusqu'au salon, trop curieux de découvrir la suite des évènements.

Sarah, toujours aussi satisfaite, se tient debout près de mon panier déserté. D'un coup sec, elle tire le malheureux Alex vers elle.

— Au panier, c'est ici que tu dors ce soir.

Un nouveau grognement tient lieu de réponse à son ordre. Et tout de suite, son grand corps maladroit s'enroule dans le panier trop étroit. Ma maîtresse se penche pour décrocher la laisse de son collier, et l'ayant plié en deux, elle lui assène un coup retentissant sur le haut de la cuisse.

— Pas bouger, c'est compris ?

Sous l'effet de la surprise et de la douleur mêlées, le drôle de chien émet un glapissement strident, qui déclenche les foudres de Sarah. Un deuxième coup tombe, plus dur que le précédent. Sur sa peau, le cuir claque comme un pétard du Quatorze Juillet.

— Et pas un bruit, c'est compris ?

Vaincu, l'animal retors réprime jusqu'à son souffle.

— Voilà, comme ça, bon chien.

Par un semblant de caresse, Sarah ébouriffe les cheveux d'Alex, puis elle vide la place dans des éclats de talon, sans se retourner.

Un instant, je demeure ahuri devant le spectacle affligeant de mon nouveau compère, recroquevillé dans mon panier trop petit pour lui. Je m'approche, renifle son museau, mais il semble ignorer ma présence. Les yeux dans le vague, il s'agrippe compulsivement à son sexe, comme s'il voulait l'arracher de lui-même. Dépassé par sa conduite insensée, je laisse ce dément profiter de mon panier et me précipite dans la chambre de Sarah. Allongée sur le lit, elle regarde le plafond, un sourire béat aux lèvres. Lorsqu'elle entend mes griffes gratter le parquet, elle m'invite gaiement à la rejoindre sur le lit, en ouvrant grand les bras. Tout fou, je me jette au-devant de son embrassade et, le museau enfoui entre ses deux seins chauds, je me repais des effluves de sa jouissance, jouant de ma truffe sur sa peau rosée. Sarah pouffe, marmonne que ça la chatouille entre deux hoquets. Roulant sur une hanche pour atteindre la table de nuit, elle trempe un doigt dans la gelée de groseille et me le donne à lécher.

— Toi aussi, tu aimes ? demande-t-elle.

Souffre-douleur

15 février 1756

Lettre du comte de Mercy à la comtesse de Mercy,

Quel soulagement, Madame, de vous savoir en meilleure santé ! Souffrez, toutefois, que je fustige votre négligence : votre tante, Mme de Ronchamp que j'ai vue hier à Versailles et qui vous a visitée à Noël m'a fait connaître que vous passiez de longs moments dans les jardins avec un simple fichu de laine sur la gorge. Que signifient ces longues promenades solitaires en plein hiver et si peu couverte ? Je vous prie d'y mettre un terme pour l'amour de moi. Si votre dévotion est la cause de ces extrémités, sachez que la vie sage et retenue que vous menez à la campagne suffit amplement à montrer à Dieu votre âme pure. J'ose espérer aussi que mon absence ne vous cause pas de mélancolie. Je sais que vous y êtes sujette. Croyez que moi aussi, je souffre d'être séparé de vous, mais je souffrirais encore plus si je n'avais pas la certitude d'œuvrer ici pour le bien de ma famille et de mon nom. Je suis sans cesse retenu à Versailles par des affaires de cour auxquelles je ne peux me soustraire. Mais je ne trouve nul bonheur à côtoyer le monde. Il n'y est question que de dissimulations, de traîtrises et de manigances. Les femmes, toutes de fieffées coquettes, y montrent une affreuse figure, souriant faussement à seule fin de séduire. Ceux qui vous ont dit que je succomberais à leurs charmes sont des menteurs éhontés, je vous prie d'en être persuadée. Comment pourrais-je éprouver des sentiments pour toutes ces marquises aux mœurs immorales alors que je suis l'heureux mari d'une femme dont je ne cesse de louer le cœur, la modestie et la vertu auprès des courtisans ? On se trompe lorsqu'on loue les plaisirs de Versailles : la cour, Madame, est une fange, et votre belle âme serait souillée par de semblables tableaux. Je vous prie de croire que dans votre retraite, vous trouvez une félicité que je me languis de partager avec vous.

Mais laissons cela, et revenons à ce qui m'occupe.

Notre fils Nicolas vient de fêter ses sept ans. J'ai lu avec attendrissement sa lettre de remerciements pour le cadeau que je lui ai fait parvenir. J'espère que ce petit canon ne sème pas trop de troubles dans la propriété, le jeune homme m'ayant mandé qu'il le faisait tonner plusieurs fois par jour. Il est bon que la jeunesse s'exerce aux arts militaires, et justement je dois vous instruire de mes projets.

Il est grand temps de lui donner une éducation digne d'un gentilhomme. Je sais que ce sujet vous donne de l'humeur et que vous préféreriez garder Nicolas toujours auprès de vous. Sa gouvernante et vous-même prenez grand soin de l'instruire dans l'amour et la crainte de Dieu ce dont je vous sais un éternel gré.

Je n'ai jamais douté de l'intérêt sincère que vous prenez à tout ce qui regarde l'instruction de notre fils. Mais notre petit comte n'a déjà que trop éprouvé vos bontés maternelles. Il doit à présent recevoir l'éducation d'un homme du monde. Sur les conseils de mon ami M. de Vigogne, j'ai choisi deux personnes pour l'instruire. Un maître d'armes, M. Duquesnois, et un précepteur, M. de Barfleur, aussi brillant en latin qu'en grec. Ils viendront s'installer au château au début du mois prochain, c'est une chose entendue, ainsi que leurs gages que je réglerai grâce aux bontés du roi. Je ne crois pas avoir jamais mis tant de soin à une entreprise. Aussi pouvez-vous leur accorder toute votre confiance. Je vous sais accoutumée à déférer en tout à mon avis, or ce dernier est fondé en raison. Aussi, je vous prie donc de faire bon accueil à ces deux gentilshommes.

Mon valet me signifie que l'on m'attend, je suis au regret de conclure cette épître.

Recommandez-moi dans vos prières,

J'ai l'honneur d'être, etc.
Votre époux dévoué

À la lecture de la lettre, la comtesse de Mercy crut manquer d'air. Elle fit ouvrir une fenêtre, exigea sa fiole de sels de pâmoison dont elle respira les effluves à grand-peine, le visage aussi blanc que sa chemise. La voyant si près de l'évanouissement, une servante se précipita pour délacer sa robe et son corset, autant de précautions vaines. Toujours, la comtesse croyait étouffer, la poitrine écrasée par le poids de la terrible nouvelle. Son fils chéri ! Son cher petit Nicolas ! Seule sa présence pourrait la consoler. Elle ordonna qu'on le fît venir sur-le-champ. Dès que l'enfant parut, les cheveux en bataille et le feu aux joues car on l'avait interrompu pendant ses jeux de plein air, la comtesse se précipita pour l'embrasser. Un genou sur le sol, elle le couvrit de baisers, baignant son visage angélique de chaudes larmes. Et tout en caressant sa chevelure bouclée, dont les reflets dorés éclairaient ses bonnes joues rondes, elle pressait sa petite et tendre main contre son cœur. « Ah, mon bel enfant ! Savez-vous que votre papa va vous confier à des précepteurs ? Vous n'aurez plus l'heur de prendre votre instruction auprès de votre chère maman ! » À ces mots, l'enfant lui-même éclata en sanglots, donnant aux domestiques un spectacle si tragique que la femme de chambre elle-même versa une larme.

Puis la mélancolie l'emporta sur le drame. La comtesse demeura longtemps étendue sur sa bergère pendant que l'enfant, à ses genoux, jouait avec la chatte. Même les cris qu'il poussait lorsque l'animal, énervé par la pelote qu'il agitait sur sa truffe, le griffait, ne parvinrent à extraire sa mère de la torpeur dont elle était coutumière et qui n'était pas sans objet.

Voilà donc comment son époux avait choisi de la punir ! Cela ne lui suffisait pas de la tenir toujours éloignée du monde, maintenant il fallait qu'il martyrise son cœur de mère ! La comtesse avait toujours redouté ce moment où il chercherait à la séparer de son fils, mais elle le croyait trop occupé par ses maîtresses et trop peu soucieux de ses affaires familiales pour mener à bien pareille entreprise. Quelle mouche l'avait piqué ? C'était sans nul doute sa réponse aux remontrances de son épouse. Dans sa dernière lettre, la comtesse l'avait enjoint de mettre fin à son libertinage. Oh, cela faisait bien longtemps qu'elle ne souffrait plus ses infidélités, mais elle craignait pour le salut de son âme et redoutait que les affreux pêchés de son mari ne les entraînassent tous deux en enfer. N'était-il pas de son devoir d'épouse de le rappeler, comme le lui avait mandé son confesseur, aux liens sacrés du mariage ? Ne devait-elle pas tout mettre en œuvre pour l'éloigner du démon qui semblait avoir pris possession de son corps ? Dans ses prières quotidiennes, elle implorait Dieu et la

Sainte Vierge de lui ramener cet époux volage. Que ne pouvait-elle le contenter ? Elle n'avait ni l'esprit, ni la coquetterie des femmes de la cour, mais elle lui était dévouée et obéissante. Jamais il n'avait eu à se plaindre d'elle. Certes elle n'était pas non plus une beauté : grande et trop maigre, elle dissimulait un œil aveugle sous un bandeau noir, mais elle avait de jolies dents saines, alignées comme un chapelet de perles fines, et des traits réguliers, pour peu que l'on fermât les yeux sur son infirmité. La solitude dans laquelle son époux, trop heureux de se délester du poids d'une épouse laide, l'avait recluse ne lui causait plus la souffrance d'autrefois, quand elle avait compris qu'elle n'aurait jamais l'amour de son mari. De cela, elle avait pris son parti et n'en avait que plus aimé son fils. Sa foi, elle aussi, influencée par son confesseur, avait gagné en intensité. Les années passant, sa dévotion toute féminine avait pris la tournure d'une piété mortifère. En plus des messes quotidiennes et des bonnes œuvres, la comtesse soumettait son corps à des jeûnes répétés ainsi qu'à une discipline rigoureuse. Pour expier ses péchés, il n'était pas rare qu'elle portât un cilice sous sa chemise ou qu'elle priât à genoux sur des pois secs. Elle taisait ces actes de mortification à son époux dont elle redoutait les moqueries athées. Le comte n'était pas un homme bon ; il venait encore d'en fournir la preuve. Car enfin, fallait-il être méchant pour tenter de la séparer du seul être qui lui procurât encore du bonheur ?

Depuis sa naissance, et malgré les railleries de son mari, la comtesse soignait cet enfant sans rien reléguer à quiconque. Mère, nourrice, infirmière, institutrice, elle avait tenu tous les rôles. Combien de nuits et de jours avait-elle passé à son chevet lorsqu'il avait la fièvre ? Il résultait de cette dévotion toute maternelle un fils aussi attaché à sa mère qu'elle l'était à lui. Nicolas avait beaucoup pleuré en apprenant que son père allait le confier à des précepteurs, et il avait juré de se montrer sous son plus mauvais jour. Bien que la comtesse mourût d'envie de faire de même, elle l'en dissuada longuement, opposant à sa rébellion l'importance d'apprendre le latin et le grec.

Le jour de l'arrivée des deux hommes, la mère et l'enfant se tenaient debout l'un derrière l'autre au pied du château, sans prendre la peine de feindre un sourire de circonstance. Une fine neige d'arrière-saison, qui n'accrochait pas au sol, brouillait le paysage et faisait plisser leurs yeux. La comtesse avait rassemblé la totalité des domestiques pour l'occasion, lesquels formaient deux rangées parfaites autour d'elle. On mettait d'autant plus de soin à accueillir les visiteurs que ces derniers étaient rares. Personne ne venait de bon gré sur ces terres bourbonnaises fouettées par le vent et les pluies incessantes. Le comte de Mercy avait dû verser des gages considérables et promettre des faveurs exceptionnelles pour convaincre ces deux gentilshommes parisiens d'entrer au service de sa maison.

Les claquements de fouet du cocher menant l'attelage au petit trot annoncèrent l'imminence de la confrontation. Une buée se dégageait du corps puissant des chevaux à l'arrêt. M. de Barfleur, le maître de latin, descendit le premier de la berline. Dès l'instant où elle le vit, la comtesse fut frappée par la physionomie du précepteur. Sa beauté surprenait tout autant que la souplesse de son corps fin, allongé par la teinte sombre de ses vêtements. Son habit, ses gants, son chapeau, et jusqu'à ses bas étaient noirs. Seule sa cravate, sobre et sans dentelle, ainsi que son visage aux traits fascinants mettaient de la clarté sur sa silhouette d'encre. Sa figure triangulaire donnait l'impression d'avoir été taillée au couteau, en particulier la ligne courant des pommettes à la commissure des lèvres, qu'il avait étroites, charnues et cramoisies comme la lie du vin. Mais ce qui, chez lui, bouleversait le plus, au point d'occasionner un trouble sans précédent chez la comtesse, c'était sans conteste son regard. Ses yeux, d'un bleu si pâle qu'il se confondait au blanc, semblaient percés d'une aiguille à grosse tête noire à l'emplacement de la pupille. Des paupières mobiles saillantes et des cernes violacés accentuaient l'effet de rondeur produit par son regard roulant, en perpétuel mouvement, qui lui donnait un air proche de l'ahurissement. Il avait, de surcroît, une manière étonnante de parcourir des yeux tout ce qui l'entourait, comme si, à chaque fois, il tentait de discerner l'invisible au-delà du visible. À première vue, on aurait pu le juger fou, si son verbe n'avait pas été aussi clair et élégant que celui dont il usa pour présenter ses hommages à la comtesse. Il employa un ton tout aussi courtois, quoiqu'empreint de plus de gravité, avec le jeune comte dont il loua la bonne mine et la haute taille.

Après l'extraordinaire impression produite par le maître de latin, M. Duquesnois ne pouvait que faire pâle figure. Et c'est ce qu'il fit, peu aidé par un corps massif et une démarche lourdaude. L'espace de quelques secondes, la comtesse, décontenancée par l'apparition de Barfleur, sembla même avoir oublié qu'elle attendait un second visiteur.

Au dîner, auquel furent conviés les nouveaux venus, le maître de latin éclipsa de nouveau son acolyte. Questionné par la comtesse, il décrivit son voyage et les paysages entrevus dans un vocabulaire charmant. Il lui suffisait de quelques phrases pour embraser l'imagination de son interlocuteur. Sa conversation agréable, jamais envahissante, contrastait avec la timidité maladroite de l'autre. Il savait doser politesse et curiosité, s'intéressant à son hôte sans jamais outrepasser les règles de la bienséance. En revanche, il usait d'une langue professorale recherchée lorsqu'il s'adressait à son futur élève. Sans ambages, il l'avait questionné sur ses connaissances qu'il avait jugées peu étendues et manquant de précision. Il avait une manière unique d'affirmer son jugement qui ne souffrait aucune opposition, quand bien même eût-elle émanée d'une mère aimante et de haut rang comme la comtesse de Mercy. Tout au long de l'interrogatoire du maître, cette dernière se garda bien de venir au secours de son fils, empêtré dans des phrases trop longues et trop complexes pour lui. M. Duquesnois, silencieux, observait non sans intérêt l'empire que semblait prendre le maître sur son élève et, par extension, sur sa mère. À la fin du repas, la comtesse se retira dans ses appartements, rassurée, sinon charmée par la présence de M. de Barfleur chez elle.

Le jour suivant lui réserva pourtant une fâcheuse surprise. Il était entendu que les précepteurs prendraient leurs fonctions dès le lendemain. De bon matin, l'enfant fut mené chez sa mère pour l'embrasser avant d'être conduit dans le cabinet qui, désormais, servirait de salle de classe. Barfleur l'y attendait, une pile de livres pressée contre sa poitrine.

La comtesse, privée de la présence de son fils, eut grand-peine à trouver de l'occupation. Elle broda pendant qu'on lui lisait des psaumes, travailla des accords sur sa harpe. Mais c'était plus fort qu'elle : elle était distraite et ne se trouvait bonne à rien. Il n'était pas onze heures lorsqu'elle se résigna à satisfaire sa curiosité maternelle. Il fallait qu'elle sache comment les leçons de son fils se passaient. Du reste, ne pas avoir vu le précepteur depuis la veille la mettait dans un état de nervosité qu'elle peinait à s'expliquer.

Sans se faire annoncer, elle se dirigea à pas empressés jusqu'à la salle de classe, mais fut vite arrêtée dans sa hâte par un sifflement mat, dont l'origine ne prêtait pas à confusion.

Par la porte entrebâillée, elle vit immédiatement qu'il provenait du cabinet où M. de Barfleur était en train d'administrer la discipline à son fils. La comtesse demeura un instant muette, immobile, horrifiée par un tableau aussi violent qu'inattendu. À son grand étonnement, l'enfant ne criait pas, et recevait les coups de badine du maître sans protester autrement que par des larmes qui manquèrent de fendre son cœur de mère. Elle qui n'avait jamais levé la main sur son enfant, pas plus qu'elle n'avait permis à quiconque de le faire, fut sidérée par le courage que ce petit homme montrait dans l'adversité. Mais surtout, elle fut saisie par le flegme du maître qui, animé d'aucune colère, mais déterminé dans sa tâche, abattait d'autorité la badine sur le postérieur de l'enfant. Il tenait son regard fixe sur sa cible : la culotte du garçonnet, dont le velours rose se marquait de stries blanches à l'endroit des impacts.

Dans un premier élan, la comtesse voulut courir à la rescousse du pauvre enfant et le soustraire à la férule du maître. Mais, devant la mine calme et résolue du précepteur, elle se ravisa aussitôt. Pour se garder de tout esclandre, elle préféra entrer calmement dans la pièce, ce qui eut pour effet de retenir le bras du précepteur, interpellé par la présence de la maîtresse de maison. Barfleur pour autant n'afficha ni gêne ni panique. Persuadé d'œuvrer pour le plus grand profit de son élève, il salua la comtesse sans soupçonner un instant la colère qui bouillait en elle, ce que, du reste, elle se garda bien d'afficher.

— Quel vacarme, Messieurs, intervint-elle. Je vous entends depuis ma chambre et peine à me concentrer sur mon ouvrage.

— Voilà un reproche à faire à Monsieur votre fils, Madame, qui persiste dans ses rêveries et ne sait toujours pas sa leçon, répliqua le maître sans s'en laisser conter.

Pas sot, l'enfant s'était déjà précipité dans les jupes de sa mère.

— Vous ferez plus d'efforts à l'avenir, pour l'amour de votre chère maman, n'est-ce pas, cher ange ? demanda la comtesse en raccompagnant l'enfant sonné à son pupitre. Puis elle quitta la pièce, en proie au plus grand trouble.

— Je désire vous parler en privé, insista la comtesse tandis que Barfleur conduisait son élève au jardin. Monsieur, je suis fort choquée par vos méthodes. N'y a-t-il pas d'autre moyen d'enseigner le latin que par le fouet ? La tempérance que je croyais distinguer en vous augurait de plus de douceur.

— N'en déplaise à Madame, je ne fais qu'appliquer une discipline que le comte de Mercy lui-même m'a conseillée. Il m'a demandé de corriger mon élève aussi souvent que nécessaire car rien au monde ne pourrait lui faire plus grand profit.

La comtesse, abattue par cette réplique, demeura muette, encourageant Barfleur à continuer.

— À l'âge de votre fils, j'ai été fort fouetté par mes maîtres et je leur en sais gré.

— J'en conviens, mais songez, je vous prie, à user de plus de force persuasive avant de recourir au fouet. Cela me déplaît.

La nuit suivante, la comtesse peina à trouver le sommeil. Elle ne pouvait chasser de son esprit l'image de Barfleur fouettant son enfant. À cette peine venait s'ajouter le souvenir de châtiments anciens qu'elle croyait ensevelis et qui refirent surface pour son plus grand tourment. Comme beaucoup de femmes de son extraction, elle avait passé sa jeunesse derrière les murs d'un couvent où régnait une discipline stricte. La férule était appliquée aux fautives pendant les repas, sur les mains ou les épaules. Bien que de nature docile, elle avait parfois écopé de semblables punitions. Étrangement, elle ne gardait aucun souvenir de la douleur, mais se remémorait le goût amer de l'humiliation, les larmes qui coulaient encore le soir, sur la paillasse spartiate. Et que dire de la peur, de l'effroi même, lorsque certains soirs l'on venait châtier les plus retorses dans l'obscurité du dortoir. Quand les religieuses estimaient que la discipline devait être appliquée sur la peau nue et des parties plus charnues de l'anatomie, c'était dans le noir absolu, afin de ne point enflammer les imaginations perverses, que les fautives étaient fouettées. Longtemps on entendait la férule cingler l'air puis cisailler la chair de la pauvre fille qui geignait et criait, peuplant la salle silencieuse de fantômes atroces. Si une pensionnaire, n'en pouvant plus, implorait grâce, rompant ainsi l'obligation au silence, on la fouettait plus ardemment encore, provoquant des hurlements déchirants. L'horreur, alors, touchait à son comble. Elle prenait toutes les pensionnaires à la gorge. Les pleurs de la suppliciée leur donnaient des sueurs froides, poussant certaines à verser des larmes d'empathie. La comtesse gardait un souvenir odieux de ces moments. L'imaginaire est plus cruel que la réalité, et souvent elle s'était figuré des scènes de torture insoutenables durant lesquelles sa camarade, totalement nue, était attachée, debout, les bras en croix, le corps lardé de coups de fouet qui faisaient jaillir le sang autant que les larmes. Alors, c'était le démon même qui, après avoir enflammé l'esprit de la comtesse, s'emparait de son corps, la soumettant à des bouffées de chaleur qui provoquaient des transports inadmissibles. Elle délirait parfois jusqu'au point de souhaiter prendre la place de la suppliciée et de souffrir les mêmes peines. Ce n'était que folie bien sûr, puisqu'une fois le jour revenu, rien ne l'effrayait plus que l'idée de subir pareille discipline. Elle regardait alors la fautive d'un œil tout à la fois empreint de pitié et de curiosité, imaginant la marque des coups sur son corps. Un corps dont elle savait peu de chose, d'ailleurs, puisqu'on les obligeait à se changer et faire leur toilette dans le noir afin de ne point corrompre leurs esprits, mais un corps qu'elle aimait détailler mentalement. Ah! que d'heures étranges passées dans de pareils transports, lorsque l'effroi et l'attrait de l'inconnu l'emportaient sur la foi et la raison. La simple évocation de ces instants faisait remonter en elle le même feu diabolique. Elle devait protéger son fils de cette emprise à n'importe quel prix : voilà la décision que, à l'aube, elle avait prise et entendait suggérer au précepteur.

M. de Barfleur manifesta peu d'étonnement à être de nouveau convoqué chez la comtesse. Cette dernière faisait les cent pas devant la cheminée, se tordant les doigts dans l'anticipation de la confrontation.

— Monsieur, je vous ai fait venir pour vous parler de discipline. Mon fils peut vous paraître de robuste constitution, mais il n'en est rien. Je crains que les émotions négatives ne ravivent des crises de fièvre intense comme il a déjà eu par le passé, et qui m'ont vivement inquiétée.

— Madame, je tâcherai d'être plus diligent.

— Je comprends néanmoins que vous répugniez à ne point suivre les conseils de mon époux. Aussi, je tiens à vous présenter une solution de remplacement.

— Je ne vous suis pas, Madame.

— Et si quelqu'un recevait le fouet à la place de Nicolas ?

— Vous proposez de lui offrir un souffre-douleur ? Mais enfin, même les rois n'en ont pas ! Je répugnerais à punir un garçon innocent, c'est contraire à mes principes.

— Oh, mais il ne s'agirait pas d'engager quelqu'un pour cette fonction. C'est moi, sa mère qui vous propose de prendre sa place.

Le précepteur changea d'expression. La curiosité l'emportant sur la révolte, il ajouta :

— Vous ? Mais pourquoi ?

— Pour le soustraire aux tourments de la chair. Qu'en dites-vous ?

M. de Barfleur demeura un instant stupéfait, tout autant par la proposition de sa maîtresse que par la détermination tranquille qui l'animait, à présent qu'elle avait dévoilé ses intentions.

— Qu'en dites-vous ?

Le jeune homme avait quitté sa mine outrée pour une expression de concentration. D'un esprit pratique, il réfléchissait, pesant les bénéfices et les suites d'un tel pacte.

— Faudra-t-il que cela se passe devant monsieur le comte ? demanda-t-il.

— Non, je n'y vois aucun intérêt. Mon fils et moi sommes attachés par un lien tout à fait exceptionnel. Je souffre lorsqu'il est malade et l'inverse est tout aussi vrai. Si je reçois ses punitions, il en ressentira les bienfaits, et il s'améliorera, cela ne fait aucun doute.

— Vous seriez innocente, Madame…

— Personne n'est innocent devant Dieu. Encore moins les femmes. Cela me fut enseigné au couvent.

La comtesse quitta l'entretien triomphante, et déjà frémissante des conséquences de ce tête-à-tête.

Le jeune comte, d'une nature indolente, ne tarda pas à commettre la faute qui causa au précepteur et à la comtesse d'être à nouveau réunis à huis clos. Chacun savait ce qui l'amenait là et aucune parole ne vint accompagner ce qui ne tarderait pas à devenir un rituel. Avec solennité, Barfleur ouvrit un tiroir dont il sortit l'étui noir contenant la badine de rotin. Fine et légèrement courbe, c'était celle dont il avait déjà usé sur l'enfant. À sa vue, la comtesse sentit son ventre se contracter en un spasme profond. Le professeur ne la quittait pas des yeux, désireux de donner sens au moindre de ses mouvements comme à la moindre de ses expressions. L'affronter ainsi, sans lui laisser d'échappatoire, faisait partie de la sanction.

— Tendez vos mains, Madame, paumes vers le haut.

Le premier coup porté provoqua chez la comtesse un mouvement involontaire de retrait. Douleur, réflexe, honte : il était difficile de démêler l'écheveau de causes à cette fuite, mais le maître se garda de tout apitoiement. Il ramena son élève à l'obéissance d'une voix sévère.

— Reprenez la position, Madame.

Le second coup, appliqué avec une force

similaire, fit seulement ciller la comtesse: cette fois, elle s'y attendait. Le troisième lui amena les larmes aux yeux. Barfleur ne s'en émut pas et asséna un quatrième, puis un cinquième coup. Chacun d'entre eux laissait une trace rouge et nette sur sa peau. Au sixième, la comtesse ferma les yeux, bouleversée par la brûlure ressentie. Ce n'était pas juste un feu superficiel de l'épiderme, c'était tout son corps à présent qui brûlait, faisant fondre en elle toute résistance. Il était là, de nouveau, ce démon de la chair qui la terrassait de l'intérieur et qui, contre son gré, contre sa raison et sa foi, exigeait encore plus de douleur, d'humiliation et de meurtrissure.

Qu'il eût deviné ce bouleversement ou qu'il l'eût décidé par avance, Barfleur mit fin à la punition, laissant la comtesse chancelante. Elle rabattit ses mains sur sa poitrine, rajusta son fichu, et prit congé du maître. Une fois seule, elle se laissa posséder tout entière par la passion, le corps aussi embrasé que les paumes.

Les jours suivants, elle multiplia les actes de mortification, priant à genoux sur du verre pilé, exécutant des croix de langue sur la pierre poussiéreuse de la chapelle. Mais plus elle s'en remettait à Dieu, plus ce dernier semblait l'abandonner, la laissant aux prises avec le démon qui l'envahissait. Ce n'était pas assez d'avoir pris possession de son corps, il lui fallait aussi son âme. Le malin était cause d'un embrasement incessant de son imagination. Barfleur et sa discipline avaient pris sur elle un empire qui la terrifiait. Il n'était pas un jour sans qu'elle espérât être convoquée par le maître. Et même si ces moments occasionnaient les pires tourments spirituels, elle ne vivait plus que dans leur attente, ivre d'une langueur honteuse à chacune de leur entrevue.

Barfleur cependant, n'était nullement effrayé par ce qu'il provoquait. À l'inverse de la comtesse, qui éprouvait toutes les peines du monde à masquer son trouble grandissant, il punissait avec une conviction grave et bien sentie, sans émoi ni exaltation d'aucune sorte. Aussi la comtesse s'en remettait-elle complètement à lui. Elle ne protesta pas lorsqu'il multiplia les coups ni lorsqu'il décida de changer d'endroit pour les appliquer.

— Monsieur votre fils ne progresse guère. Il conserve un caractère retors. Je pense changer de méthode.

À plusieurs reprises, elle fut fouettée sur le cou et les épaules à l'aide de verges piquantes. Elle n'ôtait que son corsage et restait en chemise, mais ce déshabillage partiel intensifia ses tourments.

Un soir qu'elle était au lit, terrassée par des images de supplices infernaux, elle perdit la raison et se précipita chez Barfleur. Celui-ci n'était pas encore couché, il écrivait, en culotte et chemise. Quand elle fit irruption dans la pièce, rouge et échevelée comme une bacchante, il n'eut le temps de ne rien dire que déjà, elle se précipitait à ses genoux, les joues ruisselantes de larmes.

— Ah Monsieur, sauvez-moi, vous seul pouvez m'aider.

— Qu'y a-t-il madame ?

— J'ai prié tant et plus pour mon salut, mais rien n'y fait. Je ne pense qu'à vous. Je ne trouve ma joie que dans les souffrances que j'endure pour vous.

— Je ne pense pas que cela soit possible. Vous endurez ces souffrances pour votre fils.

— C'est bien là tout mon péché. Je suis possédée…

L'homme prit un air grave.

— En ce cas, je ne vois qu'un remède pour l'extraire de votre corps. Déshabillez-vous.

La comtesse ne portait qu'un mantelet par-dessus une chemise de nuit. Tout en se dévoilant avec la plus aveugle docilité, elle continuait de pleurer. Lorsqu'elle fut nue, Barfleur s'approcha.

— Ne craignez rien. Je dois intervenir.

Une main sur l'épaule de la comtesse, il glissa l'autre entre ses cuisses, sans délicatesse, mais avec l'insistance d'un connaisseur.

— En effet, Madame, vous brûlez. Tentons une expérience.

Le maître alla quérir des verges et sous le regard défait de la comtesse, il appliqua une douzaine de coups sur son ventre et son sexe. La suppliciée geignait tout en ondulant tel un ver sorti de terre. Les épaules en appui sur le mur, elle couvrait ses yeux avec son bras sans cesser, pourtant, de tendre son bassin au feu des verges. Il eût été difficile de dire ce qui de la honte, du plaisir ou de la douleur, l'emportait en elle, mais jamais elle n'ordonna au maître de cesser. Ce dernier fit une pause pour s'enquérir des effets de la punition. Il porta la main sur le sexe maltraité, quelques doigts se firent insistants.

— Vous êtes liquide. L'eau et le feu font mauvais ménage. C'est bon signe. Continuons.

Allez vous étendre sur le lit et tendez vos fesses vers moi. La discipline n'opère jamais aussi bien que sur les rotondités postérieures.

Le maître fouetta son pauvre corps à tour de bras, avec force et détermination. Jamais encore il n'avait mis tant de passion dans l'exercice de ses fonctions au point que la comtesse crut périr plus d'une fois sous les coups. Pendant qu'inlassablement, le fouet griffait sa chair, sa transe devenait évidente. Elle s'exprimait en contorsions violentes et gémissements d'extase. Ses reins, ses fesses, ses cuisses, et plus généralement toutes les parties charnues de son corps portaient les marques rouges de la férocité des verges. Les perfides brindilles avaient beau se briser par dizaines sur sa peau, il en restait toujours pour la meurtrir. Puis, lorsque la poignée de verges fut trop dégarnie, le maître s'arma de sa badine de rotin et continua de zébrer sa peau. Tout en l'abattant en travers de son cul cramoisi, il l'encourageait à supporter davantage :

— Encore Madame, il le faut, disait-il, lorsque, aux prises avec les voluptueuses angoisses de la douleur, son élève implorait sa grâce.

Puis il marqua un temps d'arrêt, durant lequel la comtesse risqua son œil valide vers Barfleur. Il avait posé la badine sur le lit. Elle en ressentit un soulagement mêlé d'appréhension, bien vite avorté par une volée de claques sur ses fesses. Dans l'état de brûlure où était sa peau, ces soufflets la mettaient au supplice et incendiaient son ventre. Le soulagement fut apporté quelques secondes plus tard, quand Barfleur frictionna vivement son con en l'encourageant à creuser les reins.

— Nous y sommes, Madame, dit-il, en pointant deux doigts vers sa fente liquoreuse.

— Je vous en conjure, Monsieur, tuez-moi sous les coups plutôt que de me déshonorer… protesta la comtesse d'une voix étranglée.

— Madame, je dois extraire le démon, reprit le maître, alternant claques sur les fesses, pincement des lèvres, et frictions du clitoris.

Quelques secondes de ce traitement libidinal suffirent à faire exploser la comtesse. En éprouvant les spasmes de l'orgasme, elle rugit comme une démone au point d'effrayer son partenaire. Les larmes succédèrent aux cris, mais il s'agissait, à n'en point douter, de larmes de bonheur.

— Oh, merci, Monsieur, je l'ai senti, oui, je l'ai senti partir. Ah ! comme vous devez m'aimer pour me porter ce secours. Comme je vous idolâtre. Laisse-moi vous baiser…

Le maître se laissa embrasser sur les joues, le front et la bouche de bonne grâce, puis reprit un ton sérieux.

— Hélas, Madame, il reviendra, ne vous en déplaise. Je connais ce genre de possession. C'est un vilain despote qui n'aura de cesse de vous tourmenter. Sachez, toutefois, que toujours je serai là pour le combattre à vos côtés.

28 mars 1756
Lettre de M. de Barfleur au comte de Mercy.

Vous serez sans doute bien aise, mon cher ami, d'apprendre que notre affaire est faite et bien faite. La confiance que vous m'avez témoignée a porté ses fruits au-delà de vos espérances. Ce fut même, je l'avoue, d'une déconcertante facilité de pervertir Madame votre épouse. Elle est à présent mon élève appliquée en matière de vice, dont je lui enseigne toutes les déclinaisons avec un plaisir renouvelé. Vous m'en aviez fait un portrait bien sombre, la dépeignant comme une dévote que tous les caprices de la chair répugnaient. Ne voyez aucune offense dans mes paroles, mais je me dois de dire que vous l'avez mal jugée. Cette dernière a, dès les premiers jours, fait montre d'un goût prononcé pour la plus violente des luxures, dont j'ai seulement pris la liberté d'abuser.

La pauvre créature est persuadée qu'en déchargeant, c'est le démon qui quitte son corps. Je me fais donc un devoir de l'en déloger aussi souvent que possible en la foutant en con ou en cul. J'avoue que ces derniers points m'ont causé le plus de difficultés. Au départ, elle fut prompte à s'offrir à mes attouchements, mais rechignait à se faire mettre. Je me suis armé de patience, lui exposant tous les bénéfices de cet expédient. Son idolâtrie pour ma personne a fait le reste : toutes ses répugnances se brisèrent devant mon désir et, dès l'instant que je la fis jouir en la foutant, elle fut convaincue d'être dans le bien.

Voyez monsieur que vous pouvez vous attarder à Versailles aussi longtemps qu'il vous plaira, car Mme la comtesse est fort occupée à se faire enfiler. J'ai bon espoir de la voir bientôt passer entre d'autres mains, comme celles de Duquesnois, tant elle montre de charmantes dispositions pour le libertinage. Si j'étais moins égoïste, je vous presserais de venir de ce pas vérifier mes succès par vous-même, mais craindrais alors de perdre tout à fait ses faveurs.

Un dernier mot pour vous mander que votre fils, lui aussi, fait de considérables progrès en latin et en grec, ce qui, à en juger par ses débuts balbutiants, n'était pas une mince affaire.

J'ai l'honneur d'être, etc.

Le bassin

Sa gorge ! Il y a quelque chose dans sa gorge. L'angoisse gagne en vigueur au moment où l'intrus s'échappe, mu par une force extérieure. Impuissante, Mathilde a l'impression de vomir une anguille.

— Réveillez-vous ! Madame ! Réveillez-vous !

Mathilde est consciente. Elle est réveillée puisqu'elle entend. Pourtant ses paupières demeurent closes. La lumière ne perce pas.

— Allons, réveillez-vous, il faut vous réveiller !

Elle parvient à soulever une paupière pour manifester sa bonne volonté. Toutes ses forces ne sont pas de trop pour lutter contre cette chape de plomb qui la condamne à l'obscurité. L'autre suit docilement. Maintenant, la lumière trop franche l'aveugle. Elle referme les yeux en hâte.

— Vous avez mal ? Pouvez-vous estimer votre douleur sur une échelle de 1 à 10 ?

— Euh… 5.

Elle s'étonne d'avoir réussi à prononcer ces mots. Pourtant, c'est bien sa voix qui répond.

— On va vous soulager tout de suite.

À présent, c'est certain : Mathilde est bien consciente. Suffisamment pour avoir menti. Sa mère l'avait prévenue : « Surestime toujours ta douleur, sinon, ils vont te laisser souffrir. » À dire vrai, elle ne ressent aucune douleur. Même entre ses cuisses. C'est si étonnant qu'elle se demande si l'intervention a vraiment eu lieu. Doucement, elle essaie de remuer les jambes pour sentir quelque chose, mais rien. Elle se sent étrangement bien, comme dans du coton. Peu à peu, ses yeux s'habituent à la lumière et elle parvient à les rouvrir complètement pour prendre connaissance de son environnement. Elle est allongée sur un brancard, dans une salle étroite, le corps recouvert d'un drap. D'autres personnes dans la même posture sont installées sur sa gauche, à sa droite une fenêtre dont les vitres opaques ne permettent pas de distinguer le paysage extérieur. Les infirmières vont et viennent, passant sans cesse de l'un à l'autre des patients. Aucun ne gémit ou ne se plaint, c'est à croire qu'ils dorment encore. À leur inverse, Mathilde veut faire entendre qu'elle est réveillée. Alors elle ouvre de grands yeux ronds dès qu'on passe à côté d'elle. Ses efforts ne portent guère leurs fruits. On lui prête la même attention impersonnelle qu'aux endormis.

Un temps infini s'écoule avant qu'on ne la ramène dans sa chambre. Le brancard roule vite. Les spots lumineux des plafonds défilent à vive allure sous son regard. Le brancardier a dû rater une carrière de pilote automobile. Sur le chemin, elle croise le sourire décontracté de la chirurgienne :

— Tout s'est bien passé ! Nous avons analysé la tumeur, elle était parfaitement bénigne.

À son soulagement non dissimulé, Mathilde mesure l'ampleur de l'inquiétude des médecins à propos de son cas. Tous l'avaient rassurée en lui affirmant que les possibilités de tumeurs malignes étaient quasiment nulles. Vraisemblablement, ils lui avaient menti, sans doute pour épargner sa sensibilité de toute jeune femme. Mathilde n'a que 20 ans.

La chambre n'a pas changé depuis qu'elle l'a quittée ce matin aux aurores, à l'exception des placards, fermés à clé en cas de vol. Pour Mathilde qui est confrontée à l'univers médical pour la première fois, cette intervention a pris des allures de divertissement. Elle envisageait l'expérience comme un voyage semé de découvertes. De l'instant où l'on était venu la chercher pour l'opération à celui où l'on l'avait ramenée dans sa chambre, elle avait voulu tout voir afin ne rien perdre de ces instants inhabituels.

À présent le rideau tombe. Jusqu'alors, Mathilde ne s'était pas sentie malade. Elle était arrivée valide, en pleine santé. Mais la vision de son corps immobilisé sur ce lit d'hôpital, harnaché par d'innombrables tuyaux, la ramène soudain à la réalité. Celle de l'infirmité. La voilà clouée au lit, tranchée, percée, branchée. Une perfusion lui transperce la main et la relie à une poche de liquide mystérieux. C'est cet élixir qui la maintient dans un semblant de bien-être. Ôtez-le lui, et la douleur reprendra ses droits. La coupure, la déchirure, la couture, tout, elle ressentira toutes ces blessures. En se rendant compte qu'elle est prise au piège de ce goutte-à-goutte, la tristesse l'envahit pour la première fois.

La valse incessante des médecins, infirmières, aides-soignants, lui donne le tournis. Elle les questionne. Se lever ? « Mais vous n'y pensez pas, jamais après une opération ». Boire ? « Hors de question ! Jamais après l'anesthésie ! » En somme on la prive de tout, sauf du droit à la tranquillité. Elle voudrait que tout cela cesse, qu'on la laisse seule avec son corps meurtri. Maintenant elle sent le pansement quand elle remue les hanches. C'est une énorme boule de coton plaqué sur son sexe qui la contraint à maintenir ses jambes entrouvertes. La télévision la distrait un peu, elle lui offre une fenêtre sur le monde ordinaire, celui où tout un chacun se déplace librement.

Les mines blafardes de ses parents apparaissent dans l'encadrement de la porte. Ils sont désolés d'avoir raté son arrivée. On vient seulement de les prévenir. La triste allure de leur fille ne leur échappe pas. Le choc est visible. Ils sont aussi retournés qu'on peut l'être en pareille situation, mais, comme il fallait s'y attendre, ils feignent la bonne humeur. Heureusement il y a eu plus de peur que de mal. Tout le monde est rassuré d'apprendre le résultat des analyses. On lui a apporté des cadeaux : des livres, des confiseries, de la boisson. Tout cela est très touchant. Encore faudrait-il qu'on l'autorise à manger. Lorsque Mathilde s'est renseignée sur cette question on lui a dit :

— Ce soir vous pourrez prendre une légère collation.

Sûrement un bouillon très clair et deux biscottes. Elle y a déjà eu droit hier soir.

Dans l'atmosphère banalisée de la chambre d'hôpital, les heures s'écoulent lentement, au rythme des visites des soignants et de ses proches. Dehors le soleil fond sur le toit des immeubles. On n'a pas allumé les lampes, et c'est la télévision qui éclaire la pièce de sa lumière changeante. Tout le monde lui conseille de dormir, mais Mathilde préfère rester éveillée. Céder au sommeil signifierait qu'elle est malade.

À force de ne pas boire, Mathilde a oublié qu'elle pouvait avoir envie d'uriner. Pourtant elle commence à ressentir des picotements dans la vessie. Elle interroge sa mère :

— Tu peux m'aider à me lever pour aller aux toilettes ?

— Mais tu ne peux pas te lever. C'est interdit.

— Alors je suis censée faire comment ?

— Mais il faut que tu appelles une infirmière pour qu'elle t'apporte le bassin.

— Le quoi ?

— Le bassin, pour uriner sans bouger de ton lit.

La nouvelle est rude. Encore une épreuve à laquelle elle ne s'attendait pas. Sa pudeur post-adolescente est piquée au vif.

— Mais pourquoi tu ne m'avais pas prévenue ?

— Je n'y ai pas pensé. C'est pas dramatique, les infirmières font ça tous les jours, elles sont habituées. Elles voient bien pire avec les personnes âgées.

Mathilde se fiche totalement de savoir quelles substances les infirmières manipulent au quotidien. Sa répugnance ne peut pas se raisonner. Déjà, petite fille, elle fondait en larmes lorsqu'au cours des balades dominicales à la campagne on lui suggérait de faire pipi dans la nature. Il lui fallait l'intimité des toilettes, aucune négociation n'était possible.

Aujourd'hui rien n'a changé. L'idée d'uriner sur son lit, devant quelqu'un, lui coupe l'envie. Elle savoure ce répit qui la soulage momentanément. Néanmoins, l'échéance inévitable génère une nouvelle angoisse. Combien de temps pourra-t-elle différer ? Tant qu'elle ne boit pas, l'envie ne devrait pas se manifester trop vigoureusement.

Le couvre-feu a sonné. Il est l'heure pour ses proches de tirer leur révérence. On vient lui servir son dîner. Comme prévu, son plateau se résume à un bouillon à peine coloré servi dans un grand bol en pyrex transparent et un couple de biscottes reposant sagement dans son emballage plastique. La faim commence à lui tirailler l'estomac. Il faudra bien qu'elle s'accommode de ce maigre en-cas. En immergeant les biscottes dans la soupe, elles prendront une tournure plus appétissante. Elle racle minutieusement son bol afin de ne laisser aucune goutte du bouillon épaissi. Puis la digestion fait immanquablement son travail. Le liquide chaud parcourt ses entrailles, alimentant qui de droit, avant de venir fatalement gonfler sa vessie. Cette fois-ci, l'envie est pressante. Son ventre lourd de cette poche prête à éclater hurle son mécontentement. Ce n'est plus une vague alerte, mais une douleur lancinante que rien ne peut museler. Pourtant, Mathilde résiste toujours, résolue à l'endurer tant qu'il lui reste suffisamment de forces. Elle essaie de se distraire en feuilletant quelques magazines, mais son corps mis au supplice la rappelle sans cesse à l'ordre. Lorsqu'elle comprend que ses muscles risquent de lâcher sans qu'elle puisse les contrôler, elle se résigne. Mieux vaut faire selon leur rite plutôt que d'inonder son lit. L'embarras serait pire encore.

Comme pour faire durer l'attente du supplice, l'infirmière sonnée tarde à se présenter. Maintenant Mathilde regrette d'avoir si longtemps différé: « Et si je cédais au dernier moment? » Enfin elle entend des bruits de pas. Deux infirmières se présentent en traînant nonchalamment leurs mules sur le sol. À voix basse, Mathilde leur signale son envie pressante. Elles disparaissent aussi mollement qu'elles sont venues. Les minutes précédant leur retour lui semblent être des heures. À sa grande surprise, ce ne sont pas ses deux interlocutrices qui réapparaissent, mais une autre infirmière qu'elle ne pense pas avoir déjà vue. Elle s'en souviendrait car cette femme sort de l'ordinaire. Sa blouse blanche met en valeur ses formes généreuses ainsi que la couleur pain d'épice de sa peau. Elle pourrait être métisse, ou peut-être d'origine italienne ou grecque. Sa crinière frisée est rassemblée en une queue de cheval qui forme un gros pompon derrière sa nuque. L'épaisseur de cette touffe laisse imaginer l'abondance de sa chevelure lorsqu'elle est détachée. Mais son visage ainsi dégagé exprime d'autant plus de grâce que les contours en sont bien soulignés. Tandis qu'elle s'avance vers Mathilde, ses yeux verts lui font penser à ceux des beaux chats: immenses, perçants, sans douceur. Quant à son nez, plutôt fort, il lui évoque la noblesse des statues antiques. Sa bouche à la lèvre inférieure charnue arbore un sourire un peu las, que Mathilde lui retourne sans hésitation. Interpellée par l'allure inhabituelle de l'infirmière, elle en a presque oublié la raison de sa venue, qui pourtant ne tarde pas à être abordée :

— Mademoiselle, vous avez demandé le bassin ?

Un léger accent enveloppe ses mots prononcés d'une voix grave, légèrement éraillée.

— Oui.

— Vous arriverez à soulever vos fesses ? Ou bien je vous aide ?

— Je devrais y arriver.

Mathilde préfère ne pas trop s'avancer. Ce simple mouvement, rendu pénible par son harnachement de tuyaux, lui fait ressentir au centuple la lourdeur de sa vessie. Dans cette position, elle baisse alors la culotte de résille qu'on lui a mise après l'opération. Puis l'infirmière glisse le bassin en plastique sous ses fesses. Son contact n'est pas trop froid. Il faut encore la débarrasser d'une partie de ses pansements. La soignante agite ses doigts contre son sexe encore à demi anesthésié. La plaie se trouve sur sa grande lèvre gauche. La jeune fille ne sent rien, mais reste fascinée par les gestes précis de l'infirmière. Une élégance naturelle émane de ses mouvements, ses longues mains sont comme des ailes de colombe battant sur son sexe. Bien qu'encore anesthésiée, Mathilde commence à en ressentir un certain trouble. L'infirmière est penchée au-dessus d'elle, si bien que la jeune fille bénéficie d'une vue imprenable sur son décolleté. Ses seins forment deux appétissantes fesses de bébé qui menacent de faire éclater sa blouse. Mathilde se demande ce qu'il y a en dessous car ses jambes et ses bras sont nus, comme si elle ne portait rien ou seulement une petite robe courte et ajustée. Lorsque ses bras touchent ses cuisses, Mathilde se croit effleurée par du velours. À en juger par son maquillage sophistiqué et les pendentifs de prix enfouis entre ses seins, la dame doit être coquette. Contrairement à nombre de ses collègues, elle ne porte pas de mules disgracieuses, mais des nus pieds à brides de cuir, plutôt élégants en dépit d'une hauteur de talon adaptée au travail.

— Je pense avoir réussi à dégager l'urètre, mais il est plus prudent que je maintienne le pansement à l'abri du liquide.

L'infirmière a posé son gant de caoutchouc sur le pansement. Mathilde comprend qu'elle assistera donc au spectacle. Mais sa honte n'est pas aussi forte qu'elle l'aurait imaginée. Sans se forcer, elle renonce à résister, s'abandonne à la volonté de l'infirmière. Elle n'en revient pas que cela soit si libérateur de s'en remettre au désir d'une autre.

Si l'esprit s'est résigné, le corps, lui, dressé à ne réagir que dans la stricte intimité, ne cède toujours pas. Mathilde voudrait que ce soit vite fait, mais le liquide demeure bloqué à l'intérieur d'elle, dans cette poche énorme qui refuse d'abdiquer. Ça ne vient pas. Elle n'avait pas imaginé un tel scénario. De petits claquements réguliers viennent blesser le silence de la chambre. Un talon de l'infirmière martèle le sol. Bien que le geste soit probablement inconscient, il révèle l'impatience de la soignante et accroît la contrariété de Mathilde.

— Ne vous inquiétez pas, je protège le pansement. Allez-y, vous vous sentirez mieux après, ajoute-t-elle en signe d'encouragement.

À cet instant Mathilde réalise que l'enjeu a changé. Elle ne désire pas tant la délivrance que de ne pas décevoir l'infirmière, dont la prévenance teintée d'autorité l'émeut, sans qu'elle comprenne bien pourquoi. Pour détourner son attention, elle fixe le galbe de ses jambes, en suit la ligne jusqu'à ses cuisses musclées qui disparaissent derrière l'ourlet de la blouse. Elle imagine la courbe des fesses qui tendent son vêtement. L'anesthésie doit s'estomper peu à peu, car Mathilde croit sentir le bout des doigts de l'infirmière sur son sexe. Les lèvres, légèrement écartées, s'ouvrent à la fraîcheur de l'air. La sensation retrouvée, alliée à la figure maternelle de l'infirmière, éveille en elle un singulier trouble érotique. Dès cet instant, le corps lâche prise. Le liquide se résout enfin à sourdre, en un très mince filet pour commencer.

— Voilà, c'est bien, ne vous retenez pas !

Dédouanée par ces quelques mots, Mathilde cède pour de bon. Elle ouvre les vannes. Et le déluge qui se préparait éclate enfin. Le jet large et continu dilate et frictionne son méat urinaire en jaillissant. L'éruption si longtemps différée semble ne pas vouloir cesser comme si toutes ses entrailles se liquéfiaient pour gicler hors d'elle par les voies naturelles. Plus que l'habituel soulagement, c'est un échauffement d'ordre sexuel que Mathilde ressent. Le même que lorsque l'excitation engorge son clitoris. Serait-ce le flux d'urine qui la stimule ainsi ? L'infirmière, qui n'a pas lâché son sexe, la regarde dans les yeux, un sourire insolite aux lèvres. On dirait qu'elle plonge dans son inconscient et dévoile son plaisir à uriner aussi prodigieusement devant elle. Pas un mot n'est prononcé si bien que seule la musique du ruissellement, franc et sonore, orchestre leur étrange face à face. Entre les sensations voluptueuses et le regard caressant de l'infirmière, il s'en faut de peu pour que Mathilde ne jouisse franchement sur le bassin. Mais la source commence à se tarir, et à ce même moment, le regard de la soignante se tourne vers l'objet de ses soins. Elle essuie délicatement le sexe humide avec du papier hygiénique, ce qui génère un nouveau trouble. La régression inhérente à ce geste est amplifiée par l'image nourricière de l'infirmière à la poitrine généreuse. Ce sont les seins dont enfant Mathilde tirait subsistance et réconfort. La contemplation de ces deux globes l'apaise tandis que la belle femme ôte délicatement le bassin de sous ses fesses. Sans ménager la pudeur de sa patiente, elle analyse le contenu du bassin :

— Eh bien, c'était une grosse envie !

À ces mots, la honte saisit de nouveau Mathilde. Il y a quelque chose d'intrusif dans cette remarque, quelque chose d'indécent dans l'abondance soulignée du liquide. La jeune fille se sent percée à jour, un peu comme si elle lui avait dit : « Tu vois coquine, c'était inutile de me résister, tu as fini par céder, et plutôt deux fois qu'une. » Sans vraiment savoir pourquoi, Mathilde a l'impression d'être grondée pour une affaire un peu vicieuse, mais la honte qui résulte de ce sermon a changé de nature. Elle se propage en elle voluptueusement comme les frissons d'une caresse.

L'infirmière a disparu dans la salle de bain. Le bruit de la chasse d'eau qui évacue la trace de son forfait emporte avec lui l'ambiguïté du moment. Lorsque la soignante reparaît, elle a revêtu son masque professionnel habituel. Plus une trace de complicité dans son sourire figé qui dénonce la satisfaction du devoir accompli.

— Si vous avez de nouveau besoin de quelque chose, n'hésitez pas à appeler. Bonne nuit.

Mathilde ne sait plus si elle a répondu, tant il lui est difficile de s'extraire du fantasme vers la réalité. L'image de l'infirmière, les sonorités de sa voix restent ancrées dans sa mémoire. Elles l'accompagnent dans ses tentatives pour trouver le sommeil. Le souvenir vivace de l'humiliation douce-amère lui provoque encore de légers frissons. Cependant, elle ne peut s'empêcher de revivre la scène par le menu. Superposées au soulagement de se sentir enfin apaisée, toutes ces émotions la transportent sur des rivages érotiques où la honte et le plaisir tissent un ouvrage d'une singulière volupté. Mathilde imagine avec un plaisir doublé d'impatience sa prochaine entrevue avec la belle soignante, le lendemain peut-être… bercée par l'évocation de la belle brune, elle s'endort pour une nuit profonde et sans rêve.

Le soleil tout juste levé éclaire timidement la pièce, pourtant déjà une femme en pousse la porte pour y faire bruyamment le ménage. « Qui a dit qu'on pouvait se reposer à l'hôpital ! » pense Mathilde en jetant son oreiller sur son visage pour échapper à l'agitation qui bat son plein. Quelques minutes de répit lui sont accordées pendant lesquelles elle croit pouvoir se rendormir, puis c'est une infirmière qui lui attrape le bras pour prendre sa tension.

— C'est terminé, vous pouvez vous rendormir !

Mais Mathilde n'a plus du tout envie de dormir. Elle se sert un verre d'eau en imaginant de quoi sera faite sa journée : pourra-t-elle se lever ? Mangera-t-elle normalement ? Comme par enchantement, la mélancolie qui pesait hier sur son moral semble s'être envolée. Elle se sent joyeuse et alerte, affamée également. Aussi lorsqu'on lui apporte son petit déjeuner – un morceau de pain, du thé et un yaourt –, elle exulte, à deux doigts de taper dans les mains. En badigeonnant ses tartines de beurre, la jeune fille contemple de nouveau la vie avec la gaîté de ses vingt ans. C'est seulement aujourd'hui qu'elle ressent la délivrance. Hier blessée, elle se voit aujourd'hui soignée et invincible, comme au sortir d'un combat dont elle aurait été victorieuse. L'idée de ne plus être en proie à l'angoisse de la maladie la remplit d'une joie simple, comme on n'en connaît qu'au sortir de situations graves. Elle avale de grandes gorgées de thé au lait, puis rince sa bouche avec un grand verre d'eau claire.

Maintenant, il n'y a plus rien à faire qu'attendre. Faute d'un autre spectacle, son regard se perd alors au-delà des grandes fenêtres, sur le pavé de la ville qui s'éveille. Les rues commencent à frissonner des pas des premiers passants. De longues silhouettes traversent le Pont-au-Change, pour atteindre ici une bouche de métro, là un arrêt de bus, de l'autre côté de la Seine. Ce cœur battant de la ville est le domaine habituel de Mathilde, mais il lui semble faire momentanément partie d'un autre monde, au rythme et aux valeurs différentes. Elle tourne la tête. De l'autre côté de son lit, la porte d'entrée de la chambre a été laissée grande ouverte. De chaque côté du couloir, des portes s'ouvrent sur l'intimité des autres patientes, découvrant leurs inquiétudes et souffrances intimes. Les coiffures et les teints sont brouillés par un sommeil trop court, les vêtements de nuit donnent à chacune des airs de poupées de chiffon. Bien sûr, dans ce service, il n'y a que des femmes. Mathilde aimerait pouvoir lire à travers leurs masques brumeux, embués de morphine, la gravité de leur cas : le malheur de la rechute, la satisfaction de la rémission, le soulagement de l'ablation. Hélas, aucun de ces sentiments ne s'affiche sur les fronts. Jamais un cri, aucune agitation ne vient rompre le silence religieux des lieux, comme si la résignation était le sort obligatoire, injecté de gré ou de force par perfusion. Dehors la tempête journalière des hommes fait rage, ici, le monde soigne ses accidentés, dans un calme et un recueillement si rares qu'ils touchent à l'exception.

Mais l'humeur de Mathilde n'étant pas à la morosité, elle préfère se concentrer sur son avenir proche. Elle a une nouvelle préoccupation. Cette envie de faire pipi qui commence à la tarauder. Elle se retient. Cependant le problème a changé de nature. Aujourd'hui elle n'essaie pas d'échapper à son destin, mais elle voudrait bien voir l'infirmière coquette. Avec un peu de chance, si elle est là, c'est elle qui la prendra en charge. Cette simple idée lui donne le courage de résister une fois de plus aux lois du corps humain. Et puis, le plaisir de la délivrance ne serait pas aussi satisfaisant si elle n'avait pas vraiment envie. Cramponnée aux barreaux de son lit, elle guette les allées et venues de chacune. Pas une trace de son infirmière. Alors elle se résout à tenter le tout pour le tout. Elle sonne. On vient. On repart. Mais aujourd'hui la chance n'est pas avec elle. Au lieu de la belle métisse, elle doit se contenter d'une aide-soignante nonchalante et sans charisme, qui l'assoit sur le bassin et s'en retourne à ses occupations, sans prendre la peine de protéger son pansement. Elle ne revient que pour vider le bassin, avec une indifférence telle qu'elle pourrait tout aussi bien être le mécanisme qui actionne la chasse d'eau, ça ne changerait pas grand-chose. En sa présence, Mathilde n'a rien ressenti, comme si elle était seule dans l'intimité des cabinets. C'est sans doute comme cela que ça doit se passer normalement, comme lui avait dit sa mère. Aussi Mathilde se dit-elle qu'après tout, c'est sans doute l'autre infirmière qui a un comportement singulier. La norme est au détachement. D'ailleurs, comment pourrait-il en être autrement ? Absorber quotidiennement la souffrance des patients ne serait pas humainement possible sans cette distance. Peut-être l'infirmière brune l'a-t-elle interpellée pour cela ? Parce ce qu'elle est hors norme, tout comme elle. Sa tenue, ses encouragements, sa façon de vraiment s'occuper d'elle, tout cela contraste avec le comportement du reste du personnel. Mathilde aussi est différente des autres patients. Elle est plus jeune, affectée d'une tumeur bizarrement placée, étrangement grosse, un cas qu'on n'a jamais rencontré dans le service. Il lui apparaît soudain qu'elles ne se sont peut-être pas rencontrées par hasard. Séduite par cette idée, elle s'y raccroche dans l'espoir de la revoir le soir venu.

Son médecin chirurgien est passé pour la visite post-opératoire. Le résultat semble la satisfaire, une vraie réussite, s'est-elle exclamée en examinant la plaie. Pour autant, elle a dissuadé sa patiente d'observer sa cicatrice : « Aujourd'hui vous auriez peur, mais dans quelques mois tout cela ne sera plus qu'un mauvais souvenir. » Mathilde préfère la croire. Demain, on la laissera sortir. Demain, à midi, Mathilde reprendra le cours normal de sa vie. Elle quittera le monde des accidentés pour celui des passions hurlantes. Elle aura oublié que les seuls vrais tourments sont ceux du corps. Mais c'est l'ordre naturel des choses, la bonne santé doit prévaloir.

La journée, à l'image de ses tourments, touche à sa fin. Mathilde a dîné. Elle regarde dehors. En juillet, la tombée de rideau se fait attendre, si bien que les citadins jamais rassasiés de soleil se perdent sur les boulevards et s'étourdissent sur les terrasses plus longtemps qu'à l'accoutumée. Mais ce soir, de gros nuages noirs menacent la gaîté ambiante. Peu à peu, ils s'imposent, formant un épais couvercle noir qui enveloppe la ville entière. Puis c'est la fuite, l'explosion. La pluie strie tout à coup le paysage de lignes horizontales, cassées çà et là par des silhouettes humaines prises au piège. Les aiguilles d'eau semblent rebondir sur la tête et les épaules des passants avant d'emprunter une trajectoire oblique. L'obscurité a gagné la chambre de Mathilde, plongée dans un état propice à l'endormissement. À mesure que les minutes raccourcissent, ses paupières s'alourdissent, ses pensées se désorganisent, son imaginaire se déconstruit. Elle voudrait dormir, céder au sommeil qui l'assaille, mais c'est inenvisageable. Tout l'après-midi, elle s'est retenue pour revivre les brefs instants entrevus hier. La douleur de sa vessie n'est rien, elle a appris à l'apprivoiser. Pour elle. Alors, dans un dernier soubresaut d'énergie, celui qui parfois sévit juste avant la chute définitive vers le rêve, elle sonne et réclame le bassin à une silhouette sans identité.

— Tout de suite ! répond la voix.

Tout à coup, Mathilde est extraite de sa torpeur par une vision brillante. Au loin, elle voit se dessiner la blouse blanche, aux formes reconnaissables entre mille, s'incarnant dans la lumière du couloir. C'est bien elle, la belle infirmière, qui se dirige d'un pas altier vers son lit, avec, à la main, l'objet de leur indécente réunion.

— Alors, vous avez encore une grosse envie, n'est-ce pas ?

Cette fois-ci, c'est sans détour. Elle la met à jour, comme un coléoptère privé de la pierre qui le protégeait de la lumière. Toute résistance est inutile. Oui, elle est ce pauvre être humain honteux, cette malheureuse enfant, coupable et résignée. L'infirmière pourrait jouer les indifférentes, mais non. Elle sourit, d'un large sourire, blanc et doux, dont le rayonnement irradie sa patiente. Des gestes mécaniques qui suivent, elle ne retient que peu de choses. Son corps est soulevé, mis en place, préparé, rien qui ne lui soit déjà arrivé. Tout cela se fait très rapidement, comme si le but était ailleurs.

Les gestes coulent, nécessaires et évidents, comme l'est le liquide qui déjà sourd, aspergeant le bassin de gouttes dorées. Ce soir, il n'y a eu ni gêne ni hésitation, Mathilde a lu l'autorisation et les encouragements dans les yeux de l'infirmière, qui ne quittent pas les siens. La furieuse sensation de délivrance enivre Mathilde, tel l'alcool après la soif. Dans le tumulte effrayant de l'orage, l'urine, de concert avec les éléments déchaînés, se déverse à grandes giclées raides. Le regard complice de l'infirmière glisse intentionnellement du visage honteux de sa patiente à son sexe. Pourtant le jet ne perd rien de son ardeur, éclaboussant de gouttelettes tièdes le gant de latex qui recouvre la plaie. Cette main protège autant qu'elle attise la flamme. De son toucher caoutchouc, elle crée le lien, perce le corps des aiguilles subtiles du désir.

Mathilde savoure l'ivresse de la délivrance, elle s'enivre même de l'exhibition. Des râles explicites trahissent son tempérament volcanique et ses fantasmes encore inassouvis. Rien ne semble plus pouvoir arrêter son ascension vers la jouissance. Aussi, lorsque, irrémédiablement, le jet perd de sa vigueur, le retour au calme couvre mal la frustration de son ventre qui crie sa faim jusqu'à l'obscénité. Ses roulements de hanches et ses postures offertes en disent long sur ses attentes. Il lui faut des rapprochements, des frottements, des paroles indécentes susurrées au creux de l'oreille. Le déluge même ne pourrait dissoudre son désir.

Mathilde, convaincue de l'existence d'un lien puissant quoiqu'invisible, entre elle et l'infirmière, ne saurait imaginer une fin similaire à celle de la veille.

Déterminée, elle supplie sa maîtresse du regard, quémandant un mot, un geste, une quelconque rétribution en récompense de sa docilité. L'infirmière n'est pas dupe, elle esquisse un demi-sourire en jetant un œil vers le bassin. Alors, la belle, au lieu de prendre du papier absorbant pour nettoyer Mathilde, glisse son gant le long des aspérités humides de son sexe. Avec un soin méticuleux, ses doigts explorent chaque recoin, effleurant, massant, titillant les chairs jusqu'au point où la caresse érotique prend le pas sur l'acte médical.

Mathilde se cabre vigoureusement. Tel un arc tendu, son ventre vient à la rencontre de la main gantée. La belle infirmière dont les doigts habiles appuient et frictionnent toujours davantage, donne enfin toute la mesure de sa stratégie amoureuse. Ses gestes comme ses regards dénoncent sa volonté de maîtriser autant que d'émouvoir. Sans hésitation, elle conquiert, dompte, pénètre chaque place forte, changeant tout ce qu'elle touche en une masse incandescente de plaisir. Il n'en faut pas plus pour faire plonger sa patiente dans les affres de la jouissance. Entre ses mains, le corps de Mathilde s'électrise. Son pouls s'accélère, elle sent son cœur battre dans ses tempes. Lorsque les premières convulsions soulèvent son ventre, elle ne peut retenir un cri. Dans une dernière onde de choc, ses doigts agrippent la blouse de l'infirmière. Rétractés sur la toile blanche comme les serres d'un aigle sur une proie, ils ne lâchent pas leur étreinte. L'infirmière semble s'amuser de son manège. Mais, comme pour rester maîtresse du jeu, elle prend délicatement le poignet de Mathilde, l'invitant à l'abdication.

Doucement, ses doigts presque hypnotisés relâchent leur prise. Puis l'infirmière conduit la jeune main vers son entrejambe. Mathilde caresse l'intérieur de ces cuisses étrangères : elles sont chaudes et douces… jamais elle n'a touché une autre femme de si près. Timidement sa main remonte vers la jungle humide de son sexe. Sa toison, aussi dense et fournie que sa chevelure, suinte de désir. En écartant les lèvres, les doigts de Mathilde se trouvent inondés d'une épaisse liqueur qui trahit l'excitation de l'infirmière. La jeune fille tente maladroitement de provoquer le plaisir. Quand elle atteint son clitoris qui, à l'image de tout son corps, se dresse, fier et large dans sa gaine, l'infirmière réagit. Elle se penche vers Mathilde, enfouissant son visage entre ses deux seins qui, dans cette position, débordent de sa blouse. Prise dans ces sables mouvants, Mathilde ne se laisse pas déconcentrer. Ses doigts continuent d'exciter le sexe de l'autre, dont s'échappe un bruit mouillé, marécageux. De sa main libre, Mathilde ose caresser l'infirmière à travers la blouse. Elle évalue sa cambrure, pétrit librement ses fesses, si fermes et pourtant si accueillantes. Au bord de la jouissance, la belle se laisse faire. Déjà elle est prise de tremblements qui ne sont que les premiers signes de l'orgasme. Lorsque celui-ci éclate enfin, c'est un flot de liquide brûlant qui inonde la main de Mathilde.

Elle ne s'attend pas aux foudres qui s'ensuivent : l'infirmière se change en furie et enfonce quatre de ses doigts gantés dans la bouche de Mathilde. Cette dernière goûte, volontaire et résignée, à sa propre intimité. Sa cyprine et son urine mêlées ont un goût salé, peu prononcé, qui n'a rien d'écœurant. Elle suce les doigts avec l'application du vaincu. La récompense ne se fait pas attendre. Bientôt elle arrive sous la forme d'un baiser langoureux, appliqué sur ses lèvres encore imprégnées de ses sucs. Mathilde est aux anges. Transportée par cet élan de tendresse, elle se sent voler, croit se voir en lévitation dans la pièce, légère comme si son corps avait perdu toute pesanteur. Elle ferme les yeux.

— Il est huit heures ! Réveillez-vous, c'est aujourd'hui que vous partez !

L'aide-soignante ne ménage pas ses efforts pour parvenir à ses fins, marchant sans discrétion dans la pièce, déroulant les stores aussi bruyamment que possible.

Mathilde se réveille enfin. Ses paupières se détachent difficilement. À peine entrouvertes, un filet de lumière lui parvient. Dehors le soleil brille fortement dans un ciel sans nuage. Ses rayons réchauffent les draps et baignent la pièce d'une clarté indiscrète. Dès que Mathilde retrouve ses repères, ses premières pensées construites vont vers l'infirmière. Elle se remémore leur nuit sulfureuse sans rien omettre. Les sons, les gestes, les poses lui reviennent comme des cadeaux. Même l'excitation est encore là, témoignant que les effets de l'anesthésie se sont définitivement évaporés. Lovée dans les couvertures, elle porte la main à son sexe bandé. L'humidité qui règne sous les draps la surprend un peu. Elle ne pensait pas avoir autant versé pendant cette nuit torride.

— Quel orage il y a eu hier ! Vous avez entendu ? Mais aujourd'hui, le soleil est au rendez-vous. Toute l'eau que le ciel retenait a éclaté d'un seul coup, maintenant, on en a pour plusieurs jours de beau temps, c'est sûr ! s'exclame la soignante, en regardant par la fenêtre.

— Oui, j'ai entendu, c'était très… très… impressionnant.

— Vous avez besoin d'aide pour vos bagages ?

— Non, merci, je n'ai rien sorti pour ainsi dire…

— L'infirmière va passer pour faire les derniers soins ainsi que la chirurgienne.

Sans trop y croire, Mathilde se surprend à souhaiter que son infirmière vienne lui prodiguer les derniers soins. Au fond, elle sait qu'elle doit être partie puisqu'elle travaillait de nuit. Mais il est difficile d'extraire l'espoir d'un cœur joyeux. Sans aucune honte, elle imagine de nouvelles scènes, des adieux plus érotiques encore que cette nuit. Et ces simples évocations font remonter à la surface des sensations plaisantes. Mais une autre infirmière blondinette ne tarde pas à piétiner sa rêverie, en apparaissant dans l'encadrement de la porte. Puis la chirurgienne vient lui confirmer son départ.

Toutes ses affaires sont déjà rangées, elle est parvenue à s'habiller toute seule, il ne lui reste qu'à attendre le taxi et à faire ses adieux. Plusieurs jeunes femmes ont défilé dans sa chambre ce matin pour lui dire au revoir, toutes ne parvenant qu'à lui asséner le même choc : ne pas être celle qu'elle attendait. Aussi, saisissant son courage à deux mains, elle décide de questionner la première personne qui rentrera dans sa chambre. Il s'agit de l'aide-soignante réveille-matin :

— Excusez-moi, j'ai dit au revoir à beaucoup de monde, mais il reste une personne que je voudrais saluer avant mon départ. Une infirmière qui s'est occupée plusieurs fois de moi, la nuit. Elle est peut-être encore dans les parages. C'est une grande dame brune, bien en chair, aux cheveux frisés, très élégante… elle portait des nu-pieds à brides et des chaînes en or.

— De nuit… très élégante… attendez… ça doit être Patricia. Une dame avec un léger accent ?

— Oui c'est ça !

Sans qu'elle y prenne garde, sa voix s'est mise à chanter.

— Mais elle n'est pas là. Elle est au mariage de

sa sœur dans le Sud. Elle est partie hier midi.

— Comment? Vous en êtes sûre? Mais je l'ai vue cette nuit.

— Vous devez confondre avec quelqu'un d'autre, elle est en congés, je peux vous l'assurer.

— Bien, je croyais… Enfin c'est… dommage.

— Je peux faire quelque chose pour vous avant que vous ne partiez?

— J'ai envie de faire pipi.

— Mais vous pouvez vous lever maintenant. Il faut vous réhabituer à aller aux toilettes toute seule!

À l'épreuve du feu

Il y a trois sortes de soumis :

Les masochistes, gourmands de fouet, de pinces et autres gifles, dont l'ultime désir n'en est pas moins de me baiser.

Les hommes-salopes, avides de viol au gode ceinture et de fist profonds, dont l'ultime désir est également de me baiser.

L'indécis dragueur, vaguement curieux de pratiques SM (qui ne font pas trop mal quand même), dont l'ultime désir est, bien entendu, de me baiser.

Bref, quelle que soit la forme prise par leurs fantasmes, tous les soumis aspirent *in fine* à la même chose : me baiser.

Une seule catégorie déroge à la règle : le soumis catholique. Qu'il soit masochiste, dragueur ou catin, celui-ci est bien capable de se retenir de me baiser par peur de la colère divine. S'il est laid, je ne me formalise pas ; dans le cas inverse, je préfère m'abstenir de le fréquenter.

Il faut comprendre qu'en tant que Maîtresse,

je tiens à rester libre de mes choix. Dans la majorité des cas, les hommes qui se présentent à moi sont des crapauds que j'accepte dans mon donjon par jeu ou par appât du gain. Leurs pathétiques tentatives de drague se trouvent bien vite avortées par mes sarcasmes. S'ils insistent, je les congédie sans autre forme de procès. Mais à toute règle, ses exceptions. Or, en matière de population SM masculine, le beau soumis, au sex-appeal affirmé, est une exception de taille, je dirais même une rareté. Quand une telle perle se présente à ma porte, je n'en fais qu'une bouchée. Encore faut-il, toutefois, qu'il joue fair-play.

J'avais été contactée par un homme soumis qui se prétendait pompier. La manière qu'il avait eue de mettre son métier en avant, détaillant avec précision ses interventions, la vie en caserne, l'uniforme et ce, en oubliant presque de me dire ce qu'il attendait d'une dominatrice, m'avait interpellée. À tous les coups, il faisait partie de la troisième catégorie : l'indécis dragueur. Mais était-il vraiment pompier ? La photo du corps d'athlète qu'il avait mise en pièce jointe de son courriel allait dans le sens de ses affirmations, mais elle ne constituait en aucun cas une preuve tangible. Je décidai de mener l'enquête en lui donnant rendez-vous dans un café avant sa première séance.

J'arrive toujours en retard pour un rendez-vous avec un soumis, ce qui me permet d'effectuer un premier tri. Les impatients, qui pensent mériter la ponctualité d'une femme de ma veine, sont d'emblée éliminés. Dominique, puisque tel était le prénom du candidat, était là, installé à une table du fond. Selon le protocole, il avait posé une fleur sur la table. Un coup d'œil sur la malheureuse rose rachitique, emballée de papier transparent estampillé d'un autocollant « plaisir d'offrir », me permit d'évaluer l'effort et l'investissement du bonhomme. Il avait opté pour le choix le plus bas de gamme. Le genre de marchandises qu'on vend dans les stations de métro. En prenant place devant lui, je détaillai son visage, qui était à l'image de son cadeau : cheap et sans charme. Si Dominique n'était pas laid, il était quelconque, le pire travers selon moi. Un visage aux contours incertains, un menton rond, un peu trop en avant, des lèvres fines sous un nez à l'arrête large, dont la pointe tombait légèrement… Le plus décevant, c'était ses yeux, petits et marrons, qui envoyaient à son interlocuteur un regard privé de toute sagacité. Il n'était pas nécessaire de lui adresser la parole pour comprendre qu'il n'avait pas inventé la poudre et que, comble de l'outrecuidance, il avait la ferme intention de me « charmer ». Le bougre me souriait, ravi et sûr de lui. Dominique était de ces individus qui se croient beaux sous prétexte qu'ils ne sont affectés d'aucune disgrâce majeure et affichent un corps aux proportions idéales. Il avait choisi de porter un polo cintré qui accentuait l'envergure de ses épaules et la saillance de sa musculature. Soit. Après tout, que pouvais-je attendre de plus d'un soldat du feu ? Qu'il ait lu Kant dans le texte ? Peut-être avait-il d'autres atouts, de ceux qui se situent au-dessous de la ceinture ? Je décidai de mener à bien l'entretien.

— Dominique, vous êtes donc soumis et pompier ? Vous ne trouvez pas ça paradoxal ?

— On peut se tutoyer ?

— Certainement pas.

— Ben, non. J'aime bien mon métier. Secourir les gens. Et puis ça m'aide à m'entretenir. C'est important le sport au quotidien pour garder la forme, et ça plaît aux femmes. Pas à vous ?

— Vous n'êtes pas là pour me plaire, mais pour me subir, non ?

— Oh, ben oui, je suis open sur un tas de choses. J'aime bien les femmes qui ont le dessus.

— Soit, quelles sont vos limites ?

— Je sais pas trop, ça dépend de vous. À vous regarder comme ça, je ne pense pas que vous soyez très dangereuse, j'ai pas peur. J'vous dis, j'suis open, j'aime les rencontres sans prise de tête. En tout cas, vous êtes charmante mademoiselle. Vraiment. Je tiens à vous le dire.

— On me l'a déjà dit, rétorquai-je en moulinant du poignet. Je vous enverrai mon avis et, éventuellement, la date et le lieu de notre rendez-vous par mail. Au revoir.

J'avais rarement mené aussi vite un entretien. Mais puisque j'avais fait le tour de la question, je n'avais aucune raison de m'attarder. Au regard de ses propos et de son physique, il pouvait bien s'agir d'un pompier. Question SM, pas l'ombre d'un doute : il appartenait à la troisième catégorie : l'indécis dragueur. Catégorie la plus prompte à vouloir me baiser, comme ses compliments maladroits le confirmaient. Je n'ai jamais trop goûté les cons, mais je ne crache pas sur un beau morceau athlétique, au besoin, je mets un sac de jute sur la tête du bonhomme ou profite de lui quand il a le dos tourné.

Le lendemain, j'envoyai à Dominique un mail de convocation :

« Dominique,

Vous serez heureux d'apprendre que j'ai retenu votre candidature. Je vous attendrai dans mon donjon samedi prochain, à 15 heures. Ponctualité exigée. Tenue obligatoire : treillis, paraboots et polo bleu marine d'uniforme. Hygiène impeccable. Prévoyez des préservatifs.

À bientôt,

Sévèrement votre »

Chez moi, tout était prêt pour l'accueillir, de la chambre à la « salle à manger ». J'ai aménagé une petite maison du Vésinet, héritage de ma grand-mère, en donjon. Il s'agit d'une bâtisse étroite, vieille d'un siècle, agrémentée d'un jardinet à l'avant et d'une courette encerclée par un mur de deux mètres de haut à l'arrière. Pas de voisin d'un côté, de l'autre, une dame âgée quasi sourde, ce qui m'offre le loisir de dominer en plein air aux beaux jours. L'hiver, je tourmente ces messieurs dans la pièce qui fut autrefois la salle à manger du rez-de-chaussée, dont les portes-fenêtres donnent sur la cour. À l'intérieur, j'ai fait poser une croix de Saint-André, une poulie, des crochets où est suspendu un arsenal de fouet, martinets et autres badines. Je dispose également d'un prie-Dieu pour les repentants et d'un sling pour le bourrage de catins. Le matériel extérieur est bien plus succinct : des anneaux arrimés au mur pour l'immobilisation des sujets retors, une arrivée d'eau pour rafraîchir les ardeurs des messieurs. Pour le reste, le salon de jardin constitué d'une table et de quatre chaises en fer forgé suffit à la composition de mes arrangements pervers.

Le mois de mai était bien entamé, le lilas embaumait dans le jardin inondé d'une lumière franche qui faisait plisser les yeux. Seule une brise légère rappelait que l'été n'était pas encore là, ce qui ne m'avait pas empêché de revêtir une robe sexy. Un fourreau de satin noir, fendu haut sur la cuisse et décolleté en V sublimait les proportions parfaites de mon corps : taille fine, hanches arrondies et poitrine généreuse. Mes jambes galbées, parées de bas couture, allongées par mes escarpins vernis achevaient de me sculpter une silhouette de pin-up propre à faire tirer la langue du loup de la Tex Avery. Mes cheveux d'un roux de braise et ma bouche enduite de rouge à lèvres apportaient les seules notes de couleurs à ma mise. Puisque le soleil était de la partie, j'avais décidé de recevoir Dominique dans la cour. Lunettes noires sur le nez, je patientai dans le salon de jardin, occupée à apporter la dernière touche glamour à mon uniforme : le vernis à ongles, quand on sonna à l'entrée. Ce devait être mon pompier.

Menottes en mains, j'allai ouvrir dans ma tenue de guerre. Dominique promena un regard de merlan frit de mes pieds à ma tête. Ses yeux s'attardèrent longuement sur la courbe de mes seins. Venant d'un tel bonhomme, il ne fallait pas que je m'attende au moindre tact. Le croirez-vous ? Il tenta même de me faire la bise. Initiative que je repoussai par un :

— Tout doux ! On n'est pas là pour se lier d'amitié. Retourne-toi, mains derrière le dos.

Un « clac » retentit, et mon homme était ferré. J'avais bien fait de lui ordonner de venir en uniforme. C'était tout à fait grisant de manipuler et de contraindre un homme vêtu des atours de la force et du courage à toute épreuve. Pour autant, lorsque je lui fis traverser le salon, où trônaient mes instruments de torture, j'entendis le pompier déglutir. Peut-être comprenait-il enfin ce que SM voulait dire…

Lorsque nous fûmes dans le jardin, je tournai autour de ma proie, cravache à la main, et m'adressai à lui en ponctuant mon discours de petits coups sec sur les fesses et les cuisses.

— Alors, soldat du feu, pourquoi es-tu ici ?

— Pour vous obéir. Faire ce que vous voudrez.

— Tu as apporté les préservatifs.

— Oh oui, s'exclama-t-il, un éclair de convoitise dégoûtant dans le regard.

En louchant vers sa braguette, je constatai qu'il bandait comme un âne. Je glissai une main vers son entrejambe et, tout en palpant sa glorieuse raideur, je le prévins :

— Il faut que je te dise une chose : je n'aime pas les menteurs et les usurpateurs. Alors, avant d'abuser de toi, il va falloir me prouver que tu es vraiment pompier.

Le bonhomme, déconcentré par les doigts qui taquinaient son érection, répondit, les yeux mi-clos, entre deux soupirs d'aise…

— J'ai… j'ai… pas pris ma carte, désolé. Mais je suis en uniforme.

— Peu importe, ce n'est pas à ça que je pensais… dis-je en le délivrant de ses entraves.

Je m'installai sur une chaise, puis ordonnai :

— Ôte ton polo.

Il était tout même plus attrayant ainsi, son joli corps offert aux rayons du soleil qui paraient d'ombre et de lumière le relief appétissant de son buste.

— Tout d'abord, tu vas me faire 50 pompes. En moins de deux minutes. Top chrono, c'est parti.

Après sa petite séance de strip-tease, l'homme ne s'attendait pas à ça.

Mais il ne montra rien de sa déception et, en vaillant frimeur, Dominique commença sa série dans la précipitation. Jusqu'à 15, il tint la cadence, puis la fatigue se fit sentit… à 25, le rythme était pour le moins chaotique…

— Alors, on flanche ? demandai-je en m'approchant. Faut-il que je te motive à coups de cravache ?

Depuis que ses fesses, moulées par la toile bleue du pantalon comme deux petites noisettes sous une couche de chocolat, s'abaissaient et se soulevaient à mes pieds, mon désir s'aiguisait. Le fouet me démangeait sérieusement, et je mourais d'envie d'enfoncer les ongles dans la chair résistante de son cul.

— Non, osa-t-il répondre, rouge comme un dindon cependant que ses muscles tremblaient à chaque nouvelle tentative…

— Oh, je crois que si, dis-je en assénant les premiers coups.

Des aïe et des ouïe ponctuaient le souffle court du bonhomme qui peinait à se soulever du sol. Nous n'en étions pourtant qu'à 30. À 40, Dominique s'écroula par terre, le front dégoulinant de sueur. Sa défaillance lui valut une nouvelle volée de coups. La languette de cuir émettait un claquement sourd à chaque fois qu'elle s'abattait sur la toile bleue, laquelle blanchissait au fur et à mesure que je la tannais. En dessous, le cul devait être suffisamment brûlant pour y faire cuire des œufs au plat, ce qui n'était pas pour me déplaire.

— Premier échec, déclarai-je, en allant me rasseoir. Mettons ça sous le coup de l'émotion. Deuxième épreuve. Tu vois ce mur ? Escalade-le, comme tu as l'habitude de faire à l'entraînement.

Ah quelle rigolade ! Si j'avais pu avoir quelques doutes lors du premier exercice, le ridicule de mon bonhomme, s'agrippant, se tordant, puis s'écroulant tel un insecte foudroyé sur le sol, balaya toute équivoque : j'avais affaire à un usurpateur. Un fieffé charmeur qui pensait faire tomber les dominas en empruntant l'uniforme d'un copain. Le malin ne perdait rien pour attendre. Je le laissai se battre quelques minutes avec le mur, expérimenter différents points d'appui, rien que pour le plaisir de le voir s'échouer par terre comme un poids mort.

— Tout ça n'est pas très probant, dis-je en frôlant son corps étalé par terre avec mes jambes.

— C'est que vous me troublez beaucoup, Mademoiselle, eut-il le toupet de rétorquer, en louchant sous ma jupe.

— Vraiment ? Voyons ça : enlève ton pantalon et ton slip, ordonnai-je en désignant sa braguette de la pointe de mon escarpin.

Il obéit, fier d'arborer une érection provocante.

S'il pensait que j'étais femme à faiblir pour une grosse bite bandée, il était loin du compte. Je n'avais qu'une envie : maltraiter cette chose qu'il avait la prétention de vouloir enfoncer en moi. À cette fin, je l'attachai, nu, les bras et jambes en croix, aux anneaux du mur.

— À présent mon chéri, je vais te mettre à l'épreuve du feu.

À peine eus-je prononcé ces mots que je m'avançai vers lui, armée d'un long lien de chanvre que j'avais trempé au préalable dans de l'alcool à brûler. J'effectuai un bondage serré de son sexe et de ses testicules avec une extrémité de la corde, puis je tendais le reste de la ficelle sur le sol. Mon plan était de me servir de ce lien comme d'une mèche. Briquet allumé, j'expliquai les règles du jeu à Dominique :

— Mon cher, je vais brûler la corde de mon côté, le feu va se répandre… Jusqu'à atteindre ce que tu sais. Pendant ce temps, je te poserai des questions théoriques sur ton métier. Si tu réponds assez rapidement et sans faute, la flamme n'aura pas le temps d'atteindre tes parties intimes et je l'éteindrai. Le cas échéant, je pense que j'aurai des roubignolles grillées pour le dîner…

À ces mots, le garçon déglutit et afficha une expression effarée que je ne lui avais encore jamais vue. Cette fois-ci, il me craignait et comprenait enfin qui était maître du jeu, avec pour effet un dégonflage immédiat de son membre.

— Je commence l'interrogatoire : qu'est-ce qu'un feu de catégorie II ?

— Euh, un feu dangereux…

Je dodelinai de la tête pour lui notifier son erreur…

— Et qu'est-ce qu'un feu de catégorie III ?

— Un feu sur lequel il faut intervenir à trois.

Sans même souligner la connerie de la réponse, j'enchaînai :

— Et avec quel type d'extincteur l'éteint-on ?

La flamme était à mi-distance et gagnait en intensité à mesure qu'elle avançait, au point où mon homme, le regard rivé sur la mèche, bégaya…

— Avec… euh… la lance à eau…

— Pas du tout. Réfléchis.

À présent, le feu léchait ses cuisses. Une odeur de cochon grillé me caressait les narines, preuve que quelques poils avaient brûlé au passage

— Oh pitié, ne me brûlez pas, j'en ai aucune idée, je ne suis pas pompier !

— Eh bien voilà, il fallait le dire tout de suite, dis-je, en balançant un verre d'eau froide sur la flamme.

Le prisonnier tremblait de peur et de déconfiture. Je m'approchai de lui, fit mine de le réconforter. Mon regard planté dans le sien, je caressai sa joue, tout en donnant à ma voix des accents mielleux.

— Il suffisait de le dire mon lapin, dis-je. Que fais-tu dans la vie alors ?

— Coursier.

— Charmant métier, pourquoi en avoir honte ?

De ma main libre, je libérai son sexe du cordage.

— Où sont les préservatifs ? demandai-je tout en caressant son sexe.

— Dans la poche du treillis, répondit-il, plus vaillant qu'auparavant.

Je fouillai à l'endroit indiqué avant de disparaître dans la maison, non sans avoir coulé un regard derrière mon dos, pour m'assurer que Dominique reprenait du poil de la bête.

Mais quand je revins, ce fut en compagnie de mon meilleur étalon : Laurent, un vaillant officier du GIGN qui me servait d'esclave sexuel depuis quelques mois. Son corps d'airain n'avait rien à envier à celui de Dominique. Il faisait 50 pompes et vous escaladait un mur avant même que vous ayez eu le temps d'en formuler l'ordre. Et sa queue, lorsqu'elle gagnait en vigueur devant mes appas, était une véritable bénédiction. Elle m'envoyait au ciel en quelques allées et venues.

Ah, comme les soumis, a fortiori bien foutus, sous-estiment les ressources des dominatrices! Dominique pensait-il donc être le premier morceau de choix à se présenter à moi?

Je me chargeai de lui prouver le contraire en m'accouplant avec mon gendarme, ici même, dans la cour baignée de soleil, cependant que Dominique restait attaché, avec, pour seule consolation, celle de m'observer en train de m'abîmer dans la jouissance. Cela, il en eut la certitude lorsqu'il me vit déshabiller l'officier, puis le branler vivement, avant de dérouler le préservatif sur sa belle bite gorgée. Un bouillon de désirs au ventre, je poussai le gendarme vers la table, où je l'assis pour l'y chevaucher. J'aimais par-dessus tout le baiser en amazone, de sorte à profiter de la vue de son torse sexy, musclé comme il fallait, ombragé de poils bruns au niveau des pectoraux et des abdominaux qu'il avait fermes et saillants. Pendant que j'absorbais son sexe, je palpais sa poitrine robuste, jouais avec ses petits tétons roses, dressés par l'excitation, je dégustais ses lèvres… Excité comme un taureau en rut, le brave me gratifiait de longs râles gutturaux, tout en jouant des hanches pour me pénétrer au plus profond. Sa queue énergique allumait un incendie en moi. Soumise aux frictions rapides et vigoureuses de sa verge, ma chatte s'embrasait, prise de convulsions. Pendant la chevauchée, je tournais intentionnellement le dos au faux pompier… J'ondulais de la croupe, dodelinais de la tête, et couinais mon plaisir sans réserve… J'avais conscience du tableau que j'offrais au prisonnier : mes cheveux rouges, caressant mes reins telles des flammes, mes fesses blanches et amples qui effectuaient leur danse la plus perverse… J'entendais faire comprendre à Dominique tout ce qu'il avait perdu à me mentir. Il aurait pu être cet homme que je dévorais par toutes mes bouches, qui me perforait de son dard, et qui, dans sa fougue virile, empoignait mes fesses, les ballottait de haut en bas, les écartait à l'excès… Tout cela, le faux pompier le voyait ; son œil concupiscent ne faisait qu'accroître mon plaisir.

J'explosai au bout de quelques minutes, tremblante et hurlante sur les genoux de mon partenaire qui, lui, avait interdiction de jouir, car je comptais bien en profiter encore. Une fois les derniers spasmes de l'orgasme consommés, je me redressai péniblement sur mes talons, encore chamboulée par la cavalcade. Je tournai une tête ébouriffée vers Dominique pour le découvrir rouge comme une pivoine. Dans un dessin animé, de la fumée aurait pu lui sortir des naseaux tant il paraissait excité. Mais ce n'était rien au regard de l'érection maximale qu'il arborait.

J'en ris à gorge déployée, bientôt suivie par l'officier qui savait apprécier ce genre de blague. Dominique n'était pas loin d'être contaminé par la bonne humeur ambiante, mais ça, c'était avant que, deux seaux d'eau glacée en main, j'en tende un à mon gendarme en lui disant :

— Je crois que notre brasier s'est propagé jusqu'au mur. On a un cas sérieux d'incendie de catégorie III à gérer par ici. À toi l'honneur.

Postface
Aux origines

Les marques violettes auréolées de jaune décrivent la forme d'un continent qui part de l'os du bassin et s'étire jusque sous la fesse. Un continent noir, aux reliefs tourmentés, lequel sourd des eaux pures de sa peau tel un monstre marin. Sébastien a huit ans, comme moi. Il a émis de la résistance avant de laisser sa mère soulever son short pour qu'elle puisse montrer, outrée, l'étendue des bleus sur sa cuisse. La veille, sa maîtresse d'école l'a battu à coups d'ardoise avec une violence qu'aucune faute ne pouvait légitimer. Nos parents s'indignent que l'entretien avec le directeur n'ait pas eu l'effet escompté. L'enseignante ne s'est pas excusée et continue de se montrer dure envers les élèves. Bien sûr, que croient-ils ? Je connais cette violence, pour l'avoir souvent vue à l'œuvre. Sébastien et moi ne fréquentons pas le même établissement, mais les méthodes éducatives y sont identiques. Ici, les châtiments corporels et les humiliations sont la base de la discipline. On fait régner un semblant d'ordre par la peur des coups.

Que l'on ne s'y méprenne pas : nous ne sommes ni en 1850, ni en 1910, mais en 1986. Sébastien ne porte pas de culottes courtes, mais un short de sport élimé aux couleurs du Brésil. Le traitement qu'il vient de subir n'a rien d'exceptionnel ici, sous les tropiques. Aux Antilles françaises, le rectorat ferme les yeux sur les méthodes éducatives ancestrales, pourtant proscrites en métropole, un peu comme s'il s'agissait d'une exception culturelle intouchable. J'en ai fait l'expérience traumatisante dès mon premier jour d'école auprès de mon institutrice de CE1. Jeune femme aussi belle que sadique, elle prend un plaisir évident à user de sa règle ou de ses ongles sur la chair tendre des enfants. Elle a aussi recours à la torture psychologique. Les après-midi où règne une chaleur de four, alors que nous mourrons tous de soif, elle exige d'un garçon de la classe qu'il lui rapporte de la cantine un grand verre d'eau glacé. Son Graal, elle l'avale d'un trait, devant nos yeux brillants d'envie, pendant que dans nos gosiers secs nous ravalons tant bien que mal nos salives.

La maîtresse atteint des sommets de sadisme lorsqu'elle décide de déculotter l'élève avant de le fesser sur l'estrade, sort qu'elle ne réserve qu'aux garçons, et pour des fautes exceptionnelles. On pourrait croire que l'effroi règne quand elle sévit ainsi sur quelqu'un et que seuls le claquement de la règle ou les plaintes du fautif résonnent dans la pièce. Mais il n'en est rien. La plupart d'entre nous rient. Je crois que je ris aussi. C'est une sorte de mécanisme d'autodéfense, un rire qui masque autant la peur que le trouble. La peur de se retrouver à la place de notre camarade et le trouble aussi étrange qu'agréable, ressenti devant ce tableau d'une violence et d'une indécence peu communes. Ce n'est que d'une toute petite voix intérieure que je me l'avoue : ce même trouble m'assaille à mes moments perdus. Je veux voir, savoir, expérimenter par moi-même. Cachée dans le jardin de mes parents, sous les feuilles du grand manguier, je taille un bâton pour lui donner finesse et droiture. Et lorsqu'il me semble prêt, j'en teste le mordant sur ma paume. Je frappe doucement au départ et, puisque la douleur est supportable, de plus en plus fort pour voir les stries rouges apparaître sur ma peau. L'échauffement provoque une sensation étrange : pas aussi terrible qu'attendu et pourtant sans grand intérêt. Un autre jour, dans la même planque, à la nuit tombée, j'essaierai la badine sur mes cuisses, mes fesses, mais je resterai toujours sur ma faim. Ce n'est pas cela. Je ne retrouve pas la même émotion. Toujours, cela reste décevant.

Mais aujourd'hui, alors que malgré moi je contemple les bleus sur la cuisse de Sébastien, j'y suis. Pendant que les adultes racontent son martyr, la méchanceté de la maîtresse, je sens le trouble habituel s'installer en moi et me réchauffer de partout. Par amitié pour Sébastien, je voudrais regarder ailleurs, je m'y efforce parfois, mais mes yeux reviennent vers ce point honteux qui provoque chez moi un tel bouleversement.

Quand les adultes me questionnent, je dis que je suis amoureuse de Marc, un camarade de classe, car toutes les filles sont amoureuses de lui. Mais je mens, en vérité je n'entends pas grand-chose à l'amour, encore moins au désir. Pourtant, ce soir, au fond de mon lit, au fond de moi, je sens une corde vibrer, une corde inédite. Je prends conscience que depuis l'affaire des bleus, je n'ai cessé de penser à Sébastien. Il est beau, ça je l'ai toujours vu. Son teint hâlé par l'exposition au soleil met en valeur ses beaux yeux turquoise et la blancheur de ses dents quand il sourit, ce qu'il fait tout le temps. Je comprends néanmoins que pour la première fois, sa beauté m'émeut, et que j'ai envie de la chérir. Tout à l'heure, nous avons joué ensemble, comme à chaque fois que nous sommes invités chez lui. Sa maison est sommaire, elle ressemble plus à un squat qu'à une habitation coloniale car ses parents sont des babas cools sans le sou qui ont pensé trouver aux Antilles l'Eldorado. En fait ils échappent juste aux frais de chauffage et de vêtements d'hiver, pour le reste ils vivent au jour le jour, élevant chichement Sébastien et ses deux sœurs jumelles, Nini et Carine. Ces dernières se sont jointes à nous pour jouer. Contrairement à mes habitudes, je les ai ignorées car je cherchais toujours à être plus proche, plus complice avec Sébastien. Et je tire de ces moments une grande joie, comme j'en avais rarement connu auprès de camarades de jeu. À un moment, nous jouons à cache-cache en équipe, Sébastien et moi nous sommes réfugiés dans un placard vide. Tandis que nos cuisses se touchent, je suis en proie à des désirs aussi étranges que paradoxaux. Une part de moi veut toucher sa peau meurtrie pour l'apaiser, lui déposer des bisous dans le cou pour le consoler, l'autre ne demande qu'à être aux premières loges de cette punition que je n'avais aucun mal à me figurer. Mais à cet instant, j'ignore encore que dans mon fantasme enfantin, la maîtresse, c'est moi.

« Merci, Maîtresse » scande Mathieu à chaque coup porté.

Il n'est pas le premier à nommer ainsi la jeune femme de trente ans, dominatrice à ses heures, que je suis devenue. Mais c'est le seul qui prononce ce mot avec autant de foi et d'amour. D'amour, oui. Car nous vivons une passion intense, hors du commun. Je suis tombée sous son charme dès l'instant où il s'est déshabillé et offert à moi sur le tapis de mon salon. Son grand corps puissant, prêt à s'abandonner à mes mauvais traitements, m'a émue. Son regard aussi, tantôt humble, tantôt défiant, dont l'encre noire n'est jamais plus troublante que lorsqu'il est aux prises avec ses fantasmes les plus violents. Depuis tout petit, il rêve que des filles l'humilient et le maltraitent. Un jour, à un goûter d'anniversaire, une pimbêche l'a mis au défi d'aller faire pipi sur le gazon du voisin, ce qu'il a fait sous les rires et les huées des autres, pour son plus grand émoi. Plus tard, il avait pris l'habitude d'obéir aux caprices d'une cousine plus âgée que lui, qui aimait exercer ses talents de doctoresse sadique sur lui. En plus de son petit marteau dont elle n'usait pas que sur ses rotules, elle utilisait une petite râpe sur sa peau, au point parfois de le faire saigner. Il fallait, de surcroît, qu'il avale toutes sortes de potions dégoûtantes. Il le faisait sans hésitation, avec une adoration et un désir croissant pour cette méchante cousine.

C'est cela qu'il recherche en moi, la méchanceté et l'envie de faire mal. Mathieu est un masochiste pur jus qui ne se satisfait pas d'un simple léchage de pieds. Il a besoin d'en découdre avec le fouet, dont il doit vaincre la férocité pour atteindre la volupté du *subspace.* Tout cela : l'aiguillon perfide de la douleur, la lutte intime, et la victoire du plaisir, je le lis sur son corps qui s'offre, se tend puis s'alanguit, sur son beau visage traversé d'expressions crispées, détendues puis extatiques. Et je ne m'en lasse pas. Alors je continue, plus fort et plus vite.

Je le fouette comme je l'aime : avec ardeur et passion, jusqu'à ce que sa peau arbore les meurtrissures dont il raffole. Il aime, après nos rendez-vous, contempler ses marques dans le miroir, les voir évoluer, changer de couleur puis s'estomper. Chaque jour, il m'en décrit les nuances et les contours avec un mélange d'excitation et de nostalgie. Nous étions faits pour nous entendre.

Après une vive volée de coups, quand nos souffles courts s'accordent en un seul, je laisse tomber le fouet à terre et m'approche de lui. À mains nues, je caresse son dos et ses fesses zébrées de rouge et de bleu. En fermant les yeux, le relief et la chaleur de son épiderme contusionné me secouent plus encore et, si alors, dans un nouvel élan passionné, j'y applique une claque sonore pour faire affleurer le sang, il me gratifie d'un geignement d'animal écorché qui vient me poignarder jusqu'au fond du ventre. Je bous intérieurement, et mon vice doit s'exprimer à travers des gestes plus équivoques. D'une main, je saisis sa paire de couilles et la garde fermement baguée entre mes doigts afin de réaffirmer mon empire sur sa masculinité. Immanquablement, il râle, exprimant par ce chant de jouissance le gonflement extraordinaire de sa queue. Je n'y touche pas, jamais dans ces moments-là. Et je continue à le fesser. Inflexible, j'assène en cadence des claques rigoureuses et cuisantes jusqu'à ce que nos deux épidermes – celui de ses fesses et celui de ma main – fusionnent en un même feu. Nous ne formons plus qu'un, aux prises avec la plus violente des passions. Lorsque ma main n'en peut plus, mes pieds prennent le relais : recroquevillé au sol sur mon ordre, je lui envoie des coups de botte dans les côtes comme s'il était un prisonnier de guerre dont on tente d'obtenir des informations.

Oui, je le traite durement, car c'est comme cela qu'il m'aime. Sans me faire de cadeau. Devant lui, je ne dois ni fléchir ni mollir. Ne jamais déposer les armes ni me reposer sur mes lauriers. Avec ce genre d'homme, il faut toujours être à la hauteur, autrement il vous le fera payer à sa manière. Messages plus courts, plus espacés, toujours aussi remplis de dévotion bien sûr, mais je sais lire entre les lignes, je connais par cœur sa manière de lever le doute sans jamais le nommer. Il maîtrise l'art de me supplicier bien plus cruellement que moi.

Je sais et je sens que je souffrirai un jour, et qu'il en sera la cause. Je devine aussi que les marques qu'il porte sur son corps seront multipliées par mille sur mon cœur lorsqu'il le frappera de son dédain. Il ne peut pas en être autrement.

Le compte à rebours a commencé dès le jour où j'ai porté la main sur lui. Nul ne saurait dominer éternellement un être adoré. Punir et être puni d'aimer, la roue tourne sans fin.

Octavie Delvaux,
décembre 2018

Table des matières

Dans la même collection

N° 1 – Anonyme, *Ma vie secrète T.1, Premières armes de Walter*

N° 2 – Friedrich-Karl Forberg, *Manuel d'érotologie classique* précédé de *La Porte de l'âne*

N° 3 – Françoise Rey, *Des camions de tendresse*

N° 4 – Pierre Louÿs, *Histoire du roi Gonzalve et des douze princesses / Pybrac / La Femme*

N° 5 – Anonyme, *Confession sexuelle d'un anonyme russe*

N° 6 – E.T.A. Hoffmann, *Sœur Monika*

N° 7 – Gérard Zwang, *Le Sexe de la femme,* nouvelle édition augmentée

N° 8 – D.A.F. de Sade, *La Philosophie dans le boudoir*

N° 9 – Pigault-Lebrun, *L'Enfant du bordel*

N°10 – Henry Miller, *Opus pistorum*

N°11 – Joë Bousquet, *Le Cahier noir*

N°12 – Anonyme, *Ma vie secrète T.2, Servantes et filles de ferme*

N°13 – Janine Aeply, *Éros zéro*

N°14 – Baffo, *Œuvres érotiques*

N°15 – Spaddy, *Colette ou les amusements de bon ton*

N°16 – Mario Mercier, *Le Journal de Jeanne*

N°17 – José Pierre, *Qu'est-ce que Thérèse ? C'est les marronniers en fleurs*

N°18 – Gabrielle Wittkop, *Le Nécrophile*

N°19 – Boyer d'Argens ?, *Thérèse philosophe*

N°20 – Pierre Louÿs, *Trois filles de leur mère / Douze douzains de dialogues / Manuel de civilité à l'usage des petites filles*

N°21 – Alfred de Musset, *Gamiani ou Deux nuits d'excès*

N°22 – Restif de la Bretonne, *L'Anti-Justine*

N°23 – Pierre du Bourdel (Pierre Mac Orlan), *Mademoiselle de Mustelle et ses amies*

N°24 – Connie O'Hara, *Clayton's College*

N°25 – Adolphe Belot, *Les Stations de l'Amour*

N°26 – Michel Bernard, *La Négresse muette*

N°27 – Anonyme, *Les Tableaux vivants*

N°28 – Emmanuelle Arsan, *Emmanuelle Livre I : La Leçon d'homme*

N°29 – Emmanuelle Arsan, *Emmanuelle Livre II : L'Antivierge*

N°30 – Spaddy, *Dévergondages*

N°31 – Une célébrité masquée, *Le Roman de Violette*

N°32 – Maurice Heine, *Recueil de Confessions et Observations psycho-sexuelles*

N°33 – Effe Géache, *Une nuit d'orgies à Saint-Pierre Martinique*

N°34 – Marie L., *Confessée*

N°35 – Capitaine Charles Devereux, *Vénus Indienne*

N°36 – Anonyme, *L'École des filles*

N°37 – Anonyme, *Mémoires d'une chanteuse allemande*

N°38 – Poésie érotique, *Quinze chefs-d'œuvre du XVIIe au XXe siècle*

N°39 – Annick Foucault, *Françoise Maîtresse*

N°40 – Louise Dormienne, *Les Caprices du sexe*

N°41 – Paul Verguin, *Presque un an*

N°42 – Jean Bruyère, *Roger, ou les à-côtés de l'ombrelle*

N°43 – Pierre du Bourdel, *Aventures amoureuses de Mlle de Sommerange*

N°44 – Anonyme, *Mémoires de Miss Coote*

N°45 – Anonyme, *Mademoiselle M…*

N°46 – Collectif, *Théâtre érotique, Volume 1*

N°47 – Anonyme, *Ma vie secrète, T. 3, Prostituées, dames du monde et demi-mondaines* (première partie)

N°48 – Anaïs Nin, *Alice et autres nouvelles*

N°49 – Mathias et Jean-Jacques Pauvert, *Anthologie du coït*

N°50 – E.D., *Odor di femina, amours naturalistes*

N°51 – Jean de La Fontaine, *Contes interdits*

N°52 – Éric Jourdan, *Les Mauvais Anges*

N°53 – Anonyme, *Ma vie secrète, T.3, Prostituées, dames du monde et demi-mondaines* (deuxième partie)

N°54 – Nelly et Jean, *Nous deux, simples papiers du tiroir secret*

N°55 – François-Paul Alibert, *Le Supplice d'une queue*

N°56 – Capitaine Edward Sellon, *Les Hauts et les bas de la vie*

N°57 – Anonyme, *Selma (suite de Mademoiselle M...)*

N°58 – Jacques Antel, *Le Tout de mon cru*

N°59 – Paul Verguin, *Aubaine*

N°60 – Marie L., *Noli me tangere*

N°61 – Alexandre Dupouy, *Anthologie de la fessée et de la flagellation*

N°62 – L'Érotin, La Femme aux chiens

N°63 – Baffo, *Œuvres érotiques T.2*

N°64 – Esparbec, *La Pharmacienne*

N°65 – J. H., *La Vie d'une sainte*

N°66 – Bernard Montorgueil, *Dressage*

N°67 – Une femme du monde, *Les Jeux du plaisir et de la volupté*

N°68 – Peter Sotos, *Index*

N°69 – Claude Sadut, *Les Jeux de l'orgueil*

N°70 – Spaddy, *Moi, Poupée*

N°71 – Gala Fur, *Les Soirées de Gala*

N°72 – André Ibels, *La Bourgeoise pervertie*

N°73 – Collectif, *Joyeusetés galantes, l'érotisme second Empire*

N°74 – Nathalie Ours, *Pot-pourri*

N°75 – Madame de Morency, *Journal d'une enfant vicieuse*

N°76 – Maurice Raphaël, *Ainsi soit-il* suivi de *Claquemur*

N°77 – Pierre Louÿs, *Manuel de Gomorrhe* suivi de *L'Île aux dames*

N°78 – Françoise Rey et Remo Forlani, *En toutes lettres*

N°79 – Esparbec, *La Foire aux cochons*

N°80 – M.A., *Histoire de Boris. Biographie d'un baiseur contemporain*

N°81 – Ovidie, *Porno Manifesto*

N°82 – Sensitive, *Les Parfums de Sensitive*

N°83 – Mirabeau, *Ma conversion ou Le Libertin de qualité*

N°84 – Roger Des Roches, *La Jeune Femme et la Pornographie*

N°85 – François-Paul Alibert, *Le Fils de Loth*

N°86 – Ange Bastiani, *L'Amour au pluriel*

N°87 – Sadie Blackeyes, *Petite dactylo et autres textes de flagellation*

N°88 – Échaillon, *Léa et les Ogres*

N°89 – Leopold von Sacher-Masoch, *Les Batteuses d'hommes*

N°90 – Esparbec, *Les Mains baladeuses*

N°91 – Jacques Serguine, *Cruelle Zélande*

N°92 – Nadine Monfils, *Contes pour petites filles perverses*

N°93 – Gala Fur, *Séances*

N°94 – Alix Renaud, *À corps joie*

N°95 – Anonyme, *Confessions d'une perverse ou Manuel complet de la luxure*

N°96 – Elizabeth Herrgott, *Mes hiérodules*

N°97 – *Le Journal d'Elsa Linux*

N°98 – *Chansons paillardes*

N°99 – Éric Jourdan, *Saccage*

N°100 – Esparbec, *Amour et Popotin*

N°101 – Bernard Joubert, *Histoires de censure - Anthologie érotique*

N°102 – Alain Paucard, *Éloge du cul (et autres textes)*

N°103 – Nathalie Ours, *La Ceinture*

N°104 – Miss Clary F., *Petites alliées*

N°105 – Étienne Liebig, *Comment draguer la catholique sur les chemins de Compostelle*

N°106 – Toni Bentley, *Ma reddition*

N°107 – Anonyme, *Ma vie secrète, T. I (Volumes I et II)*

N°108 – *Elsa Linux à Saint-Tropez*

N°109 – Esparbec, *Le Goût du péché*

N°110 – Cathy de Vasseley, *Petites Douceurs*

N°111 – Anonyme, *Ma vie secrète, T.2 (Volumes III et IV)*

N°112 – Jeanne d'Asturie, *La Couleur des draps* et Nicole Autrain, *Carnet d'une invertie*

N°113 – Anonyma, *Mémoires d'un cul*

N°114 – Anonyme, *Ma vie secrète, T.3 (Volumes V et VI)*

N°115 – Monique Ayoun, *Histoire de mes seins*

N°116 – Léo Barthe, *Zénobie la mystérieuse*

N°117 – Esparbec, *Monsieur est servi*

N°118 – Antoine Mantegna, *7*

N°119 – Anonyme, *Instruction libertine*

N°120 – Félina, *Souvenirs érotiques d'une femme vénale*

N°121 – Anonyme, *Ma vie secrète, T.4 (Volumes VII et VIII)*

N°122 – Pierre Dumarchey (Pierre Mac Orlan), *La Comtesse au fouet*

N°123 – Éric Jourdan, *L'Amour brut*

N°124 – Lola Beccaria, *Toute nue*

N°125 – Oscar Wilde, *Teleny*

N°126 – Esparbec, *La Jument*

N°127 – *Elsa Linux à l'Élysée*

N°128 – Jacques Serguine, *L'Été des jeunes filles*

N°129 – Gian Amoroma, *Contes rendus érotiques par la grâce de mes amantes*

N°130 – Anonyme, *Ma vie secrète, T.5 (Volumes IX, X et XI)*

N°131 – Ariel Volke, *Le Nid du loriot*

N°132 – Claude H., *À la claire fontaine*

N°133 – Coton, *Fuck and Forget, Journal de Pattaya*

N°134 – Érik Rémès, *Je bande donc je suis*

N°135 – Antoine Misseau, *Tokyo Rhapsodie*

N°136 – Esparbec, *Le Bâton et la Carotte*

N°137 – Éric Jourdan, *Le Garçon de joie*

N°138 – Nadine Monfils, *Le Bal du diable*

N°139 – Anonyme, *Hilda*

N°140 – Fellacia Dessert, *La première gorgée de sperme et autres textes*

N°141 – Eve Arkadine, *La Fiancée des bouchers*

N°142 – Étienne Liebig, *La Vie sexuelle de Blanche-Neige*

N°143 – Éric Mouzat, *La Connexionneuse*

N°144 – Marylin Jaye Lewis, *Sex in America*

N°145 – Sophie Fabre, *Libertine*

N°146 – Jacques Laurin, *Grammaire érotique*

N°147 – Éric Jourdan, *Le Jeune Soldat*

N°148 – Comte d'Irancy, *La Nonne*

N°149 – Lucie Wu, *Histoire de Qu*

N°150 – Collectif, *In/Soumises contes cruels au féminin*

N°151 – Alain (Georges) Leduc, V*anina Hesse*

N°152 – Philippe Bertrand, *18 meurtres pornos dans un supermarché* suivi de *La baronne n'aime pas que ça refroidisse*

N°153 – Étienne Liebig, *Le parfum de la chatte en noir et autres pastiches érotiques de romans policiers*

N°154 – Maxim Jakubowski, *Confessions d'un pornographe romantique*

N°155 – Esparbec, *Frotti-frotta*

N°156 – Sacher-Masoch, *La Vénus à la fourrure*

N°157 – Gaëtanne, *Histoire d'I*

N°158 – Alain Bonnand, *Il faut jouir, Édith*

N°159 – Stéphane Rose, *Pourvu qu'elle soit rousse*

N°160 – Gilles de Saint-Avit, *Bréviaire SM*

N°161 – Éric Jourdan, *Aux gémonies*

N°162 – Valentine Abé, *Histoires pornographiques*

N°163 – [Pierre Mac Orlan] Chevalier de X, *Femmes du monde*

N°164 – Bernard Guérin, *La Famille Guerlonprez saisie par la débauche*

N°165 – Esparbec, *Le Pornographe et ses modèles*

N°166 – E.D., *La Comtesse de Lesbos*

N°167 – Éric Mouzat, *Carnet sexuel d'une femme de chambre*

N°168 – Octavie Delvaux, *Sex in the Kitchen*

N°169 – Thierry Leguay, *La Fabuleuse Histoire de la fellation*

N°170 – Robert Mérodack, *L'Œillet de Louise et autres textes de soumission féminine*

N°171 – Françoise Rey, *L'Amour en marge*

N°172 – Andrea de Nerciat, *Félicia ou Mes Fredaines*

N°173 – Eve Arkadine, *Le Salon des poupées*

N°174 – Florence Dugas, *Dolorosa Soror*

N°175 – Esparbec, *Fantasmes*

N°176 – Brenda B. Love, *Dictionnaire des fantasmes et perversions*

N°177 – Charmoz, de Lorzac, Soledad, *Trois romans érotiques de La Brigandine*

N°178 – Anonyme, *L'Éducation d'une demi-vierge*

N°179 – Apollinaire, *Œuvres érotiques complètes*

N°180 – Léo Barthe, *Camille*

N°181 – Robert Mérodack, *L'Avilissement absolu et autres textes de domination féminine*

N°182 – Scarla, *Le Collier de cuir*

N°183 – Vatsyayana, *Les Kama Sutra*

N°184 – Jean-Yves Masson, *Rebecca*

N°185 – Esparbec, *Les Biscuitières*

N°186 – Camille Saféris, *Rayon hommes*

N°187 – Jean-Jacques Pauvert, *Mes lectures érotiques. Morceaux choisis*

N°188 – John Cleland, *Mémoires de Fanny Hill, femme de plaisir*

N°189 – Octavie Delvaux, *Sex and the TV*

N°190 – Anne Bert, *Perle*

N°191 – Étienne Liebig, *Les Contes de mémé lubrique*

N°192 – Jean-Pierre Bouyxou, *Muguette*

N°193 – Gil Debrisac, *La Bourgeoise*

N°194 – Bernard Guérin, *Fanfan et sa maîtresse*

N°195 – Esparbec, *Le Fruit défendu*

N°196 – Alexis Loranger, *Texas porno cheap*

N°197 – Collectif, *Trois autres romans érotiques de La Brigandine*

N°198 – Casanova, *Aventures d'amour à travers l'Europe*

N°199 – Lou Borgia, *Un site nommé Désir*

N°200 – Jean Streff, *Portrait convulsif*

N°201 – Carl Royer, *Femme de Vikings*

N°202 – Collectif, *Vice chez les femmes*

N°203 – Octavie Delvaux, *À cœur pervers*

N°204 – Mathias et Jean-Jacques Pauvert, *Anthologie du coït*

N°205 – Oscar Wilde, *Teleny*

N°206 – Gil Debrisac, *Club Privé*

N°207 – Adeline Fleury, *Petit Éloge de la jouissance féminine*

N°208 – Joë Bousquet, *Le Cahier noir*

N°209 – Franck Spengler, *Anthologie littéraire de la fellation*

N°210 – Henry Miller, *Opus Pistorum*

N°211 – Esparbec, *La Débauche*

N°212 – Sade, *La Philosophie dans le boudoir*

N°213 – Jean Streff, *Les Enquêtes sexuelles de Benoît Lange*

N°214 – Sarah, *J'ai joui*

N°215 – Jean de La Fontaine, *Contes interdits*

N°216 – Léo Barthe, *La Demeure des lémures*

N°217 – Robert Mérodack, *Dressage conjugal et autres textes de soumission féminine*

N°218 – Michèle Larue, *Voyage impudique,* Nouvelles

N°219 – Louis Clavel, *Elizabeth, marquise déchue*

N°220 – Walter de Roanac, *Vulvette ou Deux fesses pour expier*

N°221 – Anne Vassivière, *Parties communes*

N°222 – Octavie Delvaux, *Sex in the Kitchen* (édition collector)

N°223 – Esparbec, *La Pharmacienne* (édition collector)

N°224 – Collectif, *Contes érotiques de Noël*

N°225 – Vanessa Duriès, *Le Lien*

N°226 – Léone Guerre, *Les Dix Japonais*

N°227 – Sade, *Histoire de Juliette ou les prospérités du vice, T.1*

N°228 – Esparbec, *L'Esclave de Monsieur Solal*

Achevé d'imprimer en février 2025
sur les presses de la Nouvelle Imprimerie Laballery
58500 Clamecy

Numéro d'impression : N00010571

Imprimé en France

La Nouvelle Imprimerie Laballery est titulaire de la marque Imprim'Vert®